栞はクリームを使って、
ムースの上に淡い黄色の花を咲かせた。
「わぁ……」
リアの口から思わず歓声が漏れる。
メニューをどうぞ2
～迷宮大海老《フランドルシュ》のビスク　フィルダニア風～

前島 栞
異世界にやってきた日本人料理人。
彼女の生み出す料理は各国で大評判。
マクシミリアン殿下
フィルダニア王国第三王子にして、栞の誓約者《ヴァーン》。
栞の作るプリンが大好物。

忙しいディナータイムを
乗り切ったら、
ほっと一息♪
リア&ディナン
栞のことを師匠と慕う双子。
少女の方がリア、少年の方がディナン。

この時期、大迷宮の森林エリアは、
茸類だけではなく、さまざまな森の恵みの宝庫だ。
また、大迷宮の中はまるで
絵画の中であるかのように美しく、
不思議な風景がたくさんあるから、
早足で目的地であるエリアを目指しつつも
皆の視線があちらこちらに行くのは仕方がないことだ。
イーリスは警戒で、リアの場合は食材の物色、
エリザベスの目は好奇心という違いはあるが。
「リア、リア、あれは食べられるか？」
「あれは、肉スライムの子ども。食べられるよ」

メニューをどうぞ 2

～迷宮大海老《フランドルシュ》のビスク　フィルダニア風～

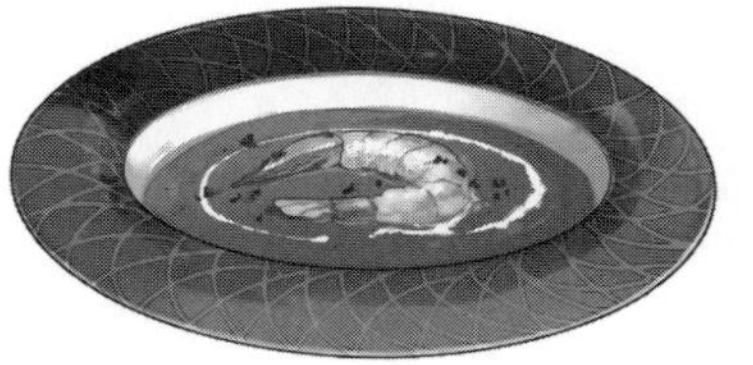

Here's the menu.

汐邑　雛

Illustration
六原ミツヂ

口絵・本文イラスト
六原ミツヂ

装丁
百足屋ユウコ＋モンマ蚕（ムシカゴグラフィクス）

CONTENTS

Here's the menu.

午後九時――――ホテル・ディアドラスの正門が閉ざされるその時刻、メインダイニングであるレストラン・ディアドラスの厨房《ちゅうぼう》は未《いま》だ戦場である。

その戦場の中心で忙しく立ち働くのが、このレストランの総料理長である前島栞《まえじましおり》。こちらの世界ではシオリ＝マエジマとしての方が通りがいい異世界からの出張料理人だ。

そして、栞の手伝いをしている少年がディナン。少女の方がリアという。よく似た男女の双子だ。

二人は、ディアドラスのある都市アル・ファダルで浮浪児同然の暮らしをしていた時に栞と知り合い、助手見習いとして弟子にしてもらった。

「ディナン、ムースの飾りつけのクリーム用に卵黄を泡立てて。ドガドガだと大きすぎるけど……」

「じゃあ、ランバ鶏《どり》は？」

「ああ、うん。そうしようか」

「りょーかい」

「ムースのお客様で最後だから、リアはバターの一番小さいサイズを全部、クリーム状に練ってくれる？　熱を加えないように注意してね」

「はい、お師匠様」

台上には空になったボウルや鍋《なべ》が並び、切りかけの檸檬《レモン》、半分剥《む》きかけた人参《にんじん》などが転がっているし、そこここに菜箸《さいばし》やら包丁やらが出しっぱなしになっているという有様だった。

何といっても慢性的な人員不足の為《ため》、片付けている暇がない。リアはそんな出しっぱなしの道具を回収して洗い場に置いて、作業スペースを確保した。

出してきたバターを小さめに刻んでからボウルにいれ、木べらで練りながら、ストーヴで作業する栞の手元を盗み見た。

鍋に手早く計った水と砂糖をいれてシロップのようなものを作っている。

「……お師匠様、何か特別なクリームなんですか？」

クリームと言われたら普通に生クリームを泡立てるばかりだったのだが、今日は作業手順が違う。

「ああ、うん。……さっきのスープが生クリームたくさん使っていたから、違う味にしようと思って」

ディナンが白っぽくなるくらい泡立てた卵黄のボウルに、栞は静かに温度をはかったシロップを流しいれる。

「この時は、縁に流すんだよ」

そして、そのボウルの中身をさらに泡立てはじめる。

「おししょー、それ、俺が代わるよ。泡立てればいいんだろ？」

「うん。ボウルが熱いから押さえる時は乾いた布巾《ふきん》を使ってね。……冷めて、もったりとしてきたら、リアの練ってくれたバターを混ぜて」

「さっくりと？」

「ううん。滑らかになるまでしっかり混ぜる」

「はーい」

最後のデザートの一皿……いつもとても美しく装飾されるそれは、見ているだけでときめく一品だ。

栞は真っ白な皿の余白に淡いグリーンのクリームを流し、その上に紫のジャムで模様を描く。

(……すごい、絵を描いているみたい)

異世界から三年契約で働きに来ているという栞のセンスは、こちらの世界のものとはいつも一味も二味も違っている。斬新だけど、受け入れられないほど斬新すぎるわけではない。

「おしょー、もったりってこれくらい？」

「んー、もうちょっとかな。……このふわふわ感に弾力がでるような感じで」

「はーい」

二回目で合格をもらったディナンのクリームにバターを混ぜ合わせ、しっかりと泡立っているのに滑らかなクリームを絞り袋に入れる。

リアはそっとボウルにのこったクリームを指でとって舐《な》めた。

(……わぁ、これ、すごいおいしい)

バターの味がしっかりするのに、ふわりと口の中で溶ける。しつこくないけれどコクのある味だ。

(これ、たぶんちょっとお酒入ってる気がする)

ふっと最後に甘い香りがするのがすごくいい。

栞はそのクリームを使って、ムースの上に淡い黄色の花を咲かせた。

「わぁ……」

リアの口から思わず歓声が漏れる。

鮮やかなピンクのムースは、今が旬のドラガベリーだ。ドラガ・ドラという探索者が大迷宮で発見した新種のベリーは、その鮮やかな色合いとベリーらしい甘酸っぱさが人気なのだが、形があまりにもグロテスクなため、生食されることはほとんどない。

ピンクの上にたくさんの淡い黄色の小花が咲いている様子はとても可愛《かわい》い。食べるのがもったいないくらいだ。

（私もできるようになるかな……）

栞の任期は、残すところ一年と十か月足らず……それくらいで、自分がここまでのことをできるようになるとはリアにはまったく思えない。

ムースがまるで小花の花かごのようにデコレーションされた一皿は、配膳《はいぜん》するエルダが何度も本当にクリームでできているのかと聞きなおしたくらい素晴らしい出来だった。

きっとお客様も喜ぶに違いない、とリアは確信していた。

「最後のデザート、素敵でしたね。あのクリームの花……すごく可愛かった……」

「後でリアも絞ってみる？　クリーム余ってるし」

皆でのんびりと後片付けをしながら他愛ないおしゃべりがはじまる。

「え、私でもできますか？」

リアは、栞と仕事とあまり関係ない個人的な話ができるこういう時間が好きだ。

「うん。……これ、あんまり技術がなくてもお花が絞れる口金なの」

絞り袋に残ったクリームを詰めながら、秘密兵器なんだよ、と栞は笑った。

「やりたいです！」

「いいよ。ちょっとコツがいるけど、慣れれば簡単だから。……これ、昔、うちのお店にバイトに来ていた人からもらったものなの」

確かに、こちらに来る直前に買い込んだというピカピカの道具類とは違い、使い込んだ鈍い銀色をしている。

「ばいと？」

「えーと、私の父が経営していたレストランにパティシエ……お菓子専門の料理人として学校が終わった後とかに短時間だけ働いていた人がいてね。私はまだ小学生だったんだけど、女の人のバイトって珍しかったからよく構ってもらってて……学生のバイトだったから年齢も一番近かったの。すごく可愛がってくれて……それで、その人、バイトをやめても時々店に遊びに来てくれて……私が高校卒業するくらいの時に亡くなったんだ」

その人の形見なの、と栞はしんみりとした口調で言った。

「……亡くなったんですか？」

「うん。……交通事故でね」

「こうつうじこ？」

「……そっか。リアたちには交通事故って言ってもわからないんだ……」

栞は小さく首を傾《かし》げ、考えながら言い換える。

「……えーと、トラック……いや、ものすごく大きい馬車みたいなものがぶつかってきて亡くなったの……その人にはもうご家族がいなかったから、相続とかする人がいなくて……。お葬式のあとにみんなで形見分けをして、私はこの口金のセットをもらったの」

形見分けという習慣はこちらにもあるけれど、どちらかと言うと残された財産……お金や宝飾品などの価値のある物を分けるという考え方なので、つい、ディナンは口にしてしまった。

「もっといいものもらえばよかったのに」

「えー、これ一揃《ひとそろ》いでいろんな花が絞れるんだよ。お役立ちだよ。……私だとこれくらいしかできないけど、麻耶《まや》さんが絞ると花が生きてたから！」

「そうじゃなくてさ、変な言い方するかもだけど、もっと金目のものっていうか……俺たちみたいな貧乏だと分けるもんなんてないけどさ、おしょーの国は違うんだろ？」

「……思い出のあるものだったから、これ見た時、他のものはもう考えられなかったっていうか。……ほんと、いろいろ教えてもらったの。教えてもらった技術は今も忘れてないし、それってお金には代えられないなって思う。私が、わりとデセール……デザートが得意なのは、あの頃《ころ》、教えてもらったおかげなの」

栞が何だか少しだけ楽し気な表情で、そこでそっと声を潜めて二人に告げた。

「……あのね、実は殿下が大好きなプリンもその人に教えてもらったレシピが元なんだよ」

「……ああ……」

ディナンが変な声をだしたのは、ディナンも、そしてリアも、もう何も見なくてもプリンが作れるくらい、ここの厨房ではプリンを作っているからだ。

このレストランは国営なので、オーナーは国だ。その実質的な責任者が、栞の誓約者《ヴァーン》であるマクシミリアン殿下だ。レストランスタッフの間ではプリン殿下の愛称で呼ばれている。

最初はレストラン内だけで呼ばれていた呼び名だったのだが、いつの間にかホテルのスタッフの間にも浸透してしまった。

「こっちの材料に置き換えて作っているけど、あれは元は麻耶さんのレシピなの。……私のお姉さんみたいな人だったんだ」

栞は少しだけ遠くを見るような目をした。異なる世界にある自分の国のことを話す時、あるいは自分の中の思い出の話をする時、栞はいつもそういう目をする。

「……あのプリンなら、私も作れます」

何だか、栞がすごく遠く感じられて、リアは慌ててそんなことを口走った。

「俺も」

ディナンもそれに同意する。

二人とも、それくらい毎日繰り返し作っている。

「だよね～。それが私には嬉《うれ》しい」

心底嬉しそうに栞が笑うから、リアはこっそり安堵《あんど》の吐息を漏らした。きっとディナンも同じ気持ちだろう。双子だからというわけではないが、これは絶対に間違いではないという確信がある。

「なんでですか？」

「私が作る料理のレシピは、当たり前のことだけど、元は誰《だれ》かから教えてもらったものなの。……それを自分で工夫して改良したり、材料に合わせて変更したりしているのね」

「はい」

こくんと素直にうなづいてリアは栞の話を聞く。

「私が一番多く覚えているレシピはパパの……私の父のレシピ。それから、お店の人たちが教えてくれたレシピ……麻耶さんから教わったデザートやお菓子もそう。父も麻耶さんももういない人だけど、私はレシピと共に二人の味を受け継いでいるわけ。それで、私の弟子であるリアとディナンがそれを覚えてくれたら、二人のものに加えて私のレシピと味も受け継いでくれる。……二人が、いつか誰かにそれを伝えてくれたら、そのレシピと味はなくならないでしょう？」

そういうのがすごくいいって思う、と栞は笑った。

「私とディナンは、ちゃんとお師匠様の弟子、できてますか？」

思わず、リアは訊《たず》ねた。語尾が少し震えた。答えを聞くのは少しだけ怖かった。

「もちろん。……二人には、まだまだ覚えてもらうことがいっぱいあるよ」

栞は笑顔で即答する。

「私、覚えます。そのプリンの人の味も、お師匠様の味も、お師匠様のお父様の味も全部！」

反射的にリアはそう口にした。

そんなことを言うつもりではなかったけれど、口にしたらそれが唯一の正解みたいな気がした。

「それはすごく嬉しい。……ありがとう、リア」

「……俺も覚えるから」

「うん。ディナンもありがとう」

栞が笑ってくれるから、二人はそれだけで嬉しくなった。

好きな人に喜んでもらえることが嬉しい。それと同時に、何だか大切なものをもらったような気がした。

「……シリィ、ちょっ……取り込み中か？」

少しだけしんみりした空気の中、ひょっこりとマクシミリアンが顔を出した。

「ああ、殿下。……いいえ、大丈夫ですよ」

「私の今日のプリンをいただこうかと……すまないな。まだ片付けがおわっていないのに」

珍しく誰も連れていないし、軽装なところを見ると、自室から直接転移してきたのかもしれない。

「お部屋に運びましょうか？」

「いや、ここでいいからお茶とプリンをもらえるか？　頭がプリンを欲してる」

「わかりました。ディナン、みんなの分の豆茶をいれてもらえる？　……殿下、あと五分くらいお待ちくださいね。これ洗ったらいったん終わりなので」

「ああ」

王子様のわりには腰が軽いマクシミリアンは、時々こんな風に誰も連れずにやってくる。

王族の一員であるマクシミリアンは生命を狙《ねら》われることも少なくないため、供を連れているのが基本なのだが、これくらいの時間になるとさすがにべったりというわけにもいかないのだろう。

「殿下、まだお仕事だったんですか？」

「ああ。どこぞの馬鹿が余計な案件をねじ込んできたせいで調整に手間取った。……たぶん、再来週あたり、レストランを休みにしてシリィには王宮に出向いてもらう」

「え？　休み？　殿下、それ、何日くらい？」

レストランが休みになるということはイコール自分たちも休みになる為《ため》、ディナンが目を輝かせる。仕事は大好きだが、休みはあればあったでうれしいものだ。

「一応、二日……いや、三日かな？　そのへんは後で再調整だ」

「また何か作るんですか？　三日も？」

「重要な会議があって、その来賓を招いて晩餐会《ばんさん》がある。そこでまた何品か作ってもらうことになる。……ああ、三日というのは、ついでにレストランのカーテン等のファブリックを変えたり、季節に合わせた模様替えとちょっとした改装もするからだ。……前に、シリィにも見本を見せただろう？」

「ああ、あれですか。……三日でできるんですか？」

栞はさほど気に留める様子もなく、マクシミリアンのプリンの準備をはじめる。

ディナンは横目でそれを見ながら、小さく肩を竦《すく》めた。

（おしょーは、知らねえんだろうな。殿下の言ってる模様替えとちょっとした改装ってのが、カーテンや絨毯《じゅうたん》に魔法防御を織り込んだり、扉に武器チェックの術式を仕込んだりして、うちのレストランに玉座の間並の防御を施そうっていうことだって）

それがどれほど厳重な防御機構なのか、異世界人である栞にはきっとわからない。

それに、マクシミリアンはそういう詳細を決して栞には話さないだろう。

（おしょーの世界は、命を狙われたりとかしない世界だって言うもんな……）

下手《へた》に話して、必要以上に怯《おび》えられたりするのは誰の本意でもない。

マクシミリアンにしてみれば、何事もなく過ごしやすい職場環境を作り出して、栞に契約を延長してもらわなければならないのだからなおさらだ。

「作るのは構いません。ソーウェルさんとメニューの打ち合わせが必要ですが……今の時期だと、フランドルシュとか使いたいですね」

フランドルシュというのは、見た目は伊勢海老《いせえび》やザリガニを連想させるような形をしていて、身の質はカニに近いという魔生物だ。サイズ感は日本で見るそれとは比較にならないほど大きい……いや、単に大きいというよりは異常に大きい。

「フランドルシュか……なぜ？」

「最近、メタリックな青とか黄色と紫のマーブルとかくすんだ茶色とか、あんまりな色の食材ばかり扱っていたからまともな色彩の食材が欲しいのと、ちょうど良いシーズンだってトトヤのダンナに聞いたので……」

「……ああ、そういえばそうだな」

マクシミリアンは合点がいったという顔でうなづく。

「迷宮に旬があるのかわかりませんが、よく獲《と》れる時期なんですよね？」

「そうだな……。では次に潜るときに狙ってみよう」

「よろしくお願いします。……では、そろそろお茶にしましょうか」

「はーい。殿下、プリン何個ですか？」

「……そうだな三つ……いや、二つにしておこうか」

リアの問いにマクシミリアンは首を傾《かし》げながら答えた。

「ええっ！　いいんですか？　二つで」

マクシミリアンが数を減らしたことに、リアは本気で驚いた。

「三つめは部屋にもらっていって、夜中の楽しみにする」

「なるほど」

その間にディナンは休憩室からもってきた丸椅子を並べた。

こういう時、マクシミリアンの指定席は栞の隣だ。話をするには正面の方が都合が良いはずだが、いつでも庇《かば》えるように、必ず栞の隣に座るのだ。

(殿下ってほんとおしゃー大事にしてるよな)

誓約者《ヴィーダ》というのがそういうものだとわかってはいるが、それでもすごいとディナンはいつもその徹底ぶりに感心する。

「どうぞ、今日のプリンです」

栞が差し出したプリンの上には、白いクリームの薔薇《ばら》の蕾《つぼみ》が美味《おい》しそうに並んでいる。

マクシミリアンは、それを見てくすりと笑った。

「シリィ、今度は咲いた薔薇が欲しいな」

「？　……かまいませんけど？」

「うん。楽しみにしてる」

栞は意味がわからなくて首を傾げる。

「咲いていることに意味があるんですか？」

「もちろん。……別にシリィが気にすることはない。私が気分がいいだけだから」

マクシミリアンは、白薔薇の意味するものを思って上機嫌に笑った。

MENU.04　迷宮大海老《フランドルシュ》のビスク　フィルダニア風

それはいつもと変わらぬ穏やかで忙しい日だった。

穏やかで忙しいとは矛盾しているようだが、ディアドラスではわりとそれは同居していることが多い。

特にハプニングがあったわけでもなく、何か問題が発生したわけでもない。

常時人手不足だからいつだって少しだけ忙しい。

もはや、それが日常で――いつも通りということだ。

（たぶんそれはどこで働いたって同じで……今はやればやるだけ評価されて、認められて……これ以上のことなんてないはずなんだけど、人間、慣れてくると欲張りになるよね）

例えばいま現在の栞《しおり》の勤務状況を現代日本の基準で考えれば、これはまごうことなきブラック企業の社畜に近いものがある。

ここは日本ではなく、それどころか地球上ですらない異世界だ。

なので、その基準には当てはめられないし、その過酷な勤務状態に見合うだけの報酬とやりがいを得ているから、うるさいことを言うつもりはない。

ないけれど……でも、その日はいつもよりちょっと余計に忙しかったせいで思ってしまったのだ。

（……休みが欲しい）

そんな風に思ったのは、こちらの世界に来てから初めてのことだった。

「……お休みですか？」

リアが小さく首を傾《かし》げる。

「そう。……リアもだけど、ディナンも休みが欲しいって思ったことないの？」

栞の問いに、二人はよく似た表情で顔を見合わせる。

「あればあったでうれしいけど、試食とか味見とかでおいしいものたくさん食べられるから仕事してるのが一番楽しい」

「ディ、試食も味見も一緒でしょ。……私も今のお休みで十分です。仕事してるの楽しいから！」

異口同音に言われて、今度は栞が首を傾げる。

「……身体《からだ》、辛《つら》くない？　疲れてない？」

「毎日、すごく疲れるけど、寝れば大丈夫です！」

リアがぐっと力こぶを作って見せる。その隣では、こくこくとうなづくディナンがリアの言葉に同意を示していた。

（うわ～、若いって羨《うらや》ましい～）

栞だって二十代だ。まだまだ全然若いつもりでいるが、でも、十代のパワーには負ける。

（待って、まだまだ若いとか思うってこと自体が年とったって証拠なのでは？）

気づいてはいけないことに気づいてしまい、密《ひそ》かな戦慄《せんりつ》を覚える。

「仕事、すっげー楽しいし、休みがあればいろいろできるな～とか思うけど、別に今だってゼロじゃないじゃん？　おししょーが王宮に行ってる時は俺ら休みだし、蝕《しょく》になれば強制的に休みだろ？　それに、休みがあんまりなくてもその分、ここって高給だから」

だから、全然いい、とディナンはあっさり言った。

「……そうなんだ」

「そうなんです」

「そうだよ。……おししょーのおかげで俺らはこんなすごいところで働かせてもらってる。だから、ちょっと忙しいくらいで文句言ってたら、バチがあたる」

「それは、ありがとう。でも、二人がいてくれるから続けられているんだよ。だから、何かありそうだったら絶対に相談してね」

「何かって？」

「……職場環境に不満があって家出したりとか」

「ないない」

「引きこもったりとか……」

「ないですよ～」

「あと、他のところからの引き抜き、とか……」

引き抜きというのは、レストランでは珍しくないことだ。

「あのさ、俺ら、まだ料理人ですらない見習いなんだけど」

「私たち、お師匠様の助手でしかないんですよ。引き抜かれるならお師匠様なのでは？」

「そんな話聞いたことないよ。それに、二人に何かあったらこのレストラン絶対にやっていけないから……」

栞の真面目《まじめ》な表情に二人はよく似た顔を見合わせる。

二人は目を見交わし、即座に互いの言いたい事を理解した。

（おししょー知らねーだけだから……）

（それ、プリン殿下がこっそり握りつぶしているだけです！）

「あのさ……俺らは大丈夫だよ」

そして、ディナンは極めて真面目な表情で栞に向き合い、その両肩にぽんと手を置いた。成長期真っ最中のディナンは、現在、身長がにょきにょきと伸びているところだ。気が付くと目線が少し上になっていっている。

「……それよりも、おししょー、疲れてるんだね」

「え、あ、まあ……」

「考えてみれば、私たちが休んでいる時もお師匠様は王宮でお仕事しているんですもんね……プリン殿下に言って、お休みをもらいましょう？　ちょっとくらい休んでも罰は当たらないですよ！」

「……え？」

心配そうにするリアとぽんぽん、と慰めるように肩をたたくディナンに、栞は目をしばたたいた。

（……あれ？　いつから、私の話に？）

「殿下に相談しておきますね」

「あ、大丈夫だよ。休みたくなったら自分で言うし……」

休みが欲しい、と思ったことは確かだが、そんな自分の勝手でどうこうしてはいけない。

（定休日がないことは最初から聞いていたんだし……）

こちらの仕事に労働基準法が適用されるはずがない。

「そんなこと言っていたら、お師匠様、絶対に休まないじゃないですか」

「そんなことないってば」

「あります～」

大丈夫だと言ったのに、行動力のある二人はさっそくマクシミリアンに直訴したらしい。

夕食戦争後、いつもの夜の報告会の時にマクシミリアンが言った。

「……そういえばシリィ、休みが欲しいと聞いたんだが」

「あ、はい」

「何かしたいことでもあるのか？」

「っていうか、何か疲れたなぁって思っただけなんですよ。……定休日がないことは最初からちゃんと理解しているので、気にしないでください」

「いや……そういうの、放っておいたらダメだろう。それなら、週末の晩餐会《ばんさん》の時に休みをとればいいんじゃないか？」

「え？　でも、何品か欲しいんですよね？」

「いや、それはもちろん作ってもらうし、一緒に王宮に行ってもらうが、別に晩餐会の時に時間を合わせる必要がないというか……一緒に王都に行って、作ったらお休みにしてくれて構わないよ。保存に魔道具を使えばできたてが保てるんだし……王宮には魔道具を使える人間もたくさんいる。今回はいろいろ素材も運ぶから前日入りだし、時間の余裕もだいぶあるから……。考えてみればレストランが休みでも、いつもシリィには一緒に来てもらっていたから、もしかして、休みらしい休みをとったことがないんじゃないか？」

「……ええ。まあ」

「気づかなくて悪かった……何となく、シリィに一緒に来てもらうのが自分の中で当たり前になっていてね——グレン達とは違うのに」

マクシミリアンは困ったような曖昧《あいまい》な表情で笑った。

グレンダード＝メロリーはマクシミリアンの側近の一人だ。

「一緒にされたら困りますよ」

（……殿下、メロリー卿《きょう》のこと奴隷《どれい》だってよく言っていますよね？　仲間に入れられたくないです）

「すまない。……私も誓約者《ヴィーダ》を持つのが初めてなので、距離を測りかねているところがある」

「どういう距離が適切かはわかりませんけど、とりあえず、メロリー卿と一緒にされるのは絶対に嫌です」

「あれは全然別だよ。そこは安心していい」

「あんまり安心できませんけど！」

「……まあ、それはさておき。帰りは一緒に帰るから……そうだな、二品作ってくれたら、その後は自由にしてくれていい。王都で好きに遊んでくれというわけにはいかないが、妹たちにも言っておくから王宮でのんびりしてくれて構わない」

真顔で言うマクシミリアンに栞はにっこりと笑う。

「殿下、殿下はご実家だからそんなこと感じないのかもしれませんが、何の縁もゆかりもない私は、一国の王宮でのんびりとかできるわけないです」

「縁もゆかりもないわけじゃない。シリィは私の誓約者《ヴィーダ》じゃないか」

「それくらいで……」

「それくらいじゃない。誓約者《ヴィーダ》っていうのは本当に特別なんだ。だから、シリィは我が家だと思って寛《くつろ》げばいい」

（……『だから』がどこにかかるかまったくわかりません）

栞はにこにこ笑顔を見せながらも、こっそり小さな溜息《ためいき》をついた。

生粋の王子様であるマクシミリアンの感覚と自分の感覚はやはり違う。

誓約者《ヴィーダ》としての絆《きずな》があるからその心をうっすら感じ取ることはできるが、だからといって理解できるかは別だ。

「王宮限定なんですか？　私、こっちで自分の部屋でごろごろしていたいんですけど」

「……確か子どもたちはそれぞれ迷宮に潜るとか言っていただろう？　そなたの護衛が手薄になるから、それはダメだ」

（見た目が二人より幼い殿下の口から子どもって出ると、すごく違和感が……）

栞はマクシミリアンの実年齢を正確には知らない。だが最近、弟殿下の外見年齢から考えて、下手《へた》をしたら自分より年上なのではないかという疑惑がむくむく育ちつつある。

「え？　コテージから一歩も出なくても？」

「ああ」

マクシミリアンが重々しくうなづいて、続ける。

「普段の生活でシリィに護衛がついていないのは、ホテル内という環境もあるし、ディナンとリアにそれなりの能力があるからだ」

「それは、二人が魔術師になれるくらいの能力があるから……？」

「ああ。万が一の時、シリィを守ることを二人はちゃんと誓っている」

「っていうか、私にそこまでの護衛が必要なんですか？」

「……今までちゃんと言ったことがなかったけれど、異世界人は狙《ねら》われるんだ」

マクシミリアンは狙われる対象を『異世界人』に拡大して話した。

「それは聞いていますけど……そんなに？」

栞は、マクシミリアンの誤魔化《ごまか》しを疑うことなく信じて、小さな溜息をついた。

マクシミリアンは駄目押しするように力強くうなづく。

「ああ、そんなに、だ」

栞の場合は、単に異世界人だからというだけではない、栞だからこそ狙われる理由がたくさんある。

「これまでの歴史から、落ち人と呼ばれる異世界人をこの世界の異物として排除しようとする者も多い。最近はその魔力の多さから保護する国も出てきたようだが、それが本当に当人たちにとって良いことかはわからない」

「はい」

保護にもいろいろな形がある。

フィルダニアのように、異世界人に対する理解が深い国は稀《まれ》だ。大概の場合は、保護という名目の軟禁状態でその高い魔力を利用されることがほとんどだ。

「万が一、シリィが拉致《らち》されても生命を脅かされることはない。ただ、利用はされるだろう」

「利用？　例えばどんな風にですか？」

「例えば……魔力増強の効果がある料理が作れる料理人として、一日中、料理を作らされたり……それは今とあんまり変わらないと思うかもしれないが、シリィの仕事に対する理解も尊敬もないからな」

「一緒だなんて思いませんよ。殿下くらい理解がある上司はそうそういないと思いますし……」

「それは嬉《うれ》しい言葉だがそういう問題ではない。……それに、一番気をつけなくてはいけないのは、シリィの魔力を狙われることだ」

「どういう意味ですか？」

「……つまり、貞操の問題というか……」

そこでマクシミリアンは言葉を濁した。

「ていそう？」

言葉の意味がわからず、栞は首を傾《かし》げた。

「……つまり、異世界人とこの世界の人間の血は交わることが可能なんだ。この世界では魔力は一般的に母胎となる母親から遺伝すると考えられているから……」

ふだん、なんでも言い切るタイプのマクシミリアンにしては随分と歯切れが悪い。

「……無理やり愛人にされたり、子どもを産む為《ため》の道具にされるってことですね」

「ああ。……もちろん、シリィをそんな目に遭わせたりしない。……最悪、裏技もあるからな」

「裏技？」

「ああ。……多少のリスクはあるが、絶対にそなたを取り戻す方法が私にはある」

「多少のリスク、ですか……」

栞は、マクシミリアンの言う多少の度合いがとても気になった。

だが、マクシミリアンはそのことについてそれ以上何も言わなかった。代わりに、にっこり笑って宣言する。

「……シリィ、私はそなたの誓約者《ヴァーン》だ。私にはそなたを守護する権利と義務がある」

「権利って……」

「誓約者《ヴァーン》としての権利だ。そなたの身はそなただけのものではない」

（なんか、ものすごく誤解を招く表現になってるんですけど!!）

「…………」

何をどう言えばいいのかよくわからない栞に、マクシミリアンは余裕の笑みを見せて言った。

「そういうわけだから、休暇は王宮で過ごしてもらう」

「わかりました」

まあ、ごろごろしたいだけだし、王宮の女官たちは言っておけばどこまでも放っておいてくれる。

（五つ星のラグジュアリーなホテルで、のんびりごろごろすると思えばいいかな）

「女官にオイルマッサージをしてもらえばいい……確か、えすて、とか言ってただろう？」

「そうです。……オイルマッサージ、いいですね」

最近、肩こりや腰痛が激しい。不思議なことに朝起きると全部消えているが、仕事中、何かの拍子に鈍い痛みを感じたりする。

「わかった。ちゃんと伝えておこう」

「ありがとうございます！」

久しぶりの休暇に栞の心はふわりと浮き立った。

◆◆◆◆◆◆

「明日から、ディナンは魚釣りで、リアはきのこ狩りなのね？」

「そうなんです。ほら、そろそろラルダ茸《だけ》がなくなりかけているじゃないですか。だから、新鮮なラルダ茸を狩ってこようと思って……ランチはドドフラなんですよ」

栞とリアは、コテージの厨房《ちゆうぼう》で他愛ないおしゃべりをしながら、夜食を作っていた。

明日から三日間、レストラン・ディアドラスは休業だ。

栞は王宮で晩餐会の料理を二品作ることが決まっているけれど、その後はフリー。以前も使っていた王宮の客室で、のんびりごろごろと過ごすつもりだ。

ディナンとリアにもそれぞれ予定があるとのことで、休暇中は三人バラバラである。

「生のラルダ茸ってどんな風に食べると美味《おい》しいのかしら？　基本、茸《きのこ》は軽くソテーするだけで美味しいけど、たくさんとれたらいろいろ試してみるのもいいね。……茸の出汁《だし》たっぷりのスープもいいし、軽く湯掻《ゆが》いてサラダにいれるのもいいし……少し手をかけるのなら天ぷらかな～。茸の天ぷら……サクッと揚げて天つゆの中でじゅわっとなった熱々を食べるのいいよね」

「……わぁ、おいしそう。天ぷらって食べてみたいです」

「じゃあ、生のラルダ茸が手に入ったら、一度天ぷらにしようか」

「やった！　がんばってとってきますね」

「ありがとう。でも、無理はしないでね。安全第一だよ」

「はい」

まるで当たり前のように栞がそう言ってくれるから、リアは時々すごく泣きたくなる。

そんな風に、誰かに心配してもらえる日が来るなんて考えたことがなかったからだ。

しかも、栞はそれをまるで特別だと思っていない。

「……リア？　どうかした？」

「いいえ。何でもないです。……ラルダ茸って結構厄介な魔生物だっていうから、準備ちゃんとして行こうって思って。迷宮探索は、準備が万全にできるようになってやっと半人前だって言いますしね」

「うん。確かに準備は大事。……うちの仕事で言うなら、下拵《したごしら》えみたいなものだからね。……茸なのにそんなに危険なの？」

栞の頭の中にある茸は、しめじや舞茸《まいたけ》、あるいは松茸《まつたけ》などの……あちらで取り扱ったことのある茸だ。

「ええ。……茸だけど、とぶので」

「え？　飛ぶの？　空中を？　茸が？」

「はい。とぶって言っても、鳥が空を飛ぶとかそういう感じじゃなくて、こう、跳ねるほうで……跳躍する方の〝跳ぶ〟です」

「茸が？」

「はい。茸が」

「……そっか……」

目を丸くする栞に、リアは小さく笑った。

それから、ラルダ茸をできるだけたくさんとってこよう！　と、心の中で決める。

「何か持って行ったほうがいいものありますか？」

ふと、思いついて尋ねる。

「……一応、調味料を何か持って行ったらどうかな？」

「調味料、ですか？」

「うん。日帰りツアーだからいらないかなとも思うけど。ドドフラのソースが好みのものがなかったら自分で味をつけなおしてもいいし、現地でバーベキューすることになったりしたら、ただ焼いて食べるだけなのは残念かなって思うし……」

「ばーべきゅー？」

「ああ、うん。えーと……現地で作った温かい食事を食べることを言うのね」

（こちらにない単語ってへんな翻訳かかる時とそのままで伝わる時があるみたいだけど、その差はどこにあるんだろう？）

栞のこちらの世界の理解度が増したせいなのか、最初の頃《ころ》に比べれば本当にごくまれなことだが、うまく伝わらないことがある。

「へえ……わざわざ外で？」

「うん。いろいろ手間がかかるけど、外で作った食事を食べる特別感っていうか……」

「……それって、野営みたいなものですか？」

リアは自分の中で一番近いと思われる単語をすくいあげる。

「何となく近いけど、ちょっと違うような……う～ん……」

（ああ……そうか……）

「お師匠様？」

「外で食事を作って食べること自体は同じでも、野営とバーベキューは全然違うの。……バーベキューはね、純粋にレジャー……娯楽を目的にしているから」

「……娯楽、ですか？」

リアは大きく目を見開いた。

「うん」

「娯楽ってことは遊びってことですよね？」

「そうだよ」

「……外でご飯を作るのって結構大変じゃないですか？　屋台で買って食べるのでは駄目なんですか？」

「買い食いとはまた違ってて……自分で作るってとこも大事なんだよね。もちろん、外だからそれほど凝ったものはできないけど……」

（待てよ、ダッチオーブンとかあると結構手の込んだものも作れるか……いや、そうじゃなくて……）

「でも、お師匠様の世界では、それが遊びになるんですね……なんか、不思議」

リアはおもしろいですね、と笑った。

「そうだね」

（このリアの言い分からすると、こちらではバーベキューは娯楽にはならないってことだよね）

世界が異なることを、普段はあまり意識することがない。

でも、時々こんな風に何でもない瞬間に、リアたちと自分の認識の前提が違うことを強く感じる。

「……とりあえず、塩胡椒《しおこしょう》をもっていけば良いですか？」

「塩胡椒もいいけど、せっかくだからハルバ塩もっていったら？　ハルバ塩ならそれだけで何にでも合うし……機会があったらツアーのお客様に売り込めたらいいな～なんて思ってみたり。……ほら、大迷宮のツアーのお客様って他国の方が多いと思うから良い宣伝になると思うの」

「そうですよね。……それに、ハルバ塩ならそれだけでプロの一品ですもんね」

「ご家庭にはない原料もあるし……」

ハルバ塩は、アル・ファダルで最近売り出しはじめた調味料だ。

生野菜にかけてもよし、焼く前の下味にしてもよし、焼いた後、軽く振るだけでも味がきまる。しかも、家庭の主婦がなかなか真似《まね》できないプロの味に仕上がるというのが売りで、現在、ドドフラに次ぐヒット商品になりつつある。

岩塩をベースにさまざまなスパイスを独自配合しており、大迷宮でとれるハルバの葉を乾燥させて粉末にしたものが使われているのを大きな売りにしている。どんな料理にもさわやかなハルバの風味と深い味わいを加えてくれるので特に女性が買っていくと言う。

配合レシピはここのところの栞の研究成果の一つで、ハルバ以外にも大迷宮産の材料を使っているから、他の国ではおそらく作ることができないだろう。

(とはいえ、そもそもの発想の源はクレイジーソルトなわけですが……)

スパイスが配合されているため価格は少しお高いものの、誰《だれ》もが買えるようにと小分けにしたものも売り出している。少しずつアル・ファダルの土産物としても広まってきているが、ここでさらに名を売って需要を増やしたいところだ。

(調味料って、結構いいと思うんですよ)

持ち運びがしやすく、常温で傷むこともなく、取り扱いも簡単だ。

(何よりも、消え物だってところがいいですよね)

一度顧客を掴《つか》めば、定期的に必要とされる優良輸出品になるに違いない。

「いつでもどこでもおいしく食べられる備えはしておいた方がいいよ。迷宮の中では何があるかわからないし……。あとプリン殿下が言うには、ハルバ塩には疲労回復作用があるんだって。いざとなったらドーピングにも使えるから……とは言っても調味料には違いないから、わりと究極の選択だけど」

効果があることを知っていても、調味料だけずっと舐《な》めているのはちょっと辛《つら》いだろう。

「疲労回復、大事ですよね」

「うん。料理に使っても効果は変わらないみたいだから、……まあ、ちょっとした豆知識ってことで頭の片隅にでもとどめておいて」

そして、二人はちょうど同時にそれぞれの夜食を完成させる。

といっても、料理をしたというには少々おこがましい簡単なものだ。

栞は朝食にしたコンソメベースの野菜スープに卵を落として半熟にしたものと店で残ったパン。リアが作ったのは、チーズオムレツだ。

リアはいま、ふわとろのオムレツを作るべく自己修行をしていて、自分で作るときはほぼ毎食オムレツを食べている。

「……今日のオムレツはかなり上手にできたね」

端が少し破れているけれど、それくらいはうまく盛り付ければわからない。

「ありがとうございます~。でも、大事なのはふわとろ具合だから……」

「それはもう、数を作って体で覚えるしかないよね……ところで、ディナンはどうしたの？」

「ズーロウの小舟を買う打ち合わせでトトヤに行ってます」

「こんな時間に？」

「トトヤって二十四時間、絶対に誰か詰めているんですよ。……いつも誰かが大迷宮に潜っているから」

「へえ……」

「大きな迷宮探索屋はそういうとこ多いですよ。お店は開いてなくても、人はいるし、明かりもつけっぱなしです」

「交代制とか？」

「そうらしいです。でも、店舗の上を自分の住居にしている人が多いから……ダンナとかもトトヤの上に住んでいるんですよ」

「そうなんだ」

栞は初めて知ったという顔で小さくうなづく。

「じゃあ、一口もらうね」

「はい」

栞はリアのオムレツにスプーンをいれる。

スプーンをいれた瞬間、オムレツがゆるりと形を崩した。リアが想定していたよりもずっと液体っぽい。

栞はすくった卵を口に運ぶ。口の中にいれた瞬間にバターの香りが広がり、胡椒《こしょう》と塩がちょうどいいバランスで舌先を刺激する。

「うん。味付けはちょうどいいね。トロみ加減が私にはちょっと液体っぽいかな。生の卵が苦手なお客様は多いと思うから、もうちょっと火をいれたほうがいいかも……って言っても、もっと焼くってことじゃなくて、皿の上に盛り付けるまえに少しフライパンの上で余熱をいれたほうがいい」

「……はい」

「生っぽいのが好きな人もいるし……オムレツは、こうするとだいたいこれくらい火が通るっていう感覚を身につけてほしいの」

「はい」

「じゃ、採点はここまで。夜食をいただこうか」

「ありがとうございました」

そして二人は手を合わせると、頬《ほお》をゆるめて、いただきます、を口にした。

◆◆◆◆◆◆

「おはようございます、ヴィーダ・シリィ」

「おはようございます。ソーウェル王宮料理長」

王宮に転移するのにかかる時間は、いつもほんの一瞬だ。

(と言っても、これ、プリン殿下だからこそなんだよね)

魔法や魔術にはレベルがある。レベル、というのは栞がわかりやすいからそう言っているだけなのだが、つまり使い手によって効果を及ぼす範囲だったり、同じ結果を出すのにかかる時間が違うことを指している。

マクシミリアンほどになると国をまたぐ距離であっても、さほど時間はかからない。ましてや、よく知った自国の王宮で転移陣も使い放題なので、ほぼ毎週のように王宮に顔を出しているという慣れもある。

魔法士や魔術師の中でも、転移の術の適性がある者はかなり希少だというのに、マクシミリアンを見ているとその希少な能力がかなりお気軽に利用されているように思える。

たぶんマクシミリアンにとっては、隣国に行くこともさらにその先の国に行くことも自国の王宮に行くことと違いがないのだろう。

（……界を隔てない限り、どこだって一緒とか思っていそう）

「本日は、よろしくお願いいたします」

「はい」

互いに軽く会釈を交わす。

王宮の厨房《ちゅうぼう》はどこもかしこも飛び交う指示と喧騒《けんそう》の中にあったが、栞は、皆が自分を注視していることをひしひし感じていた。

（ここに来ると、いつもこれですよね……）

一挙手一投足を見逃すまいという強い圧を感じる。

（見張られているってわけじゃないけど……私がやることなすことすべてを目に焼き付けておこうっていう強い意志っていうか、執着？　執念？　みたいなものを感じるんだよね）

「先日の打ち合わせ通り、私が作るのは前菜用のパテと途中で口直しに出すスープの予定です」

「前菜用のパテというのは？」

「殿下にお聞きしたら、特に問題がないようだったのであちらで作ってきたのですが、サカスの新鮮なレバーを使ったレバーパテです。柑橘《かんきつ》やベリーの甘酸っぱいソースと合わせたらどうかと思って幾つかもってきてあります」

サカスは大きさがニワトリの倍くらいある首の長い鳥だ。肉質もニワトリに似ていて調理がしやすい。

魔生物のわりにはそれほど凶暴でないことから駆け出しの探索者も狩ることができる為、安定供給されている。アル・ファダル周辺では一般家庭の食卓に上がることも多く、栞もよく使う食材だ。

「この小さな型の分が味見用です。パンやクラッカーにつけて食べてもいいですし、そのまま食べてもいいです」

栞は作業台の上に大切にもってきた籠《かご》を置いて、すっとソーウェルの方に滑らせた。

「このゼラチン質のものは何ですか？」

差し出された金属の型の入った籠を受け取りながらソーウェルが首を傾《かし》げる。パテが流し込まれている表面にところどころ見えている琥珀色《こはくいろ》の何かが気になるのだろう。

「ただのパテだと見た目が面白くないかと思って、サカスでとった濃厚なスープを煮凝《にこご》りにしていれてあります。切ると断面に半透明の煮凝りが模様になって綺麗《きれい》ですし、このスープの味がまたいいアクセントなんです」

「ふむ。……ちょっとこれは味見をしたいですね。……ちょうど、いいクラッカーがあるんですよ」

ニヤリとソーウェルが笑うと、すかさず助手の一人が皿を持ってくる。

「可能であれば、お客様にお出しするワインとのマリアージュ……えーと、調和を試してみてください」

ソーウェルがちらりと栞の背後のマクシミリアンを見ると、マクシミリアンはもちろん構わないというように首を縦に振った。

「……誰か、予備のモンテネリアのワインをもってきなさい。赤です」

「はいっ」

助手の一人が走り出す。

味見用と言われた小さな型に入ったパテを、ソーウェルは注意深くまな板の上に取り出した。

端を薄く切り、断面を見る。

全体的にベージュがかったパテの断面にゼラチンの琥珀がランダムに模様を作っている。

盛り付ける時にはぜひこの断面を活《い》かしたい、とソーウェルは思いながら、端っこの切り落としを口に運んだ。

ねっとりしたレバーの食感と独特の匂《にお》いが口の中いっぱいに広がった。それと一緒に、生姜《しょうが》と香草が舌の上を通り、ほんのりとさわやかな柑橘の香りが鼻を抜けて行く。

「全然生臭くありませんね。……いや、レバー独特の匂いみたいなものはありますが、特に気にならない」

「レバーの匂いが完全にはなくならない……でも生臭くはないというラインで味を調整しました。匂いをなくしてしまうとレバーである意味がありませんし、レバーの美味《うま》さってこの匂いあってこそですし……でもパテ自体に混ぜると味が濁るので、ゼラチン質の部分のスープに生姜や香草を使っているんです」

「なるほど」

うんうんとソーウェルは深くうなづく。

レバーを嫌う人間は多いが、ソーウェルなどは逆に肉よりもレバーの方が好きだ。

「レバーが好きな人はパテ部分だけで食べてみてもいいですし、一緒に食べることで二度楽しいみたいな感じになればいいな、と思って作りました」

「少し柑橘っぽい香りがするようですが……？」

「使った香草に『レニア』というものがあります。これは、大迷宮にしか生えない柑橘の葉で、乾

燥させて使います。……ディアドラスでは最近、これを肉類や魚類の臭み消しに使うことが多いんです。ほんのりとさわやかな香りが漂うのがこれからの季節に合うかな、と思って……」

「へえ……煮込み料理なんかにもよさそうですね」

「ぴったりですよ。肉もいいんですけど、魚介がすごく合いますね。一応、こちらでもいろいろ試してもらおうと思って少し多めにもってきました。……うちではディナンとリアも使える素材なんですが、大迷宮産のものなので、誰《だれ》でもが使えるというものではないかもしれません」

「……わかりました。では、まずは私が試させていただこうと思います」

「はい」

互いにその道に邁進《まいしん》する料理人同士、顔を合わせればすぐ料理の話がはじまり、マクシミリアンの存在は忘れられる。そもそもソーウェルが転送陣のあるところまで誰かを出迎えに来るのも異例だ。

マクシミリアンは一緒にもってきた素材を整理するように、ソーウェルの弟子たちに言いつける。

「……マクシミリアン殿下、この魔生物は何ですか？」

「ああ……それはフランドルシュという。フランドルシュはシリィがスープに使うものだ」

「マクシミリアン殿下、このフランドルシュというのはどういう魔生物なんですか？」

「魔生物のレベルとしてはⅡからⅢ。住んでいるエリアは地底湖近くの湿地帯。見ての通り甲殻類だ。見た目は海老に近いが、肉質はカニに近いとシリィが言っている」

「へえ」

マクシミリアンより頭一つ分高い位置に鋏《はさみ》があるフランドルシュだが、ぱっと見たところ、二メートルには少し欠けるだろう。フランドルシュとしては小ぶりで使いやすいサイズだ。今回はこれを二匹もってきた。

栞が作ろうと思っているスープに使うのは一匹だが、不測の事態というのはいつでも起こりうるので、予備があるに越したことはない。

「……フランドルシュの身をたっぷり使って、甘いポワ葱《ねぎ》を添えたスープにする予定です。出汁《だし》はラルダ茸《だけ》ですね。ラルダ茸は、今日、リアが採りに行ってくれているんです。なので、うちの在庫はここで全部使いきっていくつもりです」

「貴重な食材をありがとうございます」

「……で、結局、晩餐《ばんさん》会は今日なんですか？　それとも、明日になったんですか？」

先日の打ち合わせの時には、不確定要素が多すぎてまだ決まっていなかった。

「今日です。……旅程が遅れているお客様があったので、ぎりぎりまで予定がたたなくて……」

「そうですか。……私はこの後、こちらの厨房でスープを作ったら、お暇《いとま》をさせていただく予定です。盛り付けなどは料理長にお任せしますので」

「わかりました」

ソーウェルはしっかりとうなづく。

栞の料理は特別だ――――だからこそ、晩餐の中で出す時はとても気を使う。

本来、自分の作った一皿として盛り付けも、出すタイミングもすべてコントロールしたいのが料理人の性《さが》だ。

けれど栞は、王宮の晩餐会はソーウェルの指揮下にあるのだからと、盛り付けもすべて委ねてくれる。ソーウェルならば悪いようにはしないと思ってくれているのだろう。

（……ヴィーダの信頼に応《こた》えたい）

晩餐会の流れを壊さず、自分たちの作り出す一連の味の中にその特別な一皿を組み入れるのはなかなかに難しい。

（だが、やり甲斐《がい》はある）

この年齢にしてなお、栞の影響を受けて自分の料理が変わり続けていることを、ソーウェルは嬉《うれ》しく思っているのだ。

「ところで、主賓はどこの国の方なのですか？」

「今回は周辺諸国の首脳陣がいらしているんですが、やはり、女王陛下直々にいらっしゃっているルドラ、それから、王太子殿下がいらっしゃっているエスティリアになりますね」

「……そうですか。確か、ルドラの女王陛下は魚介がお好きでしたね」

栞は以前何かの折にマクシミリアンに聞いた話を思い出す。

「ああ……特にカニやエビが好きで、食べ過ぎで腹を壊す程度には好んでいた」

背後にいたマクシミリアンがうなづいた。

「ならば、偶然ですけどフランドルシュはいい選択でしたね。……事前に用意をお願いした食材の中に、何か使えないものはありましたか？」

「いいえ。すでにエスティリア以外の国の方々にはご確認いただきましたが、特に問題はありませんでした」

「エスティリアの王太子殿下は何かダメな食材があるんですか？」

「……エスティリアの王太子殿下は……」

ソーウェルは眉《まゆ》を顰《ひそ》めて難しい表情をする。

「何か問題でも？」

「エスティリアの王太子殿下は、二年まえに立太子なさったのですが、それ以前もそれ以降も、何度も生命を狙《ねら》われているので、食事については少し問題があるというか……」

ソーウェルが背後にちらりと視線をやる。

マクシミリアンが小さくうなづいて口を開いた。

「エスティリアの王太子——カイン殿下は偏食家というか……料理らしい料理をほとんど食べられないんだ」

「……はい？」

「何度も毒殺されそうになっていて……彼は私達にとって幼馴染《おさななじみ》というか、仲が悪くない従弟《いとこ》なので、私たちが毒味をしたものなら手をつけることができるが、食べるということが深刻な心の傷になっているせいで作っても無駄というか……」

「従弟？　幼馴染？」

栞はそのマクシミリアンの口から聞くには珍しい単語を聞きとがめた。従弟も幼馴染も、どちらもいてもおかしくはないのだが、相手がマクシミリアンというだけで何となく不思議な気がする。

「彼の母と私たちの母が姉妹なんだ」

王侯貴族は入り組んだ婚姻関係を結ぶことが多いという漠然とした知識は栞にもある。

別にこちらの話だけではなく、あちらの世界の歴史を調べれば、いくらでもそういう例を見つけられる。

（実は料理の発達と王族の婚姻って、結構重要に絡んでいるんだよね）

あちらで美食の国として名高いフランスの、そのそもそもの基礎を形作る洗練された食は、ルネッサンス期のイタリアから王家の第二王子の元に嫁いできた姫君が大きな影響を与えていた。

（砂糖菓子やケーキ……確かソルベもそうだし、ソースの基本とかもそうだったはず）

一緒に菓子を作りながらそんな雑学ネタを話してくれた人が居たおかげで興味をもった栞は少しだけヨーロッパの歴史をかじっているし、一部に関してはとても詳しいので王侯貴族の婚姻に関して多少は知識がある。

「……もしかして、えーと、そのカイン殿下は王妃の子どもではない？」

「うん。エスティリアの王妃の座は随分と長いこと空位だ。国王陛下には王太子になる前から連れ添っていた妃がいて、陛下が即位した時に彼女が王妃の地位についたんだけど子どもを産めなくて……十年位前に亡くなっている。カイン王太子の母親である私たちの伯母は、正妃が亡くなる前に側妃のまま亡くなっているんだけど、国王陛下は伯母が生きていれば、伯母を王妃にしたかったらしい。だから、王妃の座を空位にしているという建前が世間ではまかり通っている」

「……建前ですか」

（すごく微妙な単語だ……）

「そうだ。……陛下は確かに伯母を愛していたのかもしれない。……だが、実際には今生きているどの側妃を王妃にしても問題が発生するからというのが王妃の座を埋めない一番の理由じゃないかな。……亡き人への愛ゆえにだと言えば聞こえがいいから」

ただの言い訳なのだと、マクシミリアンは言外に匂わせた。

（何ていうか、後宮の女同士の争いが透けて見えるような話だ……）

恋愛結婚が推奨されているフィルダニアの王家ではそういう話を聞かないが、きっとそんな話は珍しくないのだろう。

「つまり、今も何人かの側妃がいて、その側妃にそれぞれ男児がいるんですね？　――――それも、おそらくは、複数人」

エスティリアの政治情勢というか、後継ぎ問題の図式が何となく想像できる。

（後ろ盾のない王太子殿下か……）

「当たりだ。シリィは察しがいいな。……エスティリアの世継ぎ問題は随分と紛糾していたが、二年前、体調を崩して気弱になった国王が庶長子であるカインを王太子に指名したことで一応の決定を見た。……だが、カインには世継ぎはおろか婚約者もいないから、カインが死ねば次の玉座は空になる」

そのせいでカイン王太子は以前にも増して毒殺の危険に晒《さら》されるようになったのだという。

「なぜ毒殺なんです？」

「国王陛下が定めたことを表立って反するわけにはいかない。事故を装えるギリギリの線が毒殺なんだ」

マクシミリアンの言葉に栞が首を傾《かし》げる。

「毒消しの魔術や毒に反応する魔道具があったりする世界で？　えーと、そのカイン殿下には魔力がない、とか？」

「まさか。私たちの親族だぞ？」

　マクシミリアンが即答する。

「……ですよね」

「とはいえ、不用意に口にすれば死ななくとも苦しむことにはなるし、今は上級魔術師であっても、幼い頃《ころ》は違った……心的外傷が生まれるのには十分すぎるようなあれやこれやがあった、というわけだ」

「毒を盛った犯人に対して処罰はなされなかったのですか？」

　栞が不思議そうな表情で問う。

「なぜだ？」

「厳しい処罰が与えられれば、それが抑止力となってそれ以降の実行を躊躇《ためら》うこともあるかと思って……」

「ああ……処罰がなされなかったわけではない。が、エスティリアの国王陛下は厳しい方で……それらを自身で裁くことをカインに要求した」

「……と、いうと？」

「自分でそれらをうまく裁けということで、陛下は何も手を出さなかった」

「おっしゃっている意味がよくわからないんですけど、自分を殺そうとした相手を処分してくれない親とか、こちらでは普通なんですか？」

　その表情には思いっきり不審感が表れている。

「普通なのかって言われるとわからなくなるんだが、王族の教育方針としてはなくもない」

「え、親が子どもを守らないのがアリなんですか？」

「エスティリアは大国だからそこらへんも自分で何とかすることを求められている。うちの……フィルダニアではどうなんだって言うんなら、はっきり言ってありえない。……うちの親は子どもに甘い。私のような子どもだとわかっていても、何かされれば激怒する」

「……私はそれが当然の方がいいです。でも、他人の家の教育方針に口を挟めないっていうのはわかります」

頭ではわかるが、難儀だなと思う。大国の王家の生まれだなんて身分でなければ、そんなことはないだろうに。

……ところで、殿下のような子どもってどういう子どもが想定されているんだろう？

「まあ、事情はわかりました。カイン王太子殿下はほとんど食べないから、彼のことは気にしないで作っていいってことなんですね」

「ああ。……いつものことだから。それに今回、シリィが作るうちの一品がスープの類だったのは良かった。その種のものならカインも多少は口にする」

「……普段はどうやって栄養をとっているんです？」

「野菜や果実を細かく粉砕してどろどろになったジュースみたいなものを、自分で作って飲んでる」

「……ああ、毎食、ダイエットシェイクみたいな感じなんですね」

「だいえっとしぇいく？」

「あちらにそういうものがあるんですよ。……自分で作るものなら大丈夫って感じなんですか？」

「ああ。……ただ、それほど器用ではないので、たいしたものは作れない」

正直に言えば、すごく不器用だ、とマクシミリアンは言った。

（……どうしたものかな？）

晩餐会の食事に手をつけない人がいるからといって、栞が頭を悩ませても仕方がない。

事情がわかっていて、依頼主も了解していることなのだからわりきってしまえばいいのに、何だかもやもやして気が晴れない。

（私が任されているわけじゃないんだから、何ができるというわけでもないし……）

でも、すごくすっきりしない。

栞はそれを振り払うように軽く頭を振って、気を取り直してソーウェルに尋ねた。

「それで、晩餐会の参加人数は何名ですか？」

「出席者の予定人数は十五名。それに加えて、陛下や殿下方が七名での合計二十二名ですね。予備と毒見用を含めて三十名分を用意します」

「わかりました」

（そんなにたくさんの人が来ているってことは、サミットみたいなものなのかな？）

「大迷宮のいろいろなことを話し合う会議だ。……今回はうちが議長国だ」

マクシミリアンが、まるで栞の心の中の疑問に答えるように告げた。

「だから、魔生物食材を使うんですか？」

今回は持ち込んでいる食材の量がいつもとは比べ物にならない。たぶん、栞が作るものの他にも魔生物を使った料理を出すつもりだろう。

「まあ、そうだな。……あんまりうるさいこと言うようだったら、文字通り口をふさごうかと思って。……どんなにうるさい老人も、食べている時は静かだからな」

「……殿下」

身も蓋《ふた》もないマクシミリアンの物言いに、ソーウェルが皮肉気な笑みを浮かべる。

「事実だろう。……とりあえず、やつらがシリィの料理で無言になってくれれば幸いだ。もっと言うなら、餌付けをしてもらえたらさらにいい」

「餌付け、ですか？」

「ああ。……できれば、魔生物の効果がとてもよくわかるような形で」

「……欲張りすぎですよ、殿下」

ソーウェルが窘《たしな》める。

「よくわかりませんけど、また食べたいと思ってもらえるものを作りますね」

料理人にできるのはそれくらいです、と栞は軽く肩を竦《すく》めた。

◆◆◆◆◆◆

王宮の厨房《ちゆうぼう》は広い。時に百名を超える人数の食事を用意する設備なのだから当然なのだが、これだけ広いと、たまに訪れることがあってもどこに何があるかなんてさっぱりわからないものだ。

そのため、栞にはいつも助手がつけられる。

「では、ヴィーダ。いつも通り、ここの作業台とそちらのオーブンを使って下さい。その裏のストーヴも使っていただいてかまいません。何か必要なものがあったら彼らを使って下さい」

いつもの制服に着替えた栞の前に、にこやかに立っているのはフレイとムジカ……王宮の厨房ではストーヴを任せられている二人だ。

王宮の厨房の制服は、ディアドラスのものとはちょっとデザインが違う。かぶっているのが昔ながらのコック帽で、日本でホテルに勤めていた時の制服とよく似ているので、王宮の厨房で作業していると、時々、その時のことを思い出したりもする。

「お久しぶりです、ヴィーダ・シリィ」

「よろしくお願いします、ヴィーダ」

「お久しぶりです。こちらこそ、よろしく」

二人は王宮の厨房に勤務するすべての職員の中で、安定した技術と魔力とをバランスよく持つと判断され、栞が王宮に来た時は専属助手になることになっている。

栞が使う作業台やオーブンも最近、ほぼ固定化していて、何となくオーブンのクセもわかってきたような気がする。

早速、ものすごく大きな鍋《なべ》二つにお湯を沸かす。

どちらの鍋も栞が五人くらい入れそうだ。もしかしたら、以前栞が住んでいた寮の風呂《ふろ》より大きいかもしれない。

「今日こちらで作るのは一品だけで、それが作り終わったら私は休暇をいただく予定です」

パテの盛り付けもスープの温めやタイミングもソーウェルにお任せだ。だいたいのイメージのすり合わせは済んでいるし、何といってもここはソーウェルの庭である。

（それに、晩餐会《ばんさん》はフルコースなわけで……）

それは、ソーウェルがそれぞれの料理を一つの音楽ならぬ、コース料理としてまとめあげる責任者であるということなので、栞が作ったものでもソーウェルの手で皿にしたほうが絶対にうまく調和する。

自分の作ったものは自分の一皿としてすべて仕上げたいという料理人もいるが、栞は自分の名を出すつもりはないし、信頼した相手にだったら安心して委ねられる。

（ソーウェルさんなら大丈夫だ）

「休暇ですか？」

この時期に？　という言外の非難がましい響きに栞は、はいとはっきりうなづいた。

「こちらに来てから、休みらしい休みをとっていないものですから……」

スープにしたのも、提供する時に自分がいなくても良いだろうと思ったからだ。

できるだけ長くごろごろと怠惰に過ごしたい。

（スープ温めるだけなら難易度がそれほど高くないから、ここの料理人なら誰《だれ》でもできるし……）

特別な盛り付けをするわけではないし、焦がしたりしないよう温めるだけだ。

「もしかして、こちらに来ている時って、レストランの休みの時なんですか？」

「そうです。本当はシフト制で定休を作りたいんですけど、ぎりぎりでやっているので人手が足りなくて……週に一度、いえ、二週に一度でもいいですから、交代でお休みをとれるようになりたいんです」

切実感溢《あふ》れる栞の声音に、フレイとムジカは押し黙った。そして、非難がましいことを口にしてしまったことを恥ずかしく思った。自分たちと栞とでは立場が違う。

「さて、それでははじめましょうか。……手は二度洗いしてますよね？」

「もちろんです」

「教えられたようにしましたよ」

最初に顔を合わせた時、手本を見せられて手洗いのやりなおしをさせられたことを、二人は絶対に忘れないだろう。

二人は共に、栞と初めて会ったあの日、それまでの価値観がひっくり返ってしまった。

（最初は、ただの下働きの女の子だと思ってた）

フレイもムジカも、栞が初めてこの厨房に来た日のことを覚えている。

自分たちは皿洗いや掃除、それから下拵《したごしら》えを主な仕事にしながら、時折、厨房のいろんな場所で言われたことだけをしていた。……いや、言われたことしかさせてもらえていなかった。

（そんなところに、ヴィーダがやってきた）

双子の王女殿下に連れてこられた新しい下働き——王宮に入る時期の不自然さに自分たちはまったく気づいていなかった。

（それで、先輩風を吹かせて、面倒な仕事だけを押し付けた）

栞は何一つ余計なことは言わずに黙々と彼ら二人がしていた皿洗いをし、それから掃除をした。

本来、料理人は皿洗いなどしない。洗い場専用の使用人がいるからだ。

彼ら二人が皿洗いをしていたのは、厨房のどこの部署も彼らを固定の働き手として必要としなかったからだ。つまりは、役立たずのお荷物だと思われていたのだ。

なのに、自分たちはそれに気づいておらず、ただ忙しいだけの繰り返しの毎日の中で愚痴ばかり言っていた。

王宮の厨房では一番の下っ端で、まだ一人前ですらなかったのに、外に出れば自分たちは王宮の料理人だと胸を張っていた。

新しい下働きが入ったことで、自分たちの地位があがったのだと勝手に思い込んでいた。

（王女殿下たちから、料理人なのだとちゃんと聞いていたのに……）

そして、この世界の調理の現場を知りたいからという理由で下働きに来ていた彼女に、一週間、皿洗いと掃除しかさせなかった。

だがその一週間で、栞は厨房を磨きぬいた。

床も壁も天井も……すべてがぴかぴかだった。

（天井をどうやって磨いたのかを聞いたら、マクシミリアン殿下にやってもらったって言ってたっけ……）

自分たちが半ば嫌がらせのように押し付けた仕事が、よもや第三王子殿下の元に回るなど考えもしなかった。

その時点で初めて彼女がマクシミリアンの誓約者《ヴィーダ》であることを知った。

当然ながらマクシミリアンには思いっきり嫌味を言われたが、栞はマクシミリアンに手伝ってもらったことをまったく気にしていなかったし、掃除と皿洗いばかりさせられたことに一言も文句を言わなかった。

（それどころか、掃除も仕事の内だって言って、殿下を窘めてくれたっけ……）

マクシミリアンに対する毅然《きぜん》とした態度に驚かされたし、フレイとムジカを助手につけると言われても気にせずにそれを受け入れたことにも驚いた。

そして試作の手伝いをするようになって、まだ若い女性だからと少し舐《な》めていた気持ちは完全に霧散した。

マクシミリアンの持ち込む迷宮産食材を平然と解体するのに唖然《あぜん》としたし、こちらの世界とは違う発想から作り出される料理は、試作品はともかくとして、完成したものは珍しいだけでなく絶品だったのだ。

王宮の厨房で出世していくためには政治力のようなものも必要とされるのだが、料理人同士の序列はそれとは別だ。

ソーウェルが王宮の総料理長として二十年以上君臨しているのは、彼が文字通り王宮で最も美味《うま》いものを作るからだ。

（料理人の評価は、味がすべてだ）

腕と役職とが一致しているからこそ、ソーウェルはこの二十年、総料理長で在り続けた。

だが……。

（ヴィーダが一番最初に作ったのは、サカスのソテーだった……）

ソテーと言えば聞こえはいいが、言うなればそれはサカスの胸肉を焼いただけのものだ。

けれど、焼いただけのそれがすでに特別な一皿だった——見た目からして全然違っていた。

あの瞬間、自分の世界は変わってしまったのだ。

（食べた瞬間、背中がぞわっと総毛立った……）

サカスは自分たちでも扱える鳥だ。流通経路が確立しているから、フィルダニアでは一般家庭でも広く食べられている。淡白でどんなソースにも合わせやすいが、焼くと少しパサつくのだ。

（けれど……ヴィーダの作ったソテーは、まったく違っていた……）

皮はパリッと香ばしく、肉は中までちゃんと火が通っているのに、噛《か》むとしっとりとしていて口の中に旨味《うまみ》が溢れた。

味付けは塩と胡椒《こしょう》とワインがほんの少しだけ——特別な材料など一つも使っていないのに、誰にも作れない一皿を作り出した。

（……なんで俺たちが名指しで助手にされたのか、あの時はわからなかった）

そんなことがあるはずがないのに、意趣返しかもしれぬと勝手に憂鬱《ゆううつ》な気分になってもいた。

後で教えてもらったのだが、実はフレイとムジカが非喫煙者だったから受け入れたという。

煙草《たばこ》の匂《にお》いが染みついている手で材料を触ってほしくないのだと、栞は小声で教えてくれた。

——あの日があったからこそ、今の自分たちがある。

それがなければ今でも自分たちは下働きのままだっただろう。

（きっと彼女は何も知らない……）

でも、それで良かった。これは自分たちのことで、彼女のことではないのだ。

そんなことをまったく知らない栞はわずかに笑んで言った。

「では、まず、フランドルシュの解体からはじめましょう」

ちょうどタイミング良く運ばれてきたフランドルシュに、二人は大きく目を見張る。

「フランドルシュは、見た目の形は海老っぽいんですが、中身はカニに近いと思うんです。繊維がしっかりしてるっていうか、カニっぽい身なので」

「え、ええ」

栞が持ち込む素材はいつも彼らには見たことがないものが多い。

王宮の厨房なので珍しい食材も数多いが、迷宮の魔生物を原形で見ることはとても珍しい。

「まず、これ、全部脚をもぎます。一人は本体が動かないように持っていて下さい。それで、もう一人が脚のこのあたりを持ってそのまま逆側に折ります。この付け根のところで折るんです。うまくできなかったら、ここに切れ目をいれてみてください」

根元の関節部分で折っていくのだと説明しながら、栞はボキンとその脚を一本折って見せた。折った脚はなかなか重量があって、食べごたえがありそうだ。

「折った脚はこっちの作業台にお願いします。今回は脚は使わないので、全部まとめて保管庫行きです。これ、生を冷蔵では保管できないので要注意ですよ」

「保管できないんですか？」

「ええ。そのままだと身が黒ずんでくるんです。……それもカニっぽいなって思う理由の一つなんですけど」

「でも、脚の付き方は海老とかザリガニっぽいですよね」

「ええ。あと、形もどっちかというと海老っぽいです。まあ、甲殻類って思っておけば間違いないので……冷凍か時を止めるかのどちらかで保管してください」

王宮の保管庫は、冷蔵、冷凍、時空のそれぞれの部屋がある。保管しながら熟成させたい場合などもあるから、用途によって使い分けがされている。

時を止めればその瞬間の新鮮さを保つことができるが、それは永遠ではない。

どんなに時を止めようとも、その物が持つ存在の力とでも言うべきものには限りがある。その一線を越えると、その物がまるで枯れるように萎《しお》れてしまうのだ。栞にはそれが不思議だった。

（魔生物は、その存在の力が強いんですよね）

魔生物はその強さなどで総合的に判断してレベル分けがされているが、レベルが高ければ高いほど、枯れるまでの期間が長い気がする。

あるいはその存在の力こそが『魔力』なのかもしれない、と栞は睨《にら》んでいるが、詳しい考察や裏付けはまだまだこれからだ。

「ヴィーダ、こちらの鍋のお湯は何に？」

「脚と頭をとった胴の部分を軽く茹《ゆ》でます。奥の鍋は干したラルダ茸《だけ》をたっぷり沈めてください」

（沸騰しそうになったら、ものすごく弱火にしてだいたい一時間……）

それが、最近会得したラルダ茸の出汁《だし》を最高においしく取るコツだ。沸騰させるのも煮立たせるのもなしで、ただひたすら弱火で煮込む。

「殻が赤くなったら、お湯から出して、身と殻を分けてください」

ディアドラスでなら、火の制御はリアかディナンの仕事だ。でも、こちらではそれを頼むと、他の仕事ができなくなってしまうので栞がする。

（いつも一品か二品だからいいけど、これ、フルコースで全部私が火の管理しながらだと、ものすごい大変かもしれない）

「あ、殻は捨てないで下さいね。……殿下が何かに使うかもしれないので」

「あ、はい」

「あと、ゴミも全部持ち帰るそうなのでまとめておいてください」

「そうなんですか？」

「……あの、あまり大声では言えないんですけど、魔生物の内臓とかのゴミを食べた生き物が、変質したり進化する例があるので……」

栞は言葉を濁した。ディアドラスから出た生ごみを漁《あさ》っていた野良猫が、とても猫とは思えない進化を遂げた例を知っているのでどうしたって慎重になる。猫だからまだ良かったが、これが虫だったらどうなることか！

（じ、人類の敵がこれ以上進化したりとか……）

そんなことになった日には、栞は落ち着いて仕事をしていられなくなるだろう。

同じことを考えたのか、ムジカも小さく身体《からだ》を震わせている。

（でも、考えてみたら当たり前だよね）

魔生物を食材として作った料理を食べた人間の魔力が増強されたり、浄化されたりするのだから、同じことが他の生物におこってもおかしくない。

たぶん、それが最も明確に形になったのがあの猫だったのだ。

「身と殻を外しました」

「はい。……えーと、必要なのは四分の一くらいです。……残りは適当なブロックに切り分けますので、一つずつ収納用の袋に入れて収納庫にお願いします。これは、時空操作している保管庫で。……あと、その脚を全部仕舞ってきてください。色が変わったら使えなくなります」

わかりました、と返事をした二人がそれぞれ手分けをして運び始める。

その間に、栞はたっぷりのポワ葱《ねぎ》を刻んでおく。最後、盛り付けた時にいろどりとしてのせるつもりだ。この時期のポワ葱は柔らかくて美味《おい》しいから少し多めに盛ってもいいかもしれない。

(浮き実はどうしよう……いや、でも、身をいれるし、とろみをつけるからいらないか……)

小皿によそって出汁の味をみた。

(うん。……これは、おいしい)

まだ塩も何もいれていないのに、ラルダ茸のもつ滋味あふれる味が口の中に広がった。

(濃すぎず、薄すぎず……ちょうどいい塩梅《あんばい》だ)

思わず自画自賛して、笑みを浮かべてしまうような出来だ。

「……シリィ」

背後から呼ばれて、びくっと肩が震えた。

マクシミリアンとよく似ているけれど、わずかに響きの違う声がした。

(……プリン殿下は用事がない限り、厨房《ちゆうぼう》には来ない)

厨房が料理人たちの神聖な戦場であることをよく理解しているからだ。

「……ルーシー殿下?」

ゆっくりと振り返ると、そこにいたのは栞の予測通り第四王子のルシウスだった。

この末っ子王子はすぐ上の兄であるマクシミリアンに特にべったりで、いつも双子王女と取り合いをしているブラコンだ。

どういう事情かは知らないが、以前顔を合わせた時に比べ、その赤みを帯びた金の髪が驚くほどに短くなっている。

「やあ、久しぶり。……へえ、今日のシリィの料理はスープなんだね？」

「はい。そうです」

好奇心で輝く藤色の瞳《ひとみ》は、鍋《なべ》に釘付《くぎづ》けだ。

（……視線？）

ルシウスとはまったく違う種の……どこか険しさを帯びた視線に気づいた。

「あ、紹介するよ、シリィ。……僕らの従兄《いとこ》。隣国エスティリアの王太子カイン」

ルシウスの背後にひっそりと影のように立っていたのは、先ほどマクシミリアンからいろいろと話を聞いたその人だった。

（……ロダンの彫刻みたい……）

そんな風に思えたのは、その横顔が凍り付いていたように見えたからだ。

「……前島《まえじま》栞といいます。お目にかかれて光栄です、王太子殿下」

一拍おいて、軽く会釈する。内心、彼を見て少しだけ驚いていた。

（プリン殿下かと思った）

「……いや、仕事中にすまない。この馬鹿が……作っているところを見れば食べられるだろうと言って私を引っ張ってきて……」

さっき一瞬だけ見た険しい顔が嘘《うそ》のようなやわらかな表情で彼は言った。

ルシウスと同じくらいの身長、同じくらいの体格をしていて顔立ちもとてもよく似ている。

（でも……）

でも、髪色が黒いせいか、ルシウスよりもマクシミリアンの面影が重なる——より正確に言うならば、成長したマクシミリアンを思わせる。

「黒髪……？」

彼は彼でキャスケットから少しだけのぞく栞の髪を見て、その色に何やら親近感を覚えたらしい。黒髪の人間がまったくいないわけではないが、こちらではわりと珍しい。もしかしたら、彼の国ではさらに珍しいのかもしれない。

「あのさ、ここの隅っこから見学させてよ。邪魔はしないから」

にこにこと人懐っこい笑顔でルシウスは言う。

「おい、待て。……迷惑だろうが」

「何言ってんの。君が食事ができるようになるかならないかの瀬戸際だよ？　……この際、多少の迷惑は許容してもらうよ」

末っ子らしい甘ったれな性質とそれゆえの傲慢《ごうまん》さ……ルシウスの中には、それが無理なく同居している。愛嬌《あいきょう》があってコミュニケーション能力も高いので、多少無理を言われても皆が許してしまうのだ。

「……ソーウェル王宮総料理長の許可があるのでしたら構いません。ですが、調理の邪魔をしたら、うちの殿下に言いつけますからね、ルーシー殿下」

先に太い針を一本刺した。ブラコンだけあって、ルシウスはマクシミリアンに弱いのだ。

「わかっています。……ごめんね、邪魔する気はないんだけど。あのさ、シリィ。カインはすごい偏食で、限られたものしか食べられないんだ。シィ兄上とは別の意味でいろいろ難しくて……」

ルシウスは、人の多いこのような場所で話すことを躊躇《ためら》ってか言葉を濁した。

その事情はすでに承知していたものの、マクシミリアンがその事情を栞に明かしたことをカインが不快に思うかもしれないと思ったので、栞はそれについては何も言わなかった。

「見ているだけなら構いません。……失礼ですが、カイン殿下は何がお好きですか？」

（私があれこれ悩むよりも、本人に聞くのが一番ですよね）

「え？」

「お好きな食材です」

栞に問いかけられたカインは、目を何度かしばたたいた。

「……実は、好き嫌いを言うほど、食べ物に興味がない」

「……なるほど」

（食べ物に興味がない……って言うのなら、まだマシかな。食べることに興味がないって言われたらどうしようもないけど、食べ物に興味がないなら興味を持ってもらえればいいんだし……）

「……私は、幼い頃《ころ》から毒殺の危機に何度も晒《さら》されていて、そのせいであまり食事ができない。……安全な食べ物だとわかっていても、毒が含まれていた時のことを思い出すと、身体が硬直する。まあ、一度食べればそれで抗体ができるから、それに関しては良かったんだが……」

（……それ、さらりとこんなところでする話じゃないですよ……）

「すいません、聞いていいのかわかりませんけど、参考までに、その思い出すせいで食べられない食材は何ですか？　食材としてわからなかったら、料理名でもいいんですけど……」

できるだけそれを抜いて作れば食べられるようなものができるのでは？　と考えた栞は甘かった。

「一時期、毎日のように入っていたから……我が国で手に入る一般的な食材はほとんどダメだし、大概の料理は毒入りで食べたことがある」

「……それ、そんなあっさりとドヤ顔で言うことじゃないですから」

「どやがお？」

「……いえ、いいんです」

栞はこっそりと小さな溜息《ためいき》をついた。

（私、雇われたのがフィルダニアで本当に良かった……）

この世界にはこの世界の流儀があることはわかっている。……でも、やはり栞は安穏とした日常を生きる現代日本人なのだ。あまりにも殺伐としているのは、ちょっと心が痛む。

「さっきカインとお茶をしながら話していて、シリィのことを思い出したんだ。シリィは異世界人だろう？　異世界の料理だったらカインの食べられるものがあるかもしれないし、それに作っているところを見ていれば安心できるかとも思って……」

「……つまり、知らない材料で作った知らない料理なら食べられるということですか？」

「知っている料理でも、別物だと心底理解できればたぶん食べられるのだ……ここの王宮でなら、いつも多少は口にすることができているから」

「普通、逆ですけど……カイン殿下には、フィルダニアの方が安心できるんですね」

母国の王宮で作られるものより他国の王宮で作られるものの方が安心できるというのは問題があるのではなかろうか？

「……ああ」

何かしてあげたい、と思ったのは、別にカインに特別な感情をもったからではなかった。

（……ただ……）

栞は作ることも好きだが、食べることこそが己の人生の最優先欲求かもしれないなんて思っているほどに食べることも大好きだ。

その食べることが苦痛な人がいる、というのがまず衝撃的だった。

その事情を聞けば無理もないと思うが、何となくすっきりしない。大げさかもしれないが、栞だったら生存権を侵されていると思うくらい酷《ひど》いことだと思った。

（それから、見た目がだめ）

カインの外見があんまり良くない。

（いや、良くないっていうのは顔が悪いとか容姿が良くないとかじゃなくて……）

見れば見るほど、マクシミリアンに似ている気がする。

（目の色は違うけど……）

カイン王太子の目の色は青でマクシミリアンは紫だが、一見したところ目の色というのはわかりにくいし、マクシミリアンの外見が今のカインと同じ年齢くらいになったらこんな感じじゃないだろうか、と思う見た目をしている。

（だから、ちょっとくらいは力になってあげたいっていうか……）

そんなにいろんなことはできないけれど……なんて考えていた栞の脳裏で、小さな光が閃《ひらめ》いた。

（……あれ？）

「……思ったんですけど、カイン殿下は魔生物を食べればいいのでは？」

「え？」

「魔生物って一般的な食材じゃないって、最近教えてもらったんですけど……違うんですか？」

「いや、そんなことないよ。確かに一般的ではない。……だから、カインも食べられるよね？　確か」

「ああ。……私は調理ができないから進んでは食べないが……」

「あと、魔生物をお奨《すす》めするのにはもう一つ理由があります」

栞はそこでカインとルシウスを見て、唇だけで告げる。

「……魔生物の料理には、毒が混ぜられません」

「え？」

「ええええぇぇぇっ」

二人が同じくらい間の抜けた表情をしている。

「絶対、という確証があるほどそういうケースを知っているわけではないんですが……魔生物って焼くだけでも魔力がいる……調理するのって結構大変だっていうことはよくご存じですよね？」

「もちろんだ」

「知ってるよ」

「つまり、それと同じなんです。毒を入れるのも料理するのと一緒というか……だから、投入しただけでは混ざらなくて分離します。たぶん、魔力を使って調理する要領で混ぜ込まないとダメで……でも、そんなことをすれば何かおかしいってわかりますよね？」

「ああ、わかる」

カインは小さくうなづいた。

「うちのレストランの料理にも何度か異物を混入されたことがありますが、悉《ことごと》く失敗しています」

「へえ、初耳……」

「初期の頃よくあったんですけど、最近はまったくありません……殿下の処罰ものすごく厳しかったですし……」

その厳しい処罰がその後の抑止力になったのだと栞は考えているが、詳細はあんまり思い出したくない。

「でも、今でも朝食ボックスの封印とかすごく厳重だよね？」

「あれは、パンが普通のパンだったりしますし……絶対に混ざらないって言い切れるほど実験とかしてないですから、用心するに越したことはありません」

カインはどこかほっとしたような安堵《あんど》と、どうしていいのかわからない困惑のないまぜになった表情で栞を見た。

「あとはご自分で素材を調達して料理すればいいと思います。鍋一つあれば作れるものもたくさんありますし……」

「いや、私は器用ではなくて……」

「店を開くのでなければ器用さなんてそこまで必要ありません。……レシピ通りにちゃんと作業できる根気があれば大丈夫ですよ」

「……あ、シリィのレシピは国で保護しているからね。相手がカインでも簡単に教えたらだめだよ。カインは従兄だけどエスティリアの人間だから」

「では、そのへんはうちの殿下に伝えておきますので、殿下経由で聞いてください」

よくわからないことはマクシミリアンに丸投げするのが栞の日常だ。

ちょうど、フランドルシュを保管庫に置きに行った二人が作業を終わって戻って来たので、王子二人から離れて栞は再び鍋の前に立った。他の材料はもうすべて揃《そろ》っている。

「……作ってしまっても良かったんだけど、二人が手順を見ておきたいかと思って待っていました」

二人に向き直ると、そこまでの説明をはじめる。

「まず、二人に材料を片付けてもらう間に鍋の火を止めました。それから、アクを丁寧にすくい、ラルダ茸《だけ》も全部抜きました。出汁《だし》をとったあとのラルダ茸はそのまま食べてもまったく問題がないんですが、晩餐《ばんさん》用の料理なので、見た目にも配慮しています。抜いたラルダ茸はこちらです。調味料はもう入っているので、これを後で弱火でことこと煮てください。これで汁気がほとんどなくなるくらいになったら、甘辛の佃煮《つくだに》の完成です」

「つくだに、ですか?」

「お酒のおつまみとかそういう感じですね。ちなみに調味料は、ロンバート醤《しょう》と砂糖で、だいたい三対一くらいの割合です。厳密にじゃなくて自分の好みで加減して大丈夫ですから、味を見ながら煮ていってくださいね」

おぉっと二人が小さな歓声をあげた。たぶんこの佃煮は二人の賄いか何かになるのだろう。

「スープを温めなおす時は中火です」

強火でガンガン炊き上げてしまうと味が濁るし、スープの見た目も濁る。

「……このラルダ茸のスープに、細かくほぐしたフランドルシュの身をいれてよく混ぜて一煮立ちさせ、塩と白ワインで味をととのえたら、水で溶いたレダル粉をいれてよく混ぜます。……こんな風に少しだけとろみがついたら、最後に泡立てた卵の白身を全体に回し入れ、仕上げにごま油と黒《くろ》胡椒《こしょう》を少しだけ垂らします」

レダル粉というのはあちらでいう片栗粉だ。完全に同じものなのかはわからないが、片栗粉だと思って使ってまったく問題ない。

解説をしながら流れるような手さばきで仕上げをする栞を、近くにいる者は皆注目していたが、当の本人はまったく気づいておらず、味見の小皿に口をつける。

(……うん、とろみ加減も、淡雪もすごく上手にできてる)

ただのスープでは華やかさにかけるが、こんな風に淡雪仕立てにすると目に楽しい。

「では、今日の助手の特権です。……味見どうぞ」

助手を務めてくれたフレイとムジカにそれぞれスープをよそった小皿を渡した。

「ありがとうございます」

「あ、ありがとうございます」

フレイは震える手で受け取り、ムジカは本当にいいのだろうかと迷う表情で口へと運んだ。

「あ……」

「……ああ」

口にした瞬間に、二人の表情がふにゃりと緩む。

「どうですか?」

本当はその表情だけでも十分なほど答えはわかっているけど、でも直接聞きたいのが人の情とい……美味《うま》いです。すいません、気の利いたこととか全然言えなくて……でも、これまで飲んだスープの中で一番美味いかもしれない、です……」

「とろっとしているのが喉《のど》のとこを過ぎていくのがすごく美味くて……」

「口に合って良かったです。これ、最後にこの刻んだポワ葱《ねぎ》を添えます。ちなみにこのポワ葱はルドラ産です。新鮮なものが手に入るのだったら最後に盛り付けの時に添えて、ちょっと古いようだったら、仕上げの時に鍋《なべ》にいれてしまってください。……盛り付けはスープ皿というより、蓋《ふた》つきのちょっと高さのある椀《わん》がいいかもしれません。ソーウェル総料理長と相談してください」

「はい」

「わかりました」

二人はそれぞれにうなづき、手元の小皿をきれいに空にした。人目がなければきっと皿についたわずかなとろみさえ舐《な》めとっただろう。

「さて、お二人はおなかに余裕がありますか？　今日の夜の晩餐でも同じものが出ますけど……」

味見はいかがですか？　と二人の王子を振り向くと、ルシウスが目を輝かせてうなづいた。

「もちろん、いただくよ」

「カイン殿下はどうなさいます？」

栞に無理強いをする気はない。

「…………」

回答を待った。

「…………いただこうか」

何かを覚悟した表情で、カイン王子は栞を見てうなづいた。

◆◆◆◆◆◆◆

もう一度食べたいものがあるか、と問われれても、これまでのカインは答えられなかった。

己の中に思い出したくなるような幸せな食べ物の記憶というものを持っていなかったからだ。

（……でも、もしかしたら今日からは違うかもしれない……）

震える手で、そのわずかにとろみのあるスープを口に運んだ時にそう思った。

「熱いから気をつけて下さいね」

口の中に広がる食べたことがない味……それをただ美味いと言っていいのかわからなかった。

「……あつい……」

震える声で呟《つぶや》いた。熱いけれど、それは口の中じゃなくて、もっと深い……今、飲み込んだものが通っていくその感覚が熱かった。

口の中に広がる柔らかなとろみ……その中にたくさん散っている白いものが卵の白身で、赤いものがフランドルシュの身なのだと、作っているところを見ていたから知っている。でも、それだけだ。

（私は、この味を何と言うのかも知らない）

口の中に広がる優しい味わい……もう少ししょっぱくてもいいかもしれない、と思いながらも、ほんのりと鼻を抜けるごま油と舌先を刺激する黒胡椒のことを考えると、これが最も良い味のバランスだという気がする。

「だから言ったじゃないですか、熱いって。お水いりますか？」

「……いや、大丈夫だ、ありがとう」

「添えてあるポワ葱と一緒に食べてみてください。この季節ならではの甘味と柔らかさがなかなかベストマッチなんです」

言われた通りに口に運ぶ。

添えられている刻んだポワ葱はしゃきしゃきと甘い。生で食べられるのは今の季節だけだ。

もう一口、また一口、と何かに急《せ》かされるように匙《さじ》を口に運んだ。

ちらりと隣を見れば、ルシウスが同じように食べている。自分だけではないのだと確認し、スープへと意識を戻した。

何度口にしても、この味を正確に言い表すことはできないような気がする。

「……美味い……」

最後の一口を飲み込んで、口からこぼれたのはその一言だけだった。

「ごちそうさまでした」

「いえいえ。お粗末様でした」

「おいしかったよ、シリィ。……これは何ていう名前の料理なの？」

「『フランドルシュのとろみスープ淡雪仕立て　季節のポワ葱を添えて』とするつもりです」

「ああ、なるほど、確かに淡雪だね。……口の中でも溶けてしまうような食感だったし」

「……ルーシー殿下、夜にもこの美味《おい》しさそのままで提供したいので、このスープの時間を止めていただけます？」

「おやすい御用だ。……でも、温めなおすほうがいいんじゃないの？」

「温めなおす時に煮立たせてしまうと味が落ちるので、このままの温度をキープしてもらった方がいいかと思いました。……ちょうど、ルーシー殿下がいますし」

「まあ、そうなんだけど。……シリィくらいだよね、僕のこと、ちょっと便利な保温器とか冷蔵庫みたいに使うの」

「そういう気はないのですが、ちょうどいらっしゃったし……うちの殿下をわざわざ呼ぶほどのことでもないので……」

『うちの殿下』と彼女が口にするのが従兄《いとこ》のマクシミリアンのことだと、カインにもわかっていた。

彼女が、マクシミリアンの誓約者《ヴィーダ》なのは一部ではとても有名な話だ。

「……シリィ、もうちょっと言葉を飾ろうよ。僕が可哀想《かわいそう》じゃないか」

「でも、事実なので……」

何年振りかでまともに口にした料理の余韻に浸りながら、カインはルシウスと話している女性の横顔を見た。

（……別に、美貌《びぼう》、というほどではない）

だが、どこか異国風の容貌は多くの者が好ましく思うだろうし、魅《ひ》かれるだろう。

控えめなのに、しっかりとした話し方をするのもカインが好意を持つ要素の一つだ。

（それに……）

栞がいれば、自分はこれから普通に食事ができるようになるかもしれない。

(彼女が作ったものならば、普通に食べられるような気がする)

それは己にとって何よりもの福音だ。

(……欲しい)

彼女が、欲しいのだと心が訴えた。

(……何年ぶりかでまともに料理が食べられたからって、単純すぎやしないか？　私)

突如として生まれた感情の嵐《あらし》にカインは戸惑っていた。

(彼女は、マクシミリアンの誓約者《ヴィーダ》だ)

彼女の左手の甲に刻まれた紋章を見れば、それは一目瞭然《いちもくりょうぜん》だ。

それは決して破棄することのできない誓約――魂の絆《きずな》だ。

それを分かつことは誰《だれ》にもできない。

(でも、マクシミリアンの見た目は幼い……私とそう年齢が変わらないように見える彼女の恋愛対象ではないはずだ)

対する自分は外見ならばちょうど釣り合うし、それに、フィルダニアとは比較にならない大国エスティリアの王太子だ――自分がマクシミリアンより確実に優れているのはその二点だけだ。

情けないようだが、それなりに自己を客観視できるカインにはほかに自惚《うぬぼ》れることができるような美点を自分の上に見いだせない。

(だが、彼女がマクシミリアンではなく私を選んでくれれば……)

そうすればマクシミリアンを出し抜くことができる、と思いながらも、すぐにそれは無理だとも思う。あのマクシミリアンがその可能性をただ放置して見ているとは思えない。

（……それに、私は王太子だ……）

栞を恋人にすることはできるかもしれないが、妻にすることはできない。

無理を通すこともできないわけではないが、それはきっと彼女の幸せではないし、マクシミリアンはそんなことは絶対に許さないだろう。

そして、栞を傷つけたりした日には、きっとエスティリアという国が地図上から消える。

（たとえどんなに大国だったとしても関係ない）

相手は今生きているただ一人の魔導師――あの伝説の大魔術師にして大魔導師たるディルギット＝オニキスの再来とも言われる正真正銘の天才だ。物理的にエスティリアを消し去ることができる唯一の存在である。

（彼女には料理人として素晴らしい能力があるけれど……）

料理の世界に革命をおこしたと言われているほどの料理人であったとしても、異世界人というだけで差別されるのがエスティリアの現状だ。

「カイン殿下、おなかが痛くなったりしていませんか？」

「……特には」

「これまであまり普通に食事をしていないわけですから、スープやシチューなどの喉を通りやすいものから少しずつ慣らしたほうがいいです。暴飲暴食をしたら、即座におなかに来ますので気をつけて下さいね」

「わかった」

さて、と栞は立ち上がった。

「……シリィ、これで終わりなんだろう？　この後、どうするの？」

「とりあえず、うちの殿下のところにスープの試食を届けがてら、プリンの差し入れに行きます。……何かちょっと不機嫌にしているっぽいですから」

栞は親指で自分のこめかみを解《ほぐ》すようにぐりぐりと揉《も》みながら、当たり前のようにマクシミリアンのところへ行くのだと告げる。

「兄上なら、たぶん執務室だよ。……不機嫌とかそんなこともわかるんだ？　誓約者《ヴィーダ》って」

「びっくりしたり、怒ったり……強い感情はわりと筒抜けですね」

「嫌じゃないの？　そういうの」

「……別に嫌じゃないですよ。便利だって思うことも多いですね」

「便利って何が？」

「機嫌悪い時にはプリンを多めに持っていくとか、いろいろ小細工できますから」

「……小細工……」

栞は自分がもってきた籠《かご》の中から四角い蓋つきのバットを取り出す。

「……それは何だ？」

カインは問うた。おそらく食べ物が入っているのだろうが、何かまではわからない。

「マクシミリアン殿下の一番好きな食べ物です」

「え、これもプリンなの？」

ルシウスが手元を覗《のぞ》き込む。

「はい。……本当は、厨房《ちゅうぼう》に差し入れのつもりで作ってきたんですけど、とても不機嫌なので、殿下にさしあげることにしました」

「……不機嫌だから？」

「単純に不機嫌だから、というよりは、ストレスがたまってるみたいだから、好きなものを食べたら少しは解消できるんじゃないかな？　っていう感じです。……私はこの後休暇ですけど、殿下はそれどころじゃないですし……」

今夜の晩餐《ばんさん》会が終わったら、明日は一日中会議だと聞いている。

「殿下は、殿下をお休みできないから大変ですよね」

「シリィは、兄上に優しいね」

「……優しいというか、当たり前というか……」

栞は少し考えて言葉を続けた。

「……あのですね、ルーシー殿下。私はこの世界で生まれていないから、誓約者《ヴィーダ》の意味を正確に理解しているとは言い難いです。でも、マクシミリアン殿下がどれくらい私に心を砕いてくれているかは知っています。私たちは運命共同体で……たぶん私がもらっているほうがずっと多いと思いますけど、でも、私だって殿下に同じだけ返したいと思っているし、同じだけ大切にしたいと思っています。……ただ、それだけなんです」

カインが欲して止《や》まないものを、ただそれだけなのだと栞は言った。

その言葉に、カインの胸はぎりぎりと軋《きし》むように痛んだ。

（生まれて初めて、こんなに胸が痛くなるほど誰かを羨《うらや》ましく思ったかもしれない……）

誰かを羨んだことなどなかった。

それは自分が恵まれていたからではない。認識していなかっただけだったのだとカインは理解した。

今日、初めて誰かを欲しいと思い、初めてそれがかなわないことを思い知り、そして、初めて人を羨んだ。

（……マクシミリアンになりたいと思ったことはなかったけど……でも、今はマクシミリアンが羨ましい）

ちらりと栞の方を見る。

（たぶん、私は彼女の眼中にない……）

栞がカインの視線に気づく様子はない。

「前にも聞いたけど、シリィは兄上に惚《ほ》れたりしてないんだよね」

「ないですよ。……それに、マクシミリアン殿下もそんな気はないと思います」

「そうだね。……好きとか嫌いとかそういうものじゃないって言っていたよ。でもさ、じゃあ、もし、他にそういう相手が現れたらどうするの？」

「さあ……」

栞は別にはぐらかしたという風ではなかった。

「さあって……」

「その時が来ないとわかりませんし……それに、それ、すごく難しいと思うんです」

「何が？」

「ルーシー殿下は、自分の恋人が自分以外の男を自分よりも信じて頼りにしていても、恋人でいられますか？」

「え、それって……」

「何かの気の迷いで私に恋人ができたとして……」

「待って、そこで気の迷いじゃないと恋人できないんだ？」

「ええ、気の迷いか雷が落ちるかしないと無理ですね。……しかも、それでできた恋人だったとしても、その恋人と殿下のどっちを信じるかっていうと、殿下なんです」

「え……あのさ、それ、本当に恋人？」

「好きなことと信じることは一緒ではないんです、私にとって。……だから、難しいって言いました」

栞は当たり前じゃないかという表情で言う。

「……っていうか、何で兄上にそんな絶対的な信頼があるの？　シリィ」

まだ出会ってから一年くらいしか経《た》ってないじゃないか、とルシウスは不思議そうに問うた。

「これまでの積み重ねですね。私がこちらに来て、誓約を結び……最初は偶然みたいなものですが、私たちはその一年の間に多くの時間を語り合い、共有してきました。殿下は、どんな些細《ささい》なことも決して疎《おろそ》かにはしなかった……あんなに忙しいのに、私との約束を忘れたことがないんですよ」

それを口にする時、嬉《うれ》しくて誇らしかった――――そう。マクシミリアンが自分を大切にしてくれているということを栞は誇りに思ったのだ。

「……へえ」

「それに、私たちはお互いの言葉にしない気持ちがだいたいわかってしまう……それで信じないはずがないじゃないですか。私が知っているのは一年分でしかありませんけど、それで充分です」

「……ねえ、それで何で兄上に惚れていないの？」

「我を失うほど心を傾けたりしてませんから。……だから、私は別に殿下に恋はしていませんし、恋をしようとも思っていません」

「でも、誰《だれ》よりも信じているんだろ？」

「はい」

栞は自信たっぷりに、当然のことだとうなづいた。

◆◆◆◆◆◆◆

「……へえ、おもしろいスープだね。これ、フランドルシュ？」

「はい。白いのは卵の白身です」

「メニューの名前は？」

「『フランドルシュのとろみスープ淡雪仕立て　季節のポワ葱《ねぎ》を添えて』ですね」

「淡雪仕立てっていうのがいいな。……シリィの国は料理に随分と詩的な名前をつけるんだな」

「全部が全部そういうわけでもないですが……」

「……ああ、これ、ラルダ茸《だけ》の出汁《だし》か」

「はい」

「……雑味が少ないというか……余計な味がしていない」

美味《おい》しいな、とマクシミリアンは堪《こら》えきれぬという嘆息と共に呟《つぶや》きをもらした。

「……ありがとうございます」

良いスープの取り方がわかったのだとか、他にはどういうものを作ろうと思うとかそういう話をしようと思っていたのに、栞は何だか満足してしまった。

だから、それ以上の言葉を口にする気にならなかった。

マクシミリアンは無言でスープを食べ、栞は豆茶を口にしながらプリンを口に運んだ。

場所が王宮だというだけで、いつもとまったく変わらない時間だった。

(ただ、何となくのんびりしてるけど……)

王宮では、栞は客人の扱いだ。やらなければならないことはないし、仕事も追いかけてこない。

(……そういう意味では、ホテルにいるより、王宮にいた方が休暇になるのかもしれない)

安全という意味でも、マクシミリアンが近くにいるほうがずっと安心できる。

(それを考えると、王宮でごろごろすることを決めたのは正解だったのか……)

ふと、何か呼ばれたような気がして顔をあげる。

「……殿下?」

「ああ、うん。……何かあったみたいだ。大丈夫だよ、重要なことだったらすぐに連絡が来る」

マクシミリアンがそう言い終わるか終わらないかのうちに、執務室の扉がノックされた。

「……マキシィ、今、大丈夫かい?」

「……どうぞ。何がありました?」

「休暇中のヴィーダのことで……」

そう言いかけて入ってきたのはマクシミリアンのすぐ上の兄、第二王子のレクサンドルだ。一見したところ温厚そうに見えるが、フィルダニア王族の常としてナチュラルに腹黒い。

（……よく考えると毒舌発言が多いんですよね、この方）

レクサンドルの視線が自分からはずれないのが不思議で、栞は小さく首を傾《かし》げた。

どういう態度をとっていいのか迷ったらしいレクサンドルは溜息《ためいき》を一つついて、気を取り直したように口を開く。

「……ここにいたんですね、ヴィーダ」

「ええ。……どうかしましたか？　第二王子殿下」

レクサンドルは、マクシミリアンと栞を見比べるように見てから、マクシミリアンに向かって口を開く。

「厨房で事故があった」

「事故？」

マクシミリアンが怪訝《けげん》な表情を見せる。

「休憩中に厨房内に不審者が侵入した」

「それは事故ではなく事件なのでは？　それで被害は？」

「……晩餐会用の料理の一部がダメになった。それから、その不審者と鉢合わせをしたソーウェルが全治二週間のケガを負った」

「……ソーウェルさんが……」

栞が思わず立ち上がる。

「それでですね、ヴィーダ。ここからが本題です。……ソーウェルに代わって、今日の晩餐会の取り仕切りをあなたにお願いしたいのです」

レクサンドルの言葉に、栞はマクシミリアンを見た。

「……駄目だ」

「え？」

断られると思っていなかったレクサンドルがマクシミリアンになぜ？　という表情を向ける。

「なんでソーウェルがケガしたらシリィに回ってくるんだ？　シリィは王宮に手伝いに来ているわけじゃないし、王宮の厨房には関係がない。確かに、我が国の戦略の一環として、大事な夜会があるたびにいつも一品か二品の料理を作ってもらっていたけど、それは王宮の厨房を預かることとイコールじゃないはずだ。ソーウェルがケガをしたのなら、その次席が速やかに続きの仕事をするべきだろう？」

「今日の晩餐会は失敗するわけにはいかないんだ、マキシィ」

「それはわかっている。……では改めて聞き直すけれど、今後、ソーウェルに何かあるたびにシリィが呼び出されるのか？　それは違うのでは？」

「マキシィ、そんなことは……ただ、今回の晩餐会は本当に重要で……」

「重要なのはわかっている。でも、重要じゃない外交行事なんてないだろう？」

栞は口を挟まなかった。別にどちらでも良かった。

自分の意志がないというわけではない。

ただ、マクシミリアンが頼んでくるのであれば、それはどうしても必要なものなのだ。

だから、その場合は引き受けるし、そうでないのなら……。

(殿下は断ってくれる)

現在の栞はこれでも休暇中の身だ。

「シリィが取り仕切れば文句は出ないし、成功間違いなしだ。……それに、シリィの料理関係の情報はどこの国も手に入れたがっているから、そういう意味でも満足されるだろう。でも、じゃあ、次はどうする？」

「次？」

「例えば、次にソーウェルがケガをしたり……あるいは退職した時にシリィに頼むつもりか？」

「……それは……」

「シリィは一人しかいないんだ、兄上。今だって過重労働だ。……ディアドラスは常に人員不足だ。今回は休暇をとらせるのに王宮に連れてきたんだ。ディアドラスにいれば休暇のつもりでも仕事が追いかけてくるだろうし、それでなくとも、シリィは仕事が趣味みたいなところがあるから」

「けれど、マキシィ……」

「それに、たまたまシリィがここにいなければそんなこと考えなかっただろう？　ソーウェルに聞いてみろ。ソーウェルはシリィに仕切らせろなんて絶対に言わないから」

「いや、でも厨房《ちゆうぼう》ではソーウェル以外、満場一致でヴィーダにお願いしたいと……」

「それは、責任を取りたくないからだろう。……こんな急な仕事、認められるための機会が巡ってきたと考えるより、貧乏くじだって考える方が多いだろうからね。……とにかく、シリィに責任者はさせないよ。シリィは一人しかいないんだ」

「それはわかっている」

「ならば、今後の為《ため》にもよく覚えておいてほしい。――シリィはレストラン・ディアドラスの総料理長だ。王宮の助っ人料理人じゃない」

マクシミリアンが口元に柔らかな笑みを浮かべる。

それは明らかに怒りの笑みであり、恫喝《どうかつ》の表情でもある。

「今回ばかりは私も反省した。……兄上、今後しばらくはシリィに王宮で調理はさせない」

「マキシィ！」

「だってそうじゃないと皆、誤解するだろう？　頼めば何でも作ってもらえると思っている。これまで王宮で料理を提供してきたのは、私が特別に彼女に願ったからだ。我が国の重要な外交戦略の一環だと私も理解している。……でも、そのせいで誤解を助長したのなら、少し休むべきだ」

「悪かった。マキシィ、本当にすまなかったと思っている。ヴィーダが忙しいことも承知している。今後はもっとちゃんと待遇を考えるから……」

「承知していたら、何で休暇中の人を仕事に引っ張り出すのが当然みたいな顔をしているんです？　レクス兄上。……極端なことを言えば、私はシリィが私のプリンを作ってくれていれば、他のことは何もしなくてもいいと思っているくらいだ」

「マキシィ……わかった。わかったから、二度と寝ぼけたことは誰《だれ》にも言わせないから！　私も安易にヴィーダに依頼しようとしたことを反省するから」

「……本当に？」

マクシミリアンは疑い深げな視線をレクサンドルへ向けた。

「ああ。……父上たちにもちゃんと言い聞かせておく」

「……アレク兄上にも」

念を押すように一番上の兄の名を加える。

「わかった。……ルーシーたちはいいのか？」

「そっちは自分で言うからいい」

にっこりと満面の笑みを見せる。

「……そうか」

レクサンドルは心の中で一番下の弟にあまりやる気のないエールを送った。

（あれは、何かやらかしたって顔だな。……強く生きなさい、ルシウス）

触らぬ神に祟《たた》りなし……レクサンドルにとって、すぐ下の弟は、時に神よりも恐ろしい何かである。もし、実の兄弟でなければこれはもっとひどいことになっていただろう。

「……殿下、プリンが温《ぬる》くなりますよ」

「え？　プリン？」

タイミングよくかけられた声に、マクシミリアンの意識がレクサンドルから逸《そ》れた。

「はい。四角い形をしていますけど、これ、プリンなんです。……ソースは別添えにしているこの小瓶に入っています。メープルと、二種類のカラメルを用意したので感想を聞かせてください」

「わかった」

マクシミリアンは、さっきまでレクサンドルに向けていた冷ややかさが嘘《うそ》のような柔らかな表情を栞に……いや、プリンに向けている。

「切ります？　それとも、そのまま食べます？　少し大きいですけど」

「え、もしかして、これを全部私が食べていいのか？」

マクシミリアンの目が素直に輝いた。

レクサンドルは思わず自分の目を疑った。正真正銘の幼い子どもの時だって、マクシミリアンのそんな顔は見たことがない。

「もちろんです。……お好きなだけどうぞ」

マクシミリアンの表情がさらに柔らかく崩れる。

（……これはちょっとすごいものを見てしまったような……）

レクサンドルは思わずマクシミリアンを凝視してしまった。

いそいそと自分でスプーンを用意するマクシミリアンは、すっかりレクサンドルから興味をなくしたようだった。

その豹変《ひょうへん》ぶりに我が目を疑うレクサンドルに栞は小さく会釈した。

栞なりに助け舟を出したつもりなのだが、どうやらうまくいったらしい。

「……あの、私の作ったものは大丈夫でしたか？　スープはルーシー殿下が時を止めてくれているので使えると思いますが……パテはベースはサカスのレバーですが、他の食材も使っているのでもしかしたら毒物が混ざる可能性があるかもしれません」

そっと声を潜める。

「それが……」

レクサンドルは顔を顰《しか》めた。

「どうしました？」

「レバーのほうは大丈夫でした。何もされていないので。問題はスープで……。スープには異物が投入されてしまって……。ただ幸いなことに混ざっていなかったので除去することができました。ですが、鍋《なべ》に異物が投入されたのをカインが見ていて……」

スープの寸胴《ずんどう》の中に異物が投入されても、フランドルシュのエキスがたっぷりと出ているスープには混ざらない。ましてや、時を止めているのだ。たとえ猛毒を入れられたとしてもそれはすべて取り除くことができる。

（時間を止めていた場合、たとえどんな状態になろうともその止めた時点までさかのぼることができるから……）

事象としては、異物を投入したことをなかったことにできる。

だが、投入されたという事実がなかったことになるわけではない。

（ちょっとややこしい……）

ようは、自分の気持ち的にどう判断するかということだ。

「……つまり、カイン殿下は間違いなく食べられない、と」

他の人はともかく、その手のトラウマを持つカイン王太子は絶対的に無理だろう。

（しかも、何で目撃しているの？　厨房で何をしていたのかしら？　もしかして、あれから今までずっと台所にいたの？）

「ええ」

レクサンドルは深刻そうな表情でうなづいた。

栞は少しだけ考える。

「……殿下」

静かな声で、マクシミリアンを呼んだ。栞がただ『殿下』とだけ呼びかけた時、それはマクシミリアンのことを指す。

それを誰もが承知しているし、マクシミリアンは栞との間にある絆《きずな》ゆえに、自身が呼ばれたことがわかる。

「……何だ？」

きりっとした表情でマクシミリアンが顔を上げるが、栞にはわかっていた。

（あれ、プリンを食べたいから早く言えって思っている顔ですよね、たぶん）

「休暇中ですけど、スープだけ作ってこようかと思います」

「……本気？」

「ええ」

栞はうなづいて続けた。

「カイン殿下、さっき、フランドルシュのとろみスープ一皿を完食したんです」

「……うん」

だから何だという気がマクシミリアンにはあったが、それを口に出さないだけの理性はある。

「やっと食べられるようになったみたいなんです」

「……ああ」

それは喜ばしいことだと頭では思う。

「だから、ここでまた食べられなくなってしまうのは残念だと思うので、私、新しいスープを作ってきます」

「……うん」

感情では、あまり面白くない。というか、だいぶ面白くない。

でも、そんなことを口にすれば人でなしと思われることくらいはマクシミリアンも承知している。

(他の誰《だれ》に何を思われてもいいけど、シリィにだけはそんな風に思われたくないな)

「おかわりのプリンも作ってきますから」

口には出さなくても、栞にはバレている。だから、たぶんプリンはご機嫌取りの賄賂《わいろ》だ。

「……なるべく大きく作ってくれ」

マクシミリアンは、わかっていてそれにのることにした。

「はい」

「できれば丸く」

「……ケーキの型でもいいですか?」

「ああ」

「デコレーションは?」

「いらない。……私はプリンが好きなんだ」

「わかりました。じゃあ、大きなプリン作ってきますね」

栞はにっこりと笑う。マクシミリアンの態度が拗《す》ねた子どもみたいでおかしかった。

（対殿下に限り、プリン最強かもしれない）

大きなプリンに少しだけ機嫌をなおしたマクシミリアンと拝むような表情のレクサンドルを見たら更におかしくなってしまって、栞は声を押し殺して笑った。

◆◆◆◆◆◆

「……大丈夫なんですか？　ソーウェルさん」

「ええ。ただのぎっくり腰なんです。賊と渡り合ってはしゃぎすぎました……私も年ですね」

（はしゃぎすぎたって……おもしろい表現するな、ソーウェルさん）

全治二週間と診断されたはずのソーウェルが、厨房を見渡せる位置に椅子を置いて指揮を執っていた。

大真面目《まじめ》な表情で冗談を言うものだから、笑っていいのかよくわからない。

「まだまだお若いですよ」

（だって侵入してきた人を、のし棒で撃退しちゃうんだから）

ソーウェルが侵入してきた不審者をのし棒でぶちのめして捕えたという武勇談はすでに王宮中に広まっていた。

栞も王宮でいつも身の回りのことをしてくれるマクシミリアンの専属侍女から聞いた。

「いやぁ……いたたた……」

ソーウェルは椅子の上で身じろぎしたのが腰に響いたのか、わずかに顔を顰める。

「でも、腰以外は、お怪我《けが》らしいお怪我がないようなのでよかったです」

「ええ、まあ……しかし、こんなことならもう一発殴っておくべきでした……ヴィーダにはいろいろご迷惑をおかけして申し訳ありません」

「いえいえ。……完璧《かんぺき》に除去できているとはいえ、異物が投入されたスープを食べるのは、何でもない人だってちょっと躊躇《ためら》うでしょうから……」

ましてて、何度も毒物を盛られているカインならば尚更《なおさら》だ。

「……そうですね。……それで、またさっきと同じフランドルシュのとろみスープになりますか？」

「あ、いえ……フランドルシュを使うのは一緒ですけれど、メニューは変更しようと思います」

同じメニューだと、作り直したといっても口にするのを躊躇うかもしれない。ならばむしろ、まったく別に見えるもののほうがずっと良いだろう。

（とはいえ、スープってことは変更できないから……）

「ほお……何を作られますか？」

ソーウェルの目が大きく見開かれる。興味津々といった顔だ。

そんなソーウェルに、小さく笑いかけて栞は言った。

「フランドルシュのビスクを作ろうと思います」


「……それで、なんで僕が助手に？」

心底不思議そうな表情でルシウスが首を傾《かし》げている。

「うちの殿下は忙しいので手伝ってくれる暇な人はいないかレクサンドル殿下にお聞きしました。

別にルーシー殿下を名指ししたわけではなかったのですが、魔力を持っている人がよくて……」

「つまり、僕が招集されたのはレックス兄上の仕業なんですね。……わかりました。あとでたっぷりと恨み言を述べておきます」

「何か用事がありましたか？」

「いいえ。……まったく仕事がないわけじゃないですけど、優先順位からいったらシリィの手伝いをするほうが上ですから……」

はぁ、と溜息《ためいき》をつく様子は、どこか悩まし気で女の子たちが見たら騒ぎだしそうだ。

「一人で作れないわけではないんですけど、晩餐《ばんさん》会まであと一時間くらいじゃないですか。時間があまりないので、魔法を使っていただいて工程を短縮します」

「シリィがわけのわからないことを言ってる……」

自分の発言のどこにルシウスの疑問点があるのかわからなかったので、栞はそのままスルーして続けた。

「これから作るのはビスクです。フランドルシュのビスク」

「びすく？」

「フランドルシュのエキスがたっぷり入ったクリーム仕立てのスープです。さっきのとろみスープとは見た目もだいぶ違います」

（その方が心理的な抵抗が少ないし、違うってことがわかりやすいと思うんです）

カインが食べられないのは、心理的な問題だ。

彼がこれまで積み重ねてきた、食べられない料理……平たく言えば、毒入りの料理の記憶が食べることを拒否するのだから、これまで食べたことのない料理であれば食べられる確率が高い。

ビスクを選んだのは、さっきのとろみスープとまったく違う見た目の料理であること。クリーム仕立てだから味の傾向もまったく違うこと。それから、おそらくはこちらの世界にはない料理であることの三つの理由からだ。

（似たようなものがあるかもしれませんが、ビスクという名前ではありませんし……）

異世界の料理だと言い張れば、それはカインが食べたことがない料理ということになる。

「……ごめん、想像がつかない」

「じゃあ、食べてからのお楽しみということで」

「わかったよ。……でも、完成したら味見くらいさせてくれるよね？」

「それくらいはお手伝いさんの特権のうちですね」

「やった！　じゃあ、まず何をすればいい？　言っておくけど、大迷宮での野営は別として料理とかほとんどしたことないからね」

持ってきた予備のフランドルシュは時を止める方の保管室に入れてあったらしく、特に解凍などの作業は必要なく使える。

（三十人分のビスクか～）

なかなか大変だなと思うものの、ルシウスという悪くない助手がいるのでたぶん何とかなるだろう。

「大丈夫です。お願いするのは魔生物を切ったりするのと、力仕事が主ですから」

「ああ、それなら大丈夫。……シィ兄上ほどじゃないけど、僕も魔力は多い方だし」

「ありがとうございます。……では、まずは脚を全部根元からはずしてください……こんな風に」

言いながら、栞はお手本で一本折って見せる。

「それから、胴体だけになったら、殻ごとブツ切りにしてもらいます」

「……殻ごと？」

「はい。といっても、全部やる必要はないです。四分の一くらいですね」

ブツ切りにしたものはこのザルにお願いします、と大きなザルを準備しておく。

その間に栞はアルテ海老の準備をした。アルテ海老は大迷宮の比較的浅瀬でとれるという手のひら大の赤海老の一種だ。良い出汁《だし》がとれるし、身もしっとりしていておいしい。きらきらと金色に輝く殻が綺麗《きれい》なので今回は飾りつけにも使うつもりだ。

「シリィ、ブツ切りの大きさはこれくらい？」

「はい。大丈夫です」

海老の背ワタをすべて抜き、飾りつけ用の三十尾をよけておく。飾りつけ以外の海老は、すべて頭と身に分けた。

ちらりとルシウスの作業状況を確認しながら、焜炉《こんろ》の火を点《つ》ける。

深さのある大きな鍋にオリーブオイルをたらし、潰《つぶ》したニンニクをいれて香りをたてた。

（ニンニクの匂《にお》いってどうしてこんなに食欲をそそるんだろう……）

別におなかが減っているわけでもないのに、腹の虫がぐーっと小さく鳴く。

「できたよ」

「あ、それそのままこっちにもってきて、この鍋《なべ》に投入してください」

自分が作業していた海老の頭と殻を入れる。

「これ、全部入れていいの？」

「はい。入れ終わったら、このしゃもじでかきまぜてください。殻の色がアルテ海老は深みを帯びた金に、フランドルシュは赤になったら教えて下さい」

「はーい」

この量だとなかなかの力仕事なのだが、ルシウスはそれほど苦労している様子はない。

その間に栞は野菜を刻んでおく。

人参《にんじん》、玉ねぎ……それから、トマト。さすが王宮に納品されている野菜だけあって、どれもおいしそうだ。セロリも使うが、これは刻む必要がない。

「シリィ、色が変わったよ」

「はーい」

そこで、ドボドボと白ワインを投入する。

「このワインの汁がほとんどとんでしまうくらい……焦げる寸前まで炒《いた》めたら、火を止めて下さい」

「了解。……あ〜〜〜いい匂い」

「ですよね。……作っている時が一番いい匂いしている気がします。この時点ではまだおいしいともまずいともわからないんですが」

「いや、おいしいに決まってる。これだけいい匂いなんだよ！」

「匂い詐欺ってこともありますからね。……それ、火を止めたら、鍋の中身を全部このマッシャーで潰すか、魔法で粉砕しておいてください」

「魔法で粉砕一択だよ。僕は非力なんだ」

ルシウスは即答した。

「……ねえシリィ、そっちは何やってるの？　スープじゃないよね？」

隣の作業台に並べられたババロア型やケーキ型に目を留めた目敏《めざと》いルシウスに栞は笑って答える。

「殿下のプリンです」

「……え、僕も食べたい」

「お手伝い特権で一個、提供します」

「やったぁ。ありがとうシリィ」

マクシミリアンの大好物は、フィルダニアの王家の人々から圧倒的に支持されているらしい。

「どう？　そろそろいいかな？」

「ええ。……やっちゃってください」

一瞬にして、鍋の中身が切り刻まれた。硬い……防具がつくれるほどのフランドルシュの殻であっても粉々だ。

「あ、鍋のここの線くらいまで、水をいれてもらえますか？」

「はいはい」

ルシウスは鍋の前で手を一振りする。

どこから出したのか、鍋の上にふよふよと水の塊が浮き、ぱしゃんと弾《はじ》けて鍋の中に流れ込んだ。

「……これでいいかい？」

（同じように『魔法で水を出す』でも、人によってそのやり方は全然違うんだ……）

「うん。ちょうどよさそうです。……これをこのまま二十分煮込みます。私は、ちょっとプリンの作業を進めてしまうので、鍋が焦げないよう見張っていてくださいね」

「りょーかーい。かき混ぜておいてくださいい。かき混ぜたりしなくていい？」

「時々、かき混ぜておいてください」

そう言いながら栞は、さっき作ったプリン液を用意した型に流し、蒸し器の中に入れた。余ったプリン液はゼリー型やゴブレットなども利用してすべて無駄なく使い切った。

（これだけあれば王宮にいる間はもう作らなくていいはずです……）

今日のプリンは少しかためのクラシックスタイルのプリンだ。

「シリィ、もう結構ブクブクしてるんだけど」

「大丈夫です。まだ時間じゃないです。……そう言えば、何でカイン殿下は、不審者の侵入があった時に厨房《ちゅうぼう》にいたんですか？」

「え、ああ……君が戻ってきたら何か話したかったらしくて」

「……私ですか？」

「うん。……それで、まあ、犯人捕縛に一役かったんだけど……」

ルシウスが難しい表情で顔を顰《しか》めた。

「……何です？」

「その犯人が、どうやらあいつを狙《ねら》ってたっぽくて……」

小声でそっと事情を口にする。

「じゃあ、異物って言っているのは、また、毒だったんですか？」

「……たぶんね」

「でもそれ、元々計画倒れになる確率が高かったのでは？」

こんな大人数が行き交う場所で毒をいれるというのは、不可能とまでは言わないがかなり難しいだろう。

「いや、でも、カインが君が作ったスープの鍋をぼーっと眺めていなかったら、成功したかもしれない。……犯人、ここの厨房の制服着てたし……」

不審者とか侵入者などと言われていた者は、ルシウスの口からは『犯人』として語られる。栞の知らない事情を承知しているルシウスの中では、その人物の罪は明らかなのだろう。

「随分と用意周到ですね」

制服と言っているが、こちらには既製品というものがない。服飾品はほぼすべてオーダーメイドだ。だから、制服を着ていたということは、盗み出したのかあるいは作ったのかはわからないが、かなりの労力をかけて準備したということになる。

「うん。……今日という日を狙ったのも、臨時の下働きなんかが入っていて、王宮に顔を知らないスタッフがいても誰《だれ》も不思議に思わないからだろうね。……忙しいから、皆、多少の違和感は呑《の》み込んでしまうだろうし」

「なるほど……あ、そろそろいいです。そこで今度は全部濾《こ》しちゃってください」

新しい鍋の上に目の細かな大きなざるをのせたものを用意しておいたので、そこで濾して殻などの部分を全部取り除く。

余分なものを取り除いたフランドルシュのエキスたっぷりのスープに、今度は野菜を投入していく。まずは刻んだ人参と玉ねぎ、それからトマト――それから、セロリとレニアの葉をいれた。

「それで中火で十五分くらい煮込みます」

「へえ……時間、間に合うの？　たぶん、もう晩餐会はじまる頃《ころ》だけど」

「大丈夫ですよ。スープは中盤です。ルーシー殿下は出なくて良かったんですか？」

「ああ、うん。元々、不参加だったんだ。今日の出席者の中に、ちょっと困った相手がいるもんだから」

「困った相手？」

「ルドラの女王陛下の側近の一人に、熱烈に口説かれていてさ」

「それは、身分違いとかそういうことですか？」

「いや。違う。それ以前に、僕、男は恋愛対象じゃなくて……」

にこやかな笑顔をまったく崩さずにルシウスは笑って言った。

「…………それはご愁傷様です」

「ほんとだよ。……うちの一族、男にもモテるから困っちゃうよね」

にこにこ笑っているが、これはたぶん怒っている顔だ。

「僕はね、別に男だからって差別はしないけど、力ずくで来るんだったらこっちもそれなりの対応をするつもり」

「それでいいと思いますよ」

そんな話をしながら、飾り用のアルテ海老を茹《ゆ》で、タイミングをはかって火を止めた。

セロリとレニアの葉を取り除いてから、粗熱をとる。

「……へえ、熱だけ奪うなんて技があるんですね」

「うん。こういうのは小手先の小技だから、本とかにはのってないんだけど」

「便利なのに。……今度、うちの子たちにも教えて欲しいです」

「機会があればいくらでも」

魔法による調理というのは、まだあまり研究されていない分野だ。たぶん、この熱を奪うという技も他の何かの術の応用とか派生なのだろう。

（……こういう時、自分が魔法が使えなくて残念って、すごーく思う）

「それから、この鍋の中のものをとっても細かく粉砕してください。……イメージとしてはクリーム状になるくらい細かくです」

「了解。……そうやってイメージを教えてもらえるとすごくやりやすい」

「へえ……完成形を思い描くことが大事とかそういうのですか？」

「うん。……現象を引き寄せる、あるいは、現象を固定するためには、それをより強く思い描くことが大事なんだ」

栞は、おたまで中身をすくって粉砕後の細かさを確かめる。

「……これで大丈夫です」

「できあがりかい？」

「まさか」

再び火を点け、ここに生クリームを加える。

「……ヴィーダ、スープの方はいかがですか？」

ムジカが顔を出す。

「ほぼできています。盛り付け、どうします？　皿をいただけたら、こちらでやりますけど」

ソーウェルができない以上、こちらでやった方がいいだろう。

「ぜひ、お願いします。……スープ皿をもってきますね。もう温め済みです」

「ワゴン？　配膳《はいぜん》？」

「配膳です。スープだから、一人四枚ですね」

「わかりました。じゃあ、ここの台に置いていきますので……ルーシー殿下、ここの台の上で保温できるようにしてもらっていいですか？」

「わかった」

マクシミリアンとつながっているだけあって、栞は、どういう風に言えばそれを魔法で実現することができるかを理解している。

「え、そんなにたくさんクリームいれるの？」

「いれますよ。……味付けは塩と胡椒《こしょう》です」

「それだけ？」

小皿にとって味見をしながら、栞は塩と胡椒を振る。

「ええ。……コクが足りなかったらバターを入れますけど……うん、これでいいですね」

二度目の味見で満足できる味になっていたらしい。嬉《うれ》しそうににこっと笑う。

「僕も味見したい」

「はい、どうぞ」

小皿にとって手渡されたビスクは、ミルキーオレンジのような白がかかった色をしている。

「……おいしい」

口に入れた瞬間、フランドルシュの濃厚な旨味《うまみ》が脳髄に突き刺さるような衝撃を受けた。

それはルシウスにとっては初めての……あまりにも刺激的な味だった。

クリームのまろやかさと豊かさの中に、フランドルシュの味が強く感じられる。

ふと、栞に視線をやれば、ちょうど盛り付けをしていた。

胴体部分の殻をとったアルテ海老をスープ皿の中央に配し、そこにスープを注ぐ。仕上げにパラリと散らすのは、ルシウスが気づかぬ間に準備されていた刻みパセリだ。

ミルキーオレンジの海の中に金色の海老がいて、緑のパセリが色を添える。

忙《せわ》しない中でだいぶ簡略化して作ったが、満足のいく一皿が作れたと栞は思った。

「あまったら、僕にも盛り付けしてくれる？」

「アルテ海老が三十尾しかないんです。海老なしでもいいですか？」

「……ほんとは欲しいけど、我慢する」

栞は最後の一皿を持った給仕の背を見送ると、ルシウスの皿の準備をはじめる。

「……カイン、ちゃんと食べられているといいんだけど」

ルシウスはぽつりとつぶやいた。

◆◆◆◆◆◆◆

晩餐会《ばんさん》が開かれているのは王宮の東側にある中くらいのホールだ。

「……いつもより、食べられているみたいだな」

先にカインに声をかけたのは左隣に座っていたマクシミリアンだった。さっきまでは逆隣のドラスの大使と小声で話をしていたようだが、内緒話は終わったらしい。

「ああ……その、君の誓約者《ヴィーダ》のおかげで、少し食べられるようになった」

「それは良かった」

マクシミリアンはカインよりも三歳年長だ。ただし、見た目はどう見てもマクシミリアンの方が十歳程度年下で、話していると時々混乱する。

「……毒飼いが毒を仕込むところも見たが、なぜか大丈夫みたいで……」

「気の持ちようみたいなところもあるから……ここまでだと何が美味《おい》しかった？」

「美味しいっていう味がまだよくわからない気もするけど、もう一度食べたいのは前菜だ。……生臭くないのにコクがあるレバーのパテが良かった。中に入っているぐにゅっとしたやつの歯触りが面白かった」

「へえ……」

「……あのパテは君の誓約者《ヴィーダ》が作ったものじゃないか？　あれを食べ終わったら、何かすごく身体《からだ》が軽くなった」

カインは声を潜めて問いかけたが、しっとマクシミリアンは唇の前に指を一本立てて、それ以上しゃべるなと止めた。

唇が音を紡がないまま、「あとで」と形作る。わかった、というように、カインはとん、と指先で一つテーブルを叩《たた》いた。

「……そうだな。私のお勧めは、あとはスープだ」

「スープ……それは楽しみ」

楽しみだ、と言いかけて、ぞくっと背筋を走る冷たい感触に身体がこわばった。

（あの毒飼いは、スープに毒を仕込もうとして……）

毒の検知魔法はすでに完成を見て久しい。レベルが高い魔法なので誰《だれ》もが使えるというわけではないが、フィルダニアの王族はおそらく全員使えるだろう。だから、ここで出される食事に毒が仕込まれていることはまずない。

（きっと出す前に再度の検査も徹底しているはずだ）

カイン自身も最高レベルではないけれど一応は使える。

（……大丈夫だ）

自分は食べられるようになったのだ、と思い、美味しく食べたはずのスープを思い出そうとした。なのに、思い出すのは、あの料理人の姿をした毒飼いがスープに毒を投げ入れるところだ。

（……せっかく、また食べたいと思うものができたのに……）

だがそこに運ばれてきたのは、先ほど食べたのとはまったく違うスープだった。

「……これは？」

思わず給仕に問うた。

「フランドルシュのビスク　フィルダニア風でございます。フランドルシュという大迷宮の甲殻類を使い、魚介のエキスたっぷりのまろやかでコクのある一皿に仕上げてございます」

「この真ん中の金色の海老は何かね」

「アルテ海老です。……これも迷宮産の海老でございます。スープをすべて味わった後に、身を召し上がり、最後に頭の味噌《みそ》を味わってみてください」

さっきまでざわめいていた室内は、今やしんと静まり返っている。

皆がこの美しいスープの皿に夢中になっているからだ。

「……うまいものを食べていればおとなしいのに」

ぼそっとマクシミリアンが呟《つぶや》いたのをカインは聞き逃さなかった。

（……確かにそうだな）

「………あ」

最初の一口を口にして、彼らが静まり返ってしまった理由がわかった。

（これは……黙り込むわけだ……）

口の中に広がるまろやかで複雑な旨味……わずかに酸味が感じられるのがまた美味しくて、スプーンを動かす手を止められない。

「……何ていう味なのでしょう」

誰かが感極まったような呟きを漏らす。

だがそれは、この場にいる全員の呟きに等しかった。

「……ああ……」

嘆息が漏らされ、そして、誰もが無言でそのスープを口にしていた。

その瞬間、たぶん、全員の心は一つだった――すなわち、他のことにわずらわされず、ただ食べることに集中したいと思っていた。

ひとさじ、またひとさじと口に運び、最後の一口になった時、手が止まった。

最後の一口を口にしてしまうのが惜しかった。

「……レグルス陛下」

「何か？」

国王に呼びかけたのはルドラの女王陛下だ。

「……このスープの作り手に、私から褒賞を与えることはできようか？」

「我が王宮料理人全員への褒賞ということであればいただきましょう」

「それでかまわぬ。……我がルドラの誇る最高のエベンチュラの今年一番最初の収穫を彼らに褒賞として贈る。……この一皿は我がこれまで食べた中でも最高の一皿だ。まるで身体の内側から癒《いや》されるような心地《ここち》であった」

エベンチュラというのはルドラでしかとれない果実だ。林檎《りんご》に似ているが、林檎よりも甘い。ほとんど他国には出回らないので幻の果実とも言われているものだ。

「ありがたく。賞賛の言葉は彼らに必ず伝えよう」

「うむ」

満足そうに女王はうなづいた。

「……迷宮の魔生物がこれほどまでに美味だとは考えもしなかった」

ほお、と小さな吐息をつく。

不思議と暖かで柔らかな空気がこの場を満たしていた。

たぶん、あのスープの余韻を皆が楽しんでいて、それを崩したくないと考えているのだろう。

「君の誓約者《ヴィーダ》はすごいな」

「……ああ」

どういう表情をしようか選びかねている微妙な表情でマクシミリアンはうなづいた。

喜ばしいし、嬉しくもあるけれど、複雑なのだろう。

「……僕は、『美味しい』がわかった気がするよ」

「……そうか」

「この美味しいが、僕は欲しい」

そう口にした瞬間、突き刺さるような冷ややかな眼差《まなざ》しを向けられた。

「……君のものでさえなければ、だよ」

誓約の絆《きずな》は神聖なものだ。

余人がそれを解くことはできないし、捨てることもできない。

(ああ……でも、誓約は一対一でなくとも構わないのだ……)

神聖な絆、魂の絆――――受け入れる側の器に余裕があれば、複数名と誓約できることは過去の歴史を調べればすぐに出てくる。

(……ヴィーダ・シリィであれば、マクシミリアンを抱えたまま私を受け入れることが叶《かな》うのでは

ないか？）

マクシミリアンだけでなく、私の誓約者《ヴィーダ》になることもできるのではなかろうか？　とカインは考える。

それはとても良い思い付きのように思えた。

そして、無言で考え込むカインに、マクシミリアンは不吉な予感を覚えていた。

◆◆◆◆◆◆◆

魔法で転移をする時、その魔力光の美しさをずっと見ていたくてできるだけ目を見開いているのに、気づくといつも目をかたく瞑《つぶ》っている。

空気が歪《ゆが》んでねじれて、そのねじれた感じがしばらく続いた後にゆらゆらとそよぐような……あるいは、揺らぐ感覚がしたら到着だ。

静かに目を開くと、そこは栞の城であるレストラン・ディアドラスの厨房《ちゆうぼう》だった。

ほうっと長い安堵《あんど》の溜息《ためいき》を一つついた。

（たった二日しか留守にしていないのに……）

なんだかすごく久し振りのような感覚がある。

「……せっかくの休みだったのに悪かったな、いろいろあって」

「いえいえ、私は結構のんびりさせてもらったので……」

昨夜の晩餐会は大成功だったと聞いたのに、マクシミリアンの表情はあまり冴《さ》えない。

（会議、大変だったのかな？）

大迷宮と接する……あるいは、大迷宮の扉を持つ国が集まっての連絡会議でどういうことを話し合うのか栞には想像もつかない。

だが、いつも顔にはあまり出さないマクシミリアンが、珍しく疲れをあらわにしているところを見ると、よっぽど大変な会議だったのかもしれない。

（私ばっかりのんびりしちゃって申し訳なかったような……）

朝は二度寝をして遅く起きて、エステを堪能させてもらってまた昼寝をして、その後にちょっと面倒なこともあったけれど概《おおむ》ね平穏な一日だった。

本当はもう一日泊まって明日帰ってくるはずだったのに、かなり遅くなってしまったが一日早くの帰還となった。

（でもまあ、明日もお休みなのは変わらないから……夜更かしとかしちゃおうかな）

栞はすぐに転移陣の上から退いた。転移陣は出口であり、入り口であるからいつまでも占拠していることはマナー違反だ。転移陣がなくとも転移はできるが、あったほうが魔力の消費が少なくて済むし、危険の度合いもぐっと下がる。

もう夜も遅いので、栞のコテージに一番近いここの転移陣を選んで跳んでくれたのだろう。

（殿下ってそういう細かいところによく気づきますよね……）

「のんびりできたならよかったけど……せっかくレクサンドル兄上にはきっぱり断ったのに、シリィが甘いから……昨日《きのう》は全然休みじゃなかっただろう？」

マクシミリアンはふぅと小さな溜息をつく。

「そうですけど、でも、甘いって言うほどでもないような……」

「甘いよ。結局、カインに同情してもう一度作りなおしたりするし、今日だって何だか呼び出されたりしたんだろう？　せっかくの休暇が台無しじゃないか」

そんな風に言いながら、マクシミリアンの心の中に口惜《くや》しいという気持ちがこみあげてくるのは、たぶん、カインに嫉妬《しっと》しているからなのだろう。

（……嫉妬か……）

マクシミリアン的にはあまり覚えのない感情なので、少しもてあましている感がある。

「そんなことはありません。そりゃあ、昨日は遅かったですけど、今日はほぼ一日ごろごろしていました……しかも、王妃殿下の侍女の人たちに全身エステもしてもらいましたし……」

「あれ？　リュシィとエリィの侍女じゃなくて？」

「王女殿下方とお約束していたはずなんですけど、お二人が買収されたらしくて、いつのまにか王妃殿下のところに変更になっていました」

マクシミリアンは眉《まゆ》を顰《ひそ》めた。自分の知らないところで勝手に予定を変更されるのがとても不快だったのだ。

「別に何もありませんでしたよ？」

栞的には双子王女だろうと、王妃だろうと大差はない高貴な人たちだ。正直、断りにくいし、文句なんて言えるはずもない。

「何かあってからでは遅い。……それに、そういう約束の変更の仕方は危険を招きやすい。……母上も妹達もわかっているだろうに」

「……王妃殿下は私とゆっくり話をしたかったそうです」

「どういう意味だ？」

「息子の誓約者《ヴィーダ》と話をしてみたかったとおっしゃっていました」

栞は、母親の顔で頭を下げた王妃を思い出す。

自身の母の記憶はもうずいぶんと曖昧《あいまい》だ。それでも、王妃のあの表情は、母親の顔なのだと理解していた。少しだけマクシミリアンを羨《うらや》ましく思ったが、母が自分を愛していたことを思い出せるのでそれで充分だった。

「……何を話したんだ？」

「大した話はしていませんよ。レストランのこととか、殿下のお好きなプリンのこととか……」

「……それだけか？」

「それだけです」

「……カインは？」

こっくりと栞はうなづく。

「カイン殿下、ですか？」

栞はきょとんとした表情をする。意味がよくわかっていないという顔だ。

「ああ。……呼び出されたって聞いたから、てっきり、エスティリアに仕えるよう誘われたんじゃないかと思っていたんだが」

マクシミリアンはさりげなさを装って訊《たず》ねた。

「ああ……あれですか。……別に仕えろっていう話ではなかったですけど……」

「断ったのか？」

「断ったというか……そもそもが、今すぐどうのこうのって話ではなくて……エスティリアは異世界人に対して差別のある国なんだそうです。だから、その差別がなくなったらエスティリアに来ないか、と言われたんです。殿下のように誓約を捧《ささ》げるから、あのビスクを自分の為《ため》に作って欲しい、と」

マクシミリアンは一瞬、動きを止めた。

（……それは、もしかして、カイン渾身《こんしん》のプロポーズの言葉なのでは？）

「それで？　シリィはうなづいたのか？」

おそるおそる訊ねた。

「そんなわけないじゃないですか。私の誓約者《ヴァーン》は殿下ですから、申し訳ないですが誓約されても困るとはお伝えしました。……それに、誓約ってそんなに何人分も受け取っていいものなんですか？」

「まさか。……でも、受け取れるだけの器があって、当人がそれを承知しているのなら、それも可能だ」

マクシミリアンの見たところ、栞にはまだ余裕がある。

カインの魔力量は平均より多いが、それを受け取れるくらいあるかもしれない。

「まあ、そうだとしても、必要性を感じないというか……」

「必要性？　なんでそこで必要性なんていう単語が出てくるんだ？」

プロポーズを必要性を感じないと言って断られるというのはかなり酷《ひど》いケースではないだろうか？

（シリィはたぶん、そうとは認識していないが……）

「それに、いくらあのビスクを気に入ったからって、誓約までするのはどうかと。私はもう殿下に誓約していただいているので、言葉の問題も保護についても解決済ですし……」

「……まあ、そうだな」

「今の状態で特に不自由を感じていません。……それに、カイン殿下のおっしゃる差別の撤廃がなされるのが何年後かわかりませんが、私の任期は残り二年ないんですよ。長い間染みついていた差別が二年やそこらですぐになくなるわけがないと思いましたので……」

「……断った？」

「バカ正直に断ったら角が立つかな、と思ったので、そういう差別がなくなったら、ぜひマクシミリアン殿下と遊びに行かせていただきますねって言っておきました。……あと、別に誓約なんかなくてもビスクは作るのでいつでもレストランにどうぞって」

「……はぁ？」

　思わずおかしなところから声が出た。

「……なんでそこで私の名前が出るんだ？」

「え？　まずかったですか？　でも、私一人で隣国に行くとか絶対無理ですし……それに、私の誓約者《ヴァーン》は殿下ですし……」

「いや、まあ、かまわないんだが……」

「なので、万が一、そういうことになったらぜひ連れていってください」

　栞に大真面目《まじめ》な顔で言われて、マクシミリアンは思わず笑ってしまった。

（……だって、これは、笑うしかないだろう）

不快に思っていたもやもやした気持ちは、一瞬にして晴れ渡る。

「……私を選んでくれてありがとう、シリィ」

（別にシリィに恋をしているわけでもないのに、嫉妬にも似た気持ちを抱くのは、たぶん私は彼女を自分のものだと思っているからなんだろう……）

マクシミリアンがそれを表明したところで、その気持ちを否定する人間はいない。

誓約者《ヴィーダ》とはそれほどまでに強い絆を持つからだ。

「いえいえ。……あの時選んだのは、殿下だったと思います」

「私か？」

「はい。殿下が選んで私がうなづいた……」

「……ああ、そうだな……」

あの一瞬を思い出し、瞳《ひとみ》を見合わせて、互いにそれを思い出していることを知る——それは不思議な感覚だった。

どちらともなく笑みをこぼし、静まり返った夜の厨房に抑えた笑い声が響いた。何がおかしいわけでもないのに、互いの中に響きあうものが笑いとなってこぼれたのだ。

「……何か夜食でも召し上がりますか？」

作りますよ、と栞は目元に浮かんだ雫《しずく》を拭《ぬぐ》いながら、静まり返った厨房を見回す。

リアやディナンがいつも磨いてくれているから、どこもピカピカしている栞のお城だ。

「いや」

マクシミリアンは静かに首を横に振った。

「……王宮の調理場も悪くはないですけれど、やっぱり、ここが私の場所だと思うんです」

蓄光石のぼんやりとした光に照らし出された見慣れた厨房は、王宮のそれと比べれば狭いが、今のスタッフで回すには十分すぎるほどに広い。

夜も遅い時間だというのに、栞にとっては一番多く時間を過ごしている場所なので、こうして立っているだけで不思議な安心感がある。

(何だろう……この懐かしさにも似た感じ……)

別に故郷を想《おも》う郷愁とかそういう類ではないのに、それによく似た懐かしさのような切なさのような感情が胸の裡《うち》にひたひたと押し寄せてくる。

「……そうだな。ここにいるシリィが一番しっくりくる」

「基本がキッチン引きこもりですからね」

「……そう在って欲しいという私の願望かもしれない」

「キッチン引きこもりがいいんですか？」

「ディアドラス限定だ。……どうやら私は君にここに居て欲しいようだ」

微妙な表現だ。

「誤解を招く言い方はやめてください」

真面目な表情で抗議する栞にマクシミリアンは笑った。

「……シリィ」

「はい？」

「私の為《ため》にフランドルシュのビスクを、また作ってくれるか？」

「材料さえあれば、いつでも」

栞は、屈託のない表情で気軽に引き受ける。

「エスティリアに送ることは問題ないか？」

「瓶にいれて封印すればいいのでは？」

「そうだな」

「……殿下？　あの、私、コテージに戻りますね」

何かろくでもないことを考え始めた気配を察知した栞は、即座に退散を選択する。

「ああ」

「おやすみなさい、殿下」

「おやすみ、シリィ」

栞の影に己の使役するものがいるのをちゃんと確認したマクシミリアンは、その後ろ姿を見送りながら笑う。

「……そんなにビスクが気に入ったのなら、私の為に作られたものを送ってやる」

せいぜい口惜《くや》しがるがいい、という囁《ささや》くような呟《つぶや》きは、誰《だれ》の耳にも届かぬまま、夜の静寂の中に溶けて消えた。

迷宮大海老《フランドルシュ》のビスク　フィルダニア風　END

MENU.4.5　プリンを笑う者はプリンに泣くという真理

「……酷い目に遭った……」

冷ややかな怒りを見せるマクシミリアンの前から這《ほ》う這うの体《てい》で逃げ出したルシウスは、王宮の北側……今回の賓客が使用しているあたりの一画に逃げ込んだ。

生贄《いけにえ》として、たまたま通りすがって仲裁しようとした父親を置いてきたから、態勢を立て直す猶予くらいはあるだろう。

(さすがの兄上もここまでは来ないだろうし……)

これくらいでマクシミリアンの怒りを解くことはできないだろうが、マクシミリアンは彼に寄って来る有象無象……たぶん、あの兄にしてみればほとんどの人間が有象無象になる……を嫌っているから、賓客をはじめ他国の人々が出入りするこの一画までは追っては来ないはずだ。

「珍しく兄上が本気で怒っていたよなぁ……」

私の誓約者《ヴィーダ》に余計な者を近づけるな！　と言ったマクシミリアンの表情は、初めて見るものだった。

「……カインは余計な者じゃないと思うけど……」

語尾が小さくなったのは、誓約の絆《きずな》について思い至ったからだ。

ルシウスには誓約者はいない。だから、マクシミリアンの本当の気持ちを理解することはできない。

でも、誓約者同士の絆の深さ、特別さならば幼い頃《ころ》からよく聞かされてきた。だから、謝らなければいけないのは自分なのだと思う。

きっと、何か自分にはわからないところで兄の怒りの閾値《いきち》を超えてしまったのだろう。

(どこか必死なようにも見えた……)

いつも余裕のあるあの兄が……と思うと、見間違いではないか？　という疑問が頭の隅を掠《かす》める。

だが見間違いであろうがなかろうが、マクシミリアンの怒りを買った事実には変わりがない。

「……うわ、何か本気で落ち込んできた……」

気持ちがどんよりとしてくる。

何とかそこから脱却しようと、ルシウスは出窓状態になっている部分に座って外を見た。

ここから見えるのはよく手入れされた迷路庭園だ。

ディルギットが作ったこの庭園は、条件が満たされた時、魔法陣として起動すると言われている。

ルシウスは、いつかその条件を見つけ出して、魔法陣を起動させたいと考えていた――幼い頃からの夢の一つだ。

「……ルシウス？　どうしたんだ？」

早足で横を通り過ぎようとした人影が、足を止めた。

「……カイン？　もしかして、一人？　護衛は？」

「ああ……ちょっと一人になりたくて……」

どこか力ない……弱々しく見えるカインの表情にルシウスは何度か目をしばたたいた。

「何かあったのか？」

大国の王太子として常に謹厳に強く在ろうとするカインにしては珍しい弱々しさだ。

「……いや、ちょっと……フラれたっていうか……」

気づかれなかったというか……はははは、と空笑いをする様子はどこか痛々しさすら感じる。

「……フラれたって誰に？」

「えーと……マクシミリアンの誓約者《ヴィーダ》に」

「えっ？　告白したの？」

「告白したというか……いや、形としては告白したことになるのか……ようは、私の誓約を受けてほしいと頼んだら断られたというか……」

「えええええっ、何やってんだよ。なんで兄上の誓約者《ヴィーダ》に誓約しようだなんて……横取りじゃないか！」

本気でルシウスは抗議の声をあげた。

誓約の絆というのは神聖なものだ。それを侵すようなことは許されるはずがない。

「……別にマクシミリアンから奪おうと思ったわけじゃない。ただ……私の誓約も受け取ってもらいたかっただけで……」

「だからって……」

「……過去には複数の誓約者を持った聖女の例もある」

カインはどこか不貞腐《ふてくさ》れたような表情で言う。やや後ろめたい気持ちがあるせいだろう、目を合わせない。

「そんな大昔の特例の話をしないでくれ。……もし、ヴィーダがおまえの誓約にうなづいたら、おまえ、絶対に自国に連れて行くだろう？　それが横取りじゃないって言えるのか？」

過去には誓約者を複数持っていた者もいたがそれは特別な例だ。決して一般的ではない。

（誓約者の絆は、唯一無二の運命と言われるものなのに……）

自分にそんな相手がいないからこそ、ルシウスはそれをより特別で神聖なものとして考えている。

自分の兄のそれに横槍《よこやり》を入れられたようで腹立たしいし、自分がそれに一役買ったみたいで更に腹が立つ。

（兄上が怒ったのはこのせいか……）

「それは……」

「そのくせ、絶対に守り切れないだろうに」

「……ルシウスっ！」

「そんなことのためにおまえをヴィーダに引き合わせたわけじゃない！　僕は単純に、おまえが食事ができるようになればいいと……助けになりたいと思ったんだ。兄上とヴィーダの間を邪魔するつもりなんか毛頭なかった‼」

もしかしたら、正式な誓約を結んでいる『誓約者』として、マクシミリアンにはこうなる予感がしていたのかもしれない。

「わ、私だって我が事ながら驚いているのだ。たかが、まともにスープが飲めたというだけで……こんな気持ちになるとは思っていなくて……でも、欲しいと思ってしまったんだ！　仕方がないだろう？」

「……だからってヴィーダに誓約を迫るなんて……」

「あっさり断られたんだから、追い討ちをかけないでくれ‼」

「あっさり？」

「ああ、そうだとも！　一顧だにしてもらえなかった！　誓約を捧《ささ》げるという私の言葉に、捧げられても困る、と言うんだ。マクシミリアンがいればそれでいいのだと！　あんな子どもがいいのかと口惜しさに任せて問えば、見た目など関係ないと言うんだ」

「え？」

確か栞《しおり》はマクシミリアンの実年齢を知らなかったように思う。

（うん。……たぶん、知らないはずだ）

見た目通りではないことを薄々気づいてはいるようだが、特に気にした様子はなかった。

「マクシミリアンさえいればいい……私の誓約はいらないと。私のことなど一瞬たりとも考えてくれなかった……」

「それは……なんだ……その……ご愁傷様だな」

「おまえの同情なんかいらない」

きっとルシウスを睨《ね》めつけるカインに、ルシウスは肩を竦《すく》めた。

「……私だってわかっている。誓約者の絆に入り込むことなどできないのだと……そんな真似《まね》をしたいわけじゃないんだ。でも、仕方がないだろう？　私だって欲しいと思ったんだ。彼女が欲しい、頭ではわかってても心では諦められない」

「……おまえには無理だ」

「わかってる！　マクシミリアンの誓約者《ヴィーダ》を奪うことなんてできるはずがないって！」

「それだけじゃなくてさ……おまえ、彼女の名前、憶えてる？」

「……シリィ、だろう？　おまえが何度も呼んでいたから知っている」

口にするとき、カインは少しだけ躊躇《ためら》った。

自分でその名を彼女に教えてもらったわけではなかったからだ。

「それさ、兄上がつけた名前なんだ。この世界と深く絆を結ばせるためにその名をつけたって兄上は言っていたけど、それが理由のすべてじゃない」

「ほかにどんな理由が？」

「自分以外の他の人間に彼女の本当の名を呼ばせたくなかったからだ。だから、自分が彼女に新しい名を付けた。寿《ことほ》ぎをこめた名を……それは、呼ばれるたびに彼女に幸いがあるよう祈りを込めた名であり、呼ばれるたびにこの世界と結び付けられる呪《のろ》いであり、呼ぶたびに口にした者が兄上の影響力を思い知る名だ」

及ばずとはいえ、カインとて魔術師の一人だ。

名を付けるというのがどういう意味なのかくらいわかっている。

「…………」

「兄上のその執着を、誓約者《ヴィーダ》に対するそこまでの想《おも》いを、何と言うのか僕は知らない。でも……そこにおまえが割り込むのなんて不可能だし、最高に無粋だ」

「……わかってはいるんだ」

「せめて、兄上よりもあの人を守り切れるようになってから物を言えよ」

「………ああ」

カインが悔し気な表情でうなづいた。


「……ところで、彼女はマクシミリアンを何て呼んでいるんだ？」

「プリン殿下」

「……ぷりん？」

「兄上の好きな食べ物だよ。甘くてふわふわでとろっとしていて、そりゃあうまいんだ」

「食べ物？」

「ああ……」

マクシミリアンが『シリィ』という名にこめた祈りとそれは随分と違っている。

「それで？　マクシミリアンはそれに返事をするのか？」

「どうも、その名を認めているみたいだよ、兄上も」

ぷっとカインは噴き出した。

何だかひどくおかしくて笑えた。

「そこまで笑うことか？　っていうか、プリンが何なのか知らないだろ。……確か、ヴィーダが昨日《きのう》作っていたから、まだあるはずだ。……来いよ」

ルシウスはカインを手招きする。

「……ルシウス？」

「運が良ければ厨房《ちゅうぼう》にまだあるはずだ」

「何が？」

「プリンだよ、プリン。僕は手伝いの正当な報酬として一つもらって食べたけど最高だった」

先ほどまで何だか落ち込んでいたような顔をしていたルシウスだったが、もしかしたら見間違いだったのかもしれない。

招かれるままにカインは、ルシウスの後をふらふらとついていった。


「……ルシウス殿下、困ります。これは全部回収してくるように、と言われたものなので」

王宮の厨房にプリンをつまみ食いに行けば、ちょうどそれはマクシミリアンの側近であるグレンダード＝メロリーの手によって回収されているところだった。

「二個だけでいいんだ。……王宮で作ったものなんだ、構わないだろう？　後でヴィーダには断っておくから」

「いや、しかし……」

「カインが食事ができるようになった記念なんだ。頼むよ、グレンダード」

プリンを勝手に譲り渡したなどと知れたら、己の身が危ういことくらいグレンダードにはわかっていた。だが、相手はマクシミリアンの弟で自国の王子である。

（しかも、カイン王太子がご一緒とは……）

他国の王太子に食べさせたいのだと言われれば重ねては断りにくい。

「……内緒にしてくださいよ」

こんなのバレたら俺がヤバいんですからね、と念を押せばルシウスはにやりと笑った。

「もちろんだ！」

いまいちアテにならない。ならないけれど、もはや賽《さい》は投げられた。

（どうか、殿下にバレませんように！）

グレンダードは心の中で何かに向けて祈った。

「ぎりぎりだったな。でも、手に入れられて良かった」

セーフ、と胸をなでおろすルシウスの手には二つの小さめのゴブレットがある。

「……カイン、これがプリンだよ」

どうぞ、とゴブレットの片方といつの間にかもってきた銀のスプーンを手渡されたカインは少しだけ迷った。

見たことのない黄色いものが入っている。

「……これが、プリン？」

「ああ。兄上がこの世で一番お気に入りの異世界の食べ物だ。……うちの家族はみんなこれが好きだ。滅多に食べることができないけど」

食べられない、という気持ちが胸の中にあるのに、それを上回る食べたいという気持ちがある。

己の中にうっすらとではあるがそんな意志が生まれたことにカインは驚いたし、でも、だからこそ、それに従おうという気になった。

手にしたスプーンですくったものをゆっくりと口へと運ぶ。

「……あ……」

口の中いっぱいに広がる優しい甘さ。卵の濃厚なコクとクリームのコクが混ざり合い、その上からほろ苦い味が広がってゆく。

「……これ……」

それは単に美味《うま》いというだけではない。柔らかで優しい魔力が身の内を浄化してくれるような心地《ここち》がする。

「……な、美味いだろう?」

「……ああ……」

うなづいた瞬間に、ほろりと涙がこぼれた。

「……カイン?」

「美味いんだ……ただただ美味くて……」

よくわからない熱い感情が喉元《のどもと》まで来て……それで、目元からこぼれ落ちた。

「……それで、なんか、変に懐かしい気持ちになっただけだ……」

見知らぬ異世界の食べ物の味にそんな風に思うのはおかしかったけれど。

「……そうか」

「……そうだよ」

ぽつりとつぶやいてから、カインはもう一度、それを口に運んだ。

甘くてほろ苦いその味は、今の気持ちにぴったりのような気がした。

TOUR.01　美味探訪！　ベテランガイドと行く大迷宮きのこ狩りツアー

「んー、いい天気～。絶好のハイキング日和《びより》だ～」

燦燦《さんさん》と輝く陽光を浴びて、リアは大きく伸びをした。

リア……ユリアナ＝ラウダは、先日、十六歳になった。

十六歳というのは、このフィルダニアでは成人に達したとみなされる年齢だ。

正式には、十六歳の誕生日の後の新年に成人したとされるのだが、何となく十六歳からは大人だというイメージがある。

（今年の目標は一人前の見習いになること！）

その為《ため》には、積極的に自分ができることを増やしていかなければならない。

実は、こうして大迷宮のきのこ狩りツアーに来たのもその一環だ。

（殿下たちは大きなものはたくさん狩ってきてくれるけど、細々したものはほとんど手が回ってないんだよね）

もちろん探索屋からも仕入れているが、仕入れのルートは複数に分かれていた方がいいのだと師である栞が言っていた。

（それなら自分たちでも狩ったり採ったりできたほうが良いし、絶対に便利だし、お師匠様の役にも立てる）

ぐっとリアは右手を握り締める。

常日頃《ひごろ》からよくしてくれている栞の為に何かしたい、というのはリアと双子の兄弟であるディナンの共通の願いであり望みだ。むしろ、最近では心得と化しているかもしれない。

(……それにしても、これ、みんなツアーの参加者なのかな?)

こっそりと不躾《ぶしつけ》にならない程度に周囲を見回す。

集合時間にはまだ少しあるが、集合場所である広場の一画には既に多くの人が集まってきている。裕福そうな商人の家族や貴族らしい男性たちの一団、それから、高位の貴族の子息らしい少年と彼の護衛の一団、数人ずつで参加しているのは観光客だろう。どこか着慣れていないいかにもな探索屋推奨の服装をしている。

(全部で三十名くらいか……)

すでに門は開いているから、まだこの広場に留《とど》まっているということを考えればツアーの参加者の可能性が高い。

(同じきのこ狩りツアーとは限らないけど……)

迷宮に潜ることのできるツアーは人気がある。人数が多ければ同じ日に複数回開催されていることもある。

「おはよう、リアちゃん」

「おはようございます、ライドさん。……きのこ狩りですか?」

ライドは、『青の宝石屋』に所属する探索者だ。

「そうだよ。リアちゃんも?」

「はい。いい天気で良かったですね」

「いい天気だけど、迷宮の中に地上の天気は関係ないよね」

「まあ、そうなんですけど。気分が違いますから」

大迷宮の大半が、アル・ファダルの地下に存在している。中は暗い場所もあれば明るい場所もあるのだが、地上の天気とはまったく違っている。

大迷宮は、魔導帝國時代の都市が神の怒りで地に沈み、そのまま埋まって朽ちたのだとも、幻の原妖精種《ようせい》が築いた妖精郷の名残《なごり》なのだとも言われているが、本当は何であるのかを知る者はない。研究している学者はいるが、結論は未《いま》だに出ていないのだ。

とはいえ、アル・ファダルに住む大半の人々にとって、大迷宮は大迷宮であり、大昔の都市だろうがはたまた妖精郷だろうが特に問題はない。もちろん、リアにとってもそうだ。

(というか、私達にとって大迷宮って、いわばメシの種だよね)

それは、アル・ファダルの民にとってというだけではない。

広義の意味において、フィルダニアの民すべてにとってそうだと言っても過言ではない。フィルダニアにおける最大の産業は観光業であり、それは大迷宮の存在なくして成り立たないのだ。

「あれ？　リアちゃん、革甲《かわよろい》、新調したんだ？」

「はい。……ライドさん、いつも言ってますけど、ちゃん付けはやめてください。私、もう十六歳なんですから」

コミュニケーション能力抜群のライドは、『女の子は女の子であるというだけで素晴らしい』という信念の持ち主で、ストライクゾーンは三歳から五十八歳まで。その微妙なゾーン規制の理由は誰も知らないが、女の子とみれば声をかける。

（一人なのは珍しいな、ライドさん）

いつでもどこでも複数の女性に囲まれているのが常なので、何だか不思議なものを見ているような気がする。

「それは失礼。……でも、リアさんってのも何か変な気がするね」

「リア、でお願いします」

これまでそんな扱いを受けてこなかったから、リアは、『ちゃん』とか『さん』づけで呼ばれると何だかむずがゆくなる。

「呼び捨てって何か慣れなくてね」

「今日はお一人なんですか？」

「ああ。……ちょっといろいろあってねー」

ライドの視線があさっての方向を向いているのを見て、リアは笑みを重ねた。

「また、何かゴタゴタしたんですか？」

「いや～。僕は誰か一人のものにはならないよって言ってるのにさ～」

「やっぱり。……そういう話なら聞かないことにします」

リアは顔をしかめて、いらないというように手を振った。ライドを巡って女性たちが争っているのは日常茶飯事だ。話を聞くだけでもお腹《なか》いっぱいなのだ。

「えー、冷たいなー、リアちゃん」

「だって、いつも同じことばっか繰り返しているじゃないですか。それより、言っているそばからリアちゃんはやめてください。子ども扱いしないでほしいんです。これでももう、ちゃんと探索者なんですよ」

リアは胸を張って手袋をはずした右手を目の前に掲げて見せる。

その中指にはまっているのは、探索者であることを示す銅の指輪だ。真ん中の赤い小さな石は血石だ。

リアは個人の探索者でしかないが、これが探索屋の店主になると指輪の地金が金や銀になる。どの色の指輪にも『すべての探索者は世界の探究者たれ』という古語が彫られていて、その言葉こそが探索者の最も大切な心得とされている。

この指輪には血石による本人認証以外の機能はまったくないのだが、探索者にとっては命の次に大事なものだ。

（探索者としての誓約の証《あかし》……）

探索者を本業にする気はないリアだって、この指輪をはめるとしゃっきり背筋が伸びる。

「あれ？　合格したのかい？」

「はい！　この間、三回目の挑戦でやっと合格したんです‼」

兼業探索者としては、三回で合格できたのは上々だと思っている。

「へえ。おめでとう」

「ありがとうございます」

リアの表情がわかりやすく輝いた。

それも道理だ。何しろ、このフィルダニアでは探索者資格を持っていれば食いっぱぐれることがないと言われている。それに探索者というのは、フィルダニアではとても人気があり尊敬される職業なのだ。

有資格者であるというだけでフィルダニアでは幾つかの特権が得られるし、ある種の身分証明にもなる。

「今回、おたくのヴィーダは受験したのかい?」

「いいえ。……うちのお師匠様は最初から、自分は戦闘はまったく無理だからって言ってます。元々、そちら方面にあまり関心がないですし……」

「えええええええ、何言ってんの? ……フランチェスカをミンチにしたり、ドラゴンの尻尾《しっぽ》をステーキにしたりしているくせに!」

「厨房《ちゅうぼう》に来る時には死んでいますよ、全部。……そもそも、食材の処理だから何のことはないと思っているんですよね、お師匠様」

リアは、このアル・ファダル随一の格式を誇る元離宮ホテル・ディアドラスの中にあるレストラン・ディアドラスに勤めている。最近、やっとサラダを作ることを許された駆け出し料理人……と言うもおこがましい料理人の卵だ。

リアの師は異世界人の女性で前島栞《まえじましおり》という。こちら風に言うのならばシオリ=マエジマだ。

このアル・ファダルの領主たるマクシミリアン殿下の『誓約者《ヴィーダ》』であり、異世界から来訪してまだ一年程度だというのに、フィルダニアのみならず料理の世界では大陸中に名を知られている料理人でもある。

大陸有数のリゾート地であるこのアル・ファダルの隆盛に多大な貢献をしていると認められ、先日、国から郊外の小さな村と生涯にわたる年金、それからいくつかの特権を与えられた。

栞がこちらに永住することが決まればおそらく爵位も夢ではないだろう。

（お師匠様がそれを望むとは思えないけど……）

貴族という身分のない世界から来たという栞は、そういった身分の格差というものをうまく呑《の》み込めていないようなところがある。

だからこそ、リアやディナンに対してもまるで分け隔てがない。

（でも、貴族に対して無礼というわけではないし……礼儀作法はほぼ完璧《かんぺき》だって、エルダさんが言ってたっけ……）

元離宮女官長たるエルダをして礼儀作法にまったく問題がないと言わしめるだけでなく、栞はリアには想像もつかないような高い水準の教育を受けている。学者と呼ばれる人たちだったり、行政府の高官たちだったりとも対等に話をしているし、何よりもプリン殿下……マクシミリアンが栞の言葉に感心し、その意見を聞きたがる。

（フィルダニアの誇る魔導王子殿下が、だ）

なのに、栞はまったくの自然体だ。

（うまく言えないけど、お師匠様は自分のことを普通だと思ってるんだよね……全然普通じゃないのに）

「ヴィーダは自分を知らなすぎるよ」

「ええ。私もそう思います」

リアは深くうなづく。栞の認識と周囲の認識にはかなり差があるような気がするのだ。

「リアちゃ……いや、リアは、今回、純粋に参加者なのかい？　それとも引率側？」

「参加者ですよー。でも、有資格者ってことで割引してもらえましたけど」

迷宮に入るには資格が必要だ。誰《だれ》もが気軽に入れるほど、迷宮は安全な場所ではない。

フィルダニアでは、迷宮探索屋に所属しているか個人で探索者の資格をもっている者であれば無条件で迷宮に入ることができる。そして、有資格者は無資格者を三人まで同行することができるのだ。

国によってルールは多少違うものの、『探索者資格』は大陸共通で認められている。これは単に一定の戦闘能力と迷宮に対する一定の知識があるという保証にすぎない。その迷宮独自のルールを知らないで何かあった場合は自己責任であるし、資格を持っているからと言って安心して迷宮を歩けるわけではない。

「資格者と言ってもまだとったばっかりですし、ディナンと違って私はほとんど中に入ったこともないですから……だから、少しずつ慣れようと思ってこのツアーに参加したんです」

「へえ。……ディナンも受かったのかい？」

「ええ。ディナンはもう前回で受かっています」

ディナンはリアの双子の片割れだ。兄なのか弟なのかの区別をつけるのはとっくにやめた。お互いに自分が上だと一歩も譲らないからだ。

迷宮に関しての知識ならば自分の方が詳しいとリアは断言できるが、純粋な戦闘能力はだいぶディナンより落ちる。その分、リアは魔法が得意だ。特に炎系の魔法とは相性が良い。ディナンが得意な水系統よりも攻撃に適した魔法が多いので随分助かっている。

「ディナンは、今日は来なかったの？」

「きのこ狩りなんかつまんないって……トトヤさんのガルドと配膳《はいぜん》のヴィストと三人で地底湖に行きました。グランギアスの一本釣りをするんですって」

グランギアスは地底湖に複数頭いるらしいと噂《うわさ》されている幻の古代魚だ。

鈍い黄金色に輝く金属のような鱗《うろこ》に覆われ、全長は十五メートル程度とも二十メートルとも言われる。かつて、地底湖の主であった水竜と互角に闘っている姿が何度か目撃されているという。

「……どうやって？」

「三人で『ズーロウの小舟』を買ったんです」

ズーロウの小舟というのは、ズーロウという魔具師が作った魔法の舟だ。手に乗るくらいの小さな模型の舟が、水に浮かべて呪文《じゅもん》を唱えると人が乗れるくらいの大きさになる。

ズーロウの名を持つ魔具師のみが作れる貴重な魔道具で、トトヤなどではとても便利に使っている。地底湖の探索には欠かせない魔道具の一つだ。難点は、それなりに高値でしかも一度しか使えない使い捨てということだ。一度大きくしたら再び小さくすることができないのだ。

「……あいつら、バカだろ？」

「ええ。バカなんですよ」

具体的に言うのならば、リアやディナンがもらっているお給料の三か月分くらいの値段がする。三人で割るから一か月分と考えればいいのかもしれないが、そもそも出会うかどうかわからないグランギアスの為《ため》にそんなに費やすなんてバカげているとリアは思う。

それに、地底湖の入り口あたりはそれほど危険なエリアではないが、水の上や水の中は問答無用で危険区域だ。ディナンは水系統の魔法に適性があってかなり得意なので地底湖での危険を軽視しがちだ。

「あのへんはすごく危ない区域だってしつこく言われているのに……だいたい、グランギアスが釣れるわけないじゃないですか。何を餌にするんです？　フランチェスカですか？　ディナン達じゃあフランチェスカに誘惑されておしまいですよ。だいたい、あんな巨大魚釣る竿《さお》はどうするんです？　あんなの釣れる竿があるわけないじゃないですか」

『フランチェスカの誘惑』とは、フランチェスカを狙《ねら》う探索者が逆にフランチェスカに追い込まれることを言う。

「……リア、ストレスたまってるのかい？」

「だって、きのこ狩りなんて女子どものやるものだなんて言ったんですよ、ディナン。思い出したらまた腹が立ってきた」

「へえー」

ライドの笑みに黒いものが入り混じる。

「探索者のくせにツアーなんて恥ずかしいとか言ったんですよ！　お師匠様にすぐに怒られましたけどね！」

「いやいやいや、ツアーだってバカにしたもんじゃないよ。特に今日のツアーはきのこ狩りだし！　それに慎重になるのはいいことだよ、リア」

「ですよね！　お師匠様もそう言っていました。大迷宮なんだから用心しすぎでもいいって。探索者資格は確かに大事だけど、受かっただけではただの資格にすぎないんだよって」

フィルダニアで探索者資格試験を受験する為には、フィルダニアの国民三人の推薦か有資格者の推薦が必要とされる。

試験は、戦闘能力と迷宮に関する知識を問われるもので、年に三回ある。戦闘能力試験だけで一週間続くほど受験者が多い。合格率は毎回十二～十五％の間を行き来するくらい。大概の人間は、戦闘能力試験よりも迷宮知識を問われる試験で落ちると言われている。

リアは戦闘能力試験の方で落ちた珍しい例で、自分でも得意でないことを自覚しているので今回の申し込みもすごく慎重だった。

有資格者は引率側での参加ならば無料なのだが、自分一人すら覚束《おぼつか》ないかもしれないからということで普通にお金を払ってツアー客として参加している。リアの同行者枠を利用するということで通常のツアー代金を半額に値引きしてもらっているのだが、魔生物の襲撃があったりした場合、自分がどれだけ役に立てるのかわからない。

「うんうん、その通り！　資格はどう使うかだからね。大事なのは実践だし、実戦だよ」

ライドがどこか含みのある笑みを浮かべている。

(こういうところがライドさんは得体がしれないと思う)

優しいだけの男じゃないと感じる瞬間がある。そして、時々垣間見《かいまみ》るそんな一面が妙に気になったりもする。

(探索屋の人ってそういうの多いよね)

似たような匂《にお》いがするとでもいうのだろうか。

(過去を隠している人の匂いだ)

探索者同士で自己紹介をする時、基本、名乗るのは名前だけだ。

これは、姓が意味する家や身分、地位などといったものは関係ない……目の前にいる自分がすべてだ、ということを意味しているのだと最初に教えられた。

探索者は探索者であるというだけでその身分を証明されるので、訳アリの人間が多いのだとも。

（まあ、訳アリというのなら、私とディナンも同じだし……）

師である栞に出会うまで、リアとディナンはアル・ファダルにある安宿の下働きと下足番のような仕事をしていた。もちろん、給金などない。物置の片隅を寝場所に与えられ、客の残り物を食べる宿の使用人のそのさらに残飯を与えられて何とか飢えをしのいでいた。

今にして思えば、あれは人間の扱いじゃないと思う。

（……家畜よりも酷《ひど》い扱いだった）

家畜はちゃんと毎日餌がもらえる。でも、リアとディナンは残飯がないからという理由で食事を抜かれることもしばしばで、井戸の水すら使わせてもらえなかった。

泥水をすするような暮らしだった。夢も希望もどこにもなかった。

（なのに……）

宿の業突く張りな主《あるじ》は、新しい仕事を紹介すると言って、二人を売り飛ばそうとしていた。栞がいなかったらきっと二人は売り飛ばされていただろうし、今頃《いまごろ》、どんな目に遭っていたか……そんなこと、考えたくもなかった。

（私たちは運が良かった……）

栞に出会ったこと、それが自分たちの幸運のすべてだ。

「ガイドは赤い腕章をつけています。それぞれに担当のガイドがいますので、ガイドの言うことをよく聞いて無事に帰ってくることを祈ります」

ライドとおしゃべりをしているうちに時間になったらしく、集合場所の一画には参加者と思《おぼ》しき人たちだけでなくガイドの面々も集合している。

（ふーん、今日はガイドはみんな『青の宝石屋』か『ディルギットの菓子屋』の人たちなんだ）

青の宝石屋もディルギットの菓子屋も老舗《しにせ》の探索屋だ。特にディルギットの菓子屋はトトヤと同じく、『はじまりの十屋』と呼ばれるフィルダニア建国時に定められた十の探索屋のうちに名を連ねる老舗中の老舗だ。

（さすが、ベテランガイドと行くツアーだ）

同じ探索者資格を所持していたとしてもライドとリアではその経験にも知識にも雲泥の差がある。有資格者というだけではその能力は測れないが、リアが見たところツアーの売り文句に偽りはなさそうだ。

「やあ、リア、おはよう」

「おはようございます、ローレンさん」

ローレンは、ディルギットの菓子屋の代表者だ。

ディルギットの菓子屋はディアドラスに出入りしている業者の一つなのでそれなりに顔見知りで

はある。まあ老舗の探索屋であれば、探索屋の元締めといってもいいアル・ファダルの領主とは大なり小なり必ず関わりがあるのだから当たり前とも言える。

ローレンは、その金の巻き毛の間からのぞく特徴的な耳を見ればわかるように獣人族だ。

だが、耳の他にそれとわかる獣相は持っていないから、耳を隠してしまうと普通の人族と変わらない。一見したところわかりにくいが、狼《おおかみ》の一族だという。

「今日は、僕が君たちの担当ガイドだからよろしくね」

「こちらこそ、よろしくお願いします」

その視線が意味深な気がしたが、どうやらそれは間違っていなかったらしい。

「そなたが、妾《わらわ》の専属ガイドかえ?」

やや幼さの残る甘い声にリアは振り向いた。

(な、何だ、これ……)

思わず自分の目を疑い、それから、何度か目をこすった。

「はい。本日、お嬢様達お二人とこちらのお嬢さんを担当するローレンです」

「妾はエリザベスと言う。これは護衛のイーリス。今日は一日よろしく頼む」

そこにいたのは、等身大の生きる姫様人形だった。

(初めて見たよ、こんなピラピラドレスを着てこんなとこ歩いている人)

「ご丁寧にありがとうございます」

「よろしくお願いします」

レースたっぷりのドレスは別に珍しくない。

何しろ、リアが勤務しているのはホテル・ディアドラスなのだ。

貴族のお姫様なんて珍しくないし、自国の王子なら飽きるほど見ている。

プリン殿下の気をひきたい貴族のお姫様たちがよくホテルのカフェやバーを出入りしているが、彼女たちが着ているドレスは目の前の少女のドレスとそう大差がない。

(この間見せてもらったドレスカタログの中のとそっくりだ)

リアだって年頃の少女だからしてドレスに憧《あこが》れる乙女心的なものがないわけではない。でも、それは時と場合と場所を選ぶものだ。

(……ものすごーく場違いだよね、この人たち)

目の前の少女にそのドレスは確かによく似合っているが、その姿はこの大迷宮の門の前では強烈な違和感を発している。

正直に言っていいのならば、ものすごくおかしい。

(……ちゃんと見なかったのかな、ツアー募集のチラシ)

売り文句やツアーのポイントの書かれたこの大迷宮ツアーの募集チラシの裏には、ちゃんと今日の旅程とだいたいの所要時間、それから必要な持ち物や大事な注意事項が書かれていた——動きやすい服装と武器防具、回復薬の用意は必須《ひっす》だったはずだ。

だが、ローレンは何も言わずに持ち物の確認に入った。

「武器は、剣と杖《つえ》ですね」

「はい」

「そうじゃ」

どうやらお姫様のほうは魔法を使うらしい。

「遺言書の用意はできていますか？」

「うむ」

お姫様の年齢は、リアと同じくらいかちょっと下。護衛らしい女性は栞と同年代だろうか？　という年齢だ。二人が既に封がなされている筒をローレンに渡す。

淡い金の巻き毛をドレスと同じ淡いピンクのリボンで留めた少女が顔をあげ、リアのほうを見た。

こういう時は慌てて目を逸《そ》らさないで、目が合ったら軽く頭を下げるように、と教えられている。

頭を軽く下げ、視線を戻すと再び目が合った。

（きっれいなお姫様だなぁ）

顔立ちも整っているが、印象的なのはその目の色だろう。

珍しい紫色だ。それも、かなり濃い。一般に、黒や黒に近い濃い色合いを髪色や瞳《ひとみ》に持つ子は魔力が多いと言われている。貴族であるなら特に喜ばれる色だ。

（紫っていうことは大貴族の血をひいてる可能性がある。あるいは、王族ってことも……）

「リアは？」

「あ、はい」

同じくすでに封印済のものを渡す。

大迷宮に入るものは必ず遺言書を提出することになっている。

特に今更遺言するまでもないという人の場合は白紙を提出する。

白紙の場合はなすがままにという意味なので関知しないが、ツアーに参加しながらも大迷宮で命を落とした場合、この遺言書に書かれていることは、遺言書を作った者の所属する国の法律に反しない限り、フィルダニアという国が遺言の執行者となって執行されることになっている。

「では、ツアー契約書に従い、今から三人は私の命令に従っていただきます」

ローレンはにこやかな笑みのままで告げた。

「はい」

「うむ」

「わかりました」

三人三様にうなづいた。

これで、簡易とはいえ契約が結ばれたことになる。

「では、まず最初にエリザベスさん、私の所属する探索屋にご案内しますので、イーリスさんと共にそこで大迷宮に相応《ふさわ》しい装備を購入して身につけてください」

ローレンはにこやかに告げる。

(平たく言えば、着替えろってことだよね。まあ、当然だけど)

「わかった」

「姫様」

護衛の女騎士の言葉を無視して、少女はあっさりとうなづく。

「妾の手持ちの中では一番動きやすい服で来たのだが、これでは大迷宮には適さないということであろ?」

「その通りです。……リア、選んであげて。できればそちらのお供の……」

「イーリスです」

「イーリスさんも、彼女に聞いて着替えてください」

「……私もですか？」

護衛であるイーリスは普通に軽甲冑《かっちゅう》を身につけている。見た目だけで言うのならば、リア以上の重装備だ。

「ええ。悪いとは言いませんが、ちょっと重過ぎますし、金属甲は困るんです。万が一の時に」

「？？？？？？」

よくわかっていないエリザベスが首を傾《かし》げ、イーリスが抗議を口にする。

「万が一などあっては困ります。姫様はかけがえのない御身です」

「私にとっては、あなたもそちらのお嬢様もリアさんも全員かけがえのない身ですよ」

ローレンは笑顔のままで付け加えた。

「どうしても甲が必要だというのならば、リアと同じ物とまでは言いませんが革甲にして下さい」

「ですが、こんなちゃちな甲では……」

とんでもないといった表情でローレンは告げる。

「リアの甲はイルベリードラゴンの革でできています。しかも、魔術刻印はマクシミリアン殿下がしたという代物です。買おうと思っても買えませんよ」

二人がリアを見て、それから、リアの革甲を見てぽかんとした表情をする。

見た目は何の変哲もない普通の革甲のように見えるからだ。

「ドラゴンの革って、ドラゴンの革って……」

「フィルダニアにはイルベリードラゴンを革にして甲が作れる職人がいるのだな」

エリザベスが呆然《ぼうぜん》とした表情でつぶやく。

その気持ちはリアもわかる。これがイルベリードラゴンの革だと知った時、リアだって同じくらい衝撃を受けた。

けれど、彼女の師は言ったのだ。

『この世界で一番丈夫な材料の一つだってプリン殿下が……。この革で甲ができれば二人が怪我《けが》をしにくいって言うから』

ごめんね、お裁縫あんまり得意じゃないからちょーっと曲がってるとこあるけど、とちょっと恥ずかしそうに笑って付け加えた。

『これ、お師匠様の手作りなんですか？』

『プリン殿下にも手伝ってもらったけど、切ったり、縫ったりするのは私じゃなきゃ無理だって殿下が言うから』

あの時は嬉《うれ》しくて涙がこぼれた。

ドラゴンの革がとてつもなく貴重なものだからではない。栞が自分たちの為《ため》に作ってくれたということが何よりも嬉しかった。

「三か月くらい前にプリ……マクシミリアン殿下がイルベリードラゴンを討伐されて、それでうちのレストランに運び込まれたんです。お師匠様が、綺麗《きれい》に解体した後の革の一部で私達にこの革甲を作ってくださったんです」

「なぜ、第三王子が魔術刻印を？」

「お師匠様が頼んでくださったのだと思います。お師匠様は殿下の誓約者《ヴィーダ》ですから」

「……もしや、そなたの師は、シオリ＝マエジマか？」

「はい」

リアは笑顔満面でうなづく。栞の弟子であることはリアの最大の自慢だ。

「なるほど。……では、そなたも手練《てだ》れなのだな」

「テダレ？」

リアは首を傾げる。

あまりにも自分とはかけ離れた単語だったので、リアはその意味がまったく理解できなかった。

「そなたの師は素晴らしい技量の持ち主と聞く」

「もちろん！！！」

リアは力いっぱいうなづいた。

（お師匠様ほどの料理人は、どこを探してもいるはずがないもの‼）

リアの様子に、エリザベスとイーリスの主従は顔を見合わせ、そして、注意深くエリザベスが口を開いた。

「アルラウネ大蜘蛛《ぐも》を生け捕りにしたそうだな？」

「ああ……生け捕りっていうか、半殺しだと思うけど？」

（真っ二つにならずに片側全部の脚を切り落とされた蜘蛛が、厨房《ちゅうぼう》の隅でぐるぐると回ってたことがあったっけ）

たぶんエリザベスが言っているのはアレのことだろう。

例によって例のごとく――――たぶん、厨房に湧《わ》いたのがあの蜘蛛の運の尽きだったのだ。

（殿下がいつもの魔王様な笑顔で、メロリー卿《きょう》に運ばせてたよね）

殿下は転移魔術を自由自在に操るのだから、きっとあれは何かの罰か嫌がらせだったに違いないとリアは思っている。

「レア種の黒だったと聞いたぞ？」

「お師匠様には黒も普通のも関係ないもの。虫が大嫌いだから」

厨房において、虫は一切存在を許されない。

いつもは優しい栞だが、虫が発生した時は人が変わる。

（グラングなんて出た日には……）

リアは思い出すだけで背筋が凍る。

口調はいつもと変わらぬ柔らかさで、でも、だからこそとてもとても恐ろしいのだ。一匹見たら百匹いると思いなさいね！　とか言いながら、地獄の果てまで追い回す勢いでハンマーでぐっしゃりと叩き潰《つぶ》す。

ちなみに、グラングを潰すための専用ハンマーは決まっていて、卵割りに使っているものとは別のものだ。

「だが、レア種は通常のものより三倍は硬いと聞くが……」

あまりにもあっさりと言ってのけるリアにイーリスが疑いの眼差しを向ける。

「そんなの……」

リアは甘いですよ、と笑った。

そして、当然の口調ではっきりきっぱりと言い切った。

「お師匠様の包丁に切れないものはありません」

◆◆◆◆◆◆◆

『ディルギットの菓子屋』ははじまりの十屋の一つなので、その店舗は大迷宮の門のすぐ――門前の広場に面した場所にある。

探索屋の店舗というのは、だいたいどこも何がどこにあるかわからないほどにいろいろなものが店じゅうに詰め込まれているものだが、ディルギットの菓子屋の一般の探索者が買い物をする店先もその例に漏れない。

店員達ですら覚えていない、あるいは知らないような商品もあったりするので、よく探せば掘り出し物などもあり、リアは探索屋に行くだけで楽しくなる。

「……ほぉ……これは素晴らしいものだの」

「それは、ヴィディック鳥の羽毛の色だよ。生地に羽毛を織り込んであって陽光と月光で色が変わるんだよ」

「月光だとどんな色になるのだ？」

「えーとね、ぼんやりと光を帯びているの。魔力がにじみでるみたいに……わかる？」

「うむ。妾は魔法師であるから、そういう現象はよく見ておる。輪郭が光を帯びたようなそんな感じであろ？」

年齢の近い少女同士が隔意なく話すようになるのにそう時間はかからなかった。

「そうそう。ぼんやりと夜の中に浮かび上がるみたいにキラキラしてるの」

「見てみたいのう」

「んー、羽なら一枚、あげよっか？」

「持っているのか？」

「うん。この間スープにしたから！」

お忍びで、更に身分を隠しているつもりらしいエリザベスにはあんまり堅苦しく話さないほうがいいだろうというリアの判断は正解だったらしく、最初は少し警戒していたような感じがあったエリザベスも今では気安い様子で話すようになっている。

「ほう。ヴィディック鳥は美味《うま》いのか？」

「ううん、ダメ。全然まずくて、香草入れているのに口が曲がりそうだったし、お師匠様が材料を無駄にしたーって嘆いてた。でも、何かの薬の材料にはなるらしくてそのスープは鍋《なべ》ごと引き取られていったけど」

二人は、イーリスがヴィディック鳥をスープ？　あれをスープになんてできるの？　と呟《つぶや》いているのを綺麗にスルーして話を続ける。

「見た目が綺麗なものはあんまりおいしくないみたい」

「イルベリードラゴンは、美味いではないか！」

「えー、見た目は別に綺麗じゃないよ。……尻尾《しっぽ》しか見たことないけど。皮だって別に普通だったし、鱗《うろこ》も甲冑魚の方が綺麗だよ」

鈍い金属色を帯びた革甲は、見た目は特別なもののようには見えない。

だが、肉は文句なしに美味《おい》しい。リアが食べたことがあるのも尻尾だけだが、煮ても焼いても蒸してもおいしかった。

もし、イルベリードラゴンがレベルⅡかⅢくらいだったら、きっと肉目当ての探索者に狩り尽されていたに違いないと思うほどだ。

「ドラゴンは恐ろしいが、とても美しい生き物なのだぞ」

「見たことあるの？」

「……絵だが」

恥ずかしそうにエリザベスが言う。

「まあ、見れないほうがいいけど」

「なぜだ？」

「ドラゴンになんて会いたくないよ。逃げられるかもわからないのに」

「確かにそうだな」

うんうんとエリザベスがうなづく。

「それでね……」

同年代の少女同士、話のネタはいくらでもあり、どれだけでも話は弾む。

「ねえ、君たち、頼むからそろそろ本題を思い出してくれないかなぁ」

後ろから、待ちくたびれたらしい声がかかった。

「……ローレンさん、ごめんなさーい」

「すまぬ」

余計なおしゃべりをしていた自覚があるため、二人は身を縮ませて謝罪した。

「申し訳ございません。エリザベスさまが楽しんでおられるので遮ることができませんでした」

イーリスも一緒になって謝っていた。すでにイーリスは支度を整えて着替え終わっている。

「うん、怒ってないから。……でも、あと十分で選んでね」

爽《さわ》やかな笑顔でローレンは告げた。

それができなければ、わかってるよね、という声なき言葉を三人はちゃんと聞き取っている。

（ローレンさんって、プリン殿下と同類なんだわ）

それは、『逆らってはいけない人』であるという意味なのだと、学習能力のあるリアはしっかりと理解していた。


「女の子の支度はほんと、時間かかるよね」

支度を済ませた自分の姿を鏡に映し、物珍しげに何度も確認しているエリザベスを微笑《ほほえ》ましく思いながらも、「ふぅ」とローレンはわざとらしく溜息《ためいき》をつく。

リアがエリザベスの為《ため》に選んだのは、アルラウネ大蜘蛛の糸で織られた漆黒のローブに柔らかな革色をしたアルリッドとかげの革甲だ。オーダーメイドでない装備としてはほぼ満点の選択だろう。

どちらもきのこ狩りに行くには充分すぎるほどの装備だが、エリザベスの身分がかなり高いらしいことを考えれば用心に越したことはない。

「だって迷っちゃうんですもん。リズは可愛《かわい》いから何でも似合いますし！」

「り、リア、何を言うのだ」

しゃらっと言うリアにエリザベスが真っ赤《まっか》になる。

互いに愛称で呼び合っているところをみると、相当うちとけたのだろう。

「だって、本当のことだよ。最初見たとき、動く姫様人形だーって思ったくらいだし」

お人形みたいに可愛くてびっくりしたよ、と屈託なく笑う。

「そ、そのようなことをポンポン言うものではないぞ。誤解を招くではないか！」

「誤解？　どんな？」

「リアに好意をもたれていると勘違いする輩《やから》がいっぱい出るであろ」

「えー、リズにはいっぱい好意あるよ。リズに限っては誤解じゃないよ」

「ううっ、そなたが男であったら、とんでもない女タラシになっていたであろう！」

確かに、とローレンはうなづく。

リアはきょとんとしていた。

そこに計算や作為はない。だからこそ、エリザベスもこんな風にどうしていいかわからずに動揺しているのだろう。

「私はライドさんじゃないですー」

あははは、とリアは笑う。

「ライドとは誰《だれ》じゃ？」

「えーとね、別のグループのガイドをしている人なの。すっごいタラシなのよ。いつも女の人でモメてるの。イイ人なんだけどね」

「ふむ。女の敵じゃな」

「そんなこともないよ」

リアが気づいているかどうかは知らないが、ローレンはエリザベスのだいたいの身分を察している。

だからこそ、このグループにリアをいれた。

一人のガイドが担当するツアー客は三人。だが、リアが客の中にいればいざという時にその助力が期待できる。何かあった時にはローレンが足止めをしてリアが二人を連れて逃げることもできる。その逆もまた然《しか》りだ。


「さ、出発しようか。ちょっとスケジュールがおしてるから、近道から行くよ」

ローレンは脳裏に地図を描き出す。

目指す黒の森は、そこへ行くまでの道程も含めて、レベルⅠ～Ⅱ程度の魔生物くらいしか出現しない。ツアーは基本安全な場所……ただし、大迷宮基準の安全を一般と混同してはいけない……にしか行かないのだが、このツアーはその中でも特に想定される危険が少ないものだ。

しいて言うならば、最大の危険はラルダ茸《だけ》なのだが、それを狩ることが目的なのでその危険については仕方がないといえる。

「わかった」

「よろしくお願いします」

「近道ですか？　わーい。マッピングしなきゃ」

他のグループとは既にタイムスケジュールに一時間くらいの差がついているだろうが、ローレンはそれほど心配はしていなかった。

「途中のラガス池で休憩をとって、周囲をいろいろ見ながら森に直行します。お昼には余裕で間に合いますよ」

「昼食は、ドド芋とフランチェスカのフライであったな、楽しみじゃ」

「この時期のドド芋ってほくほくしてるし、フランチェスカはうまく揚がってると身がふっくらとしていておいしいよ。あのね、私の一番のオススメはアンチョビソース！」

「確かアンチョビソースも食べられますよ。チラシに書いてありました」

イーリスが少し柔らかな表情で言葉を添える。

「楽しみじゃなぁ」

「だよねー」

グループメンバーが女の子三人であることをさんざん他のガイド仲間に羨《うらや》ましがられ自身も楽しみにしていたローレンだったが、歩き始めて五分もたたぬうちにそれを後悔していた。

「ねえ、リズは何でアル・ファダルに来たの？」

「妾は仕事でフィルダニアに来たのじゃが、どうしてもソルベが食べたくて、休暇がてらアル・ファダルまで足をのばしたのじゃ。急だったのでディアドラスに宿を取れなくてな。知人の別荘に滞在しておる」

「そうなんだ」

「うむ。知人が手を尽くしてくれているのだが、レストランの予約の方も難しくてな。それで、せめてソルベだけでもと思い、ソルベが食べられるこのツアーに申し込んだのじゃ」

「今だったらモルファ地方の柿で作ったソルベがおすすめだよ。今のシーズンのソルベ全部制覇したけど、一押し！」

「なんと！　全種類制覇とな⁉　羨ましいのう」

「見習いの特権だよ。ソルベのレシピも全部お師匠様が作っているから。当然、試作もいっぱいしたし、試食もさせてもらっているんだ」

エリザベスの心底羨ましいという表情に、リアはちょっと誇らしい表情を見せる。

他国の裕福な貴族の少女がリアを羨むなんてありえないことだが、この点に関してだけは確かにリアのほうが立場が良い。

「あとはどんな味があるのじゃ？」

「あとはねー……」

「はいはい、おしゃべりに夢中になってないで足をすすめてくれ」

ローレンは大きく手を叩《たた》いて、三人の意識を自分に引き寄せる。

「はーい」

「わかっておる」

「すいません」

口ではそう言うのだが、どうせ十五分もすれば元通りだ。先ほどからエンドレスでそれを繰り返している。

（女三人寄れば姦《かしま》しいって、こういうことなんだね……）

きゃらきゃらと楽し気におしゃべりをしている三人の後ろを歩きながら、ローレンは永久不滅の真理を現在進行形で実感していた。

◆◆◆◆◆◆◆

「なんで、僕は彼女たちを引き受けてしまったんだろう……」

その小さな呟きは誰の耳にも届かずに爽《さわ》やかな風に消える。

大迷宮の景勝地の一つとして知られるラガス池のほとりで、ローレンは黄昏《たそがれ》ていた。

巻き毛の中の耳はヘタレて折れ、小さく震えている。

伝説の銀狼《ぎんろう》の末裔《まつえい》たる誇りも、目の前の光景の前ではまったく意味をなさない。

「綺麗《きれい》じゃのう。底まで見えそうじゃ」

「この池の底には大宮殿エリアに跳べる呪陣があったんだって。もう壊れちゃってるけど」

「大宮殿エリアとは、大迷宮の深部の中心エリアですね？」

「そうです。私は最終試験で入り口あたりにちょこっと入っただけなんですけど、最精鋭の探索者が最高の装備を整えてチームを組まないと帰って来られないエリアなんです」

行くだけなら私でも行ける方法はあるんですけど、帰りが～とリアは苦笑いを見せる。

「なぜ、行くだけなら行けるのじゃ？　普通は腕利きの探索者が一週間はかかるのじゃろ？」

「歩けばね。途中でいろいろ魔生物も居るし……でも、他にも、この池の底にあったような大宮殿エリアに跳べる呪陣が幾つかあるの――――一方通行だけど」

「……おかしいのう？　なぜ一方通行なのじゃ？　普通、呪陣は行き来をするものであろうに」

「だよね。私も不思議に思って殿下に聞いたの。そうしたらね、殿下が、この呪陣ができた当時、まだ双方向に作用させる呪陣の構成がわかっていなかったからじゃないかって」

「……そうじゃな。私達が今使っている転送陣は、ディルギット＝オニキスがつくったものじゃ。大迷宮は、彼が世に現れる以前からあるものな」

「うん。殿下は、ディルギットは大迷宮の中心エリアの大宮殿呪陣を見て転送陣を組んだんだろうって……」

「なるほどな。では、大宮殿の呪陣は誰が作ったのであろう？」

「んー、古代の魔導帝國の遺産なんじゃないの？」

古《いにしえ》に栄華を誇った魔導帝國の遺産と呼ばれる文物は、今の時代では作り出せないものがほとんどだ。仕組みがわからないものも多いという。

「リア、わからぬものはすべて帝國の遺産にしがちじゃが、おそらくはそうでないものもいっぱいあるのじゃぞ。例えば、門などは帝國建国以前からのものじゃ。門と名づけたのは帝國であるが、存在そのものはそのずっと前からあったのじゃ」

「ふーん。……リズ、物識《ものし》りねぇ。殿下みたい」

「そ、そんなことはない。妾はそれほどは頭が良くないのでな」

「えー、殿下って頭が良かったんだ？」

「良いぞ。ただ良いだけじゃなくてキレる。悪魔も真っ青じゃ！」

（うわー、リズに悪魔より上とか言われちゃうなんて、うちの殿下って何したんだろう）

見た目を言うのならば、同年代。王子様とお姫様で、どちらも目に麗しいお似合いのカップルだ。

強いて言うならば、プリン殿下はやや三白眼気味で目つきが悪い――が、モノは言い様だ。

それもよく言えば、鋭く怜悧《れいり》な印象を与える眼差《まなざ》しということになる。

（お師匠様のプリンに命懸《か》けてる人って印象が強いんだけど……）

一応、仕事をちゃんとしているのは知っている。

でも、大迷宮に潜ってドラゴンを討伐したり、生け捕りにしてきた肉スライムをホテル中にばらまいて激怒したエルダに追い掛け回されていたり、虹色《にじいろ》カエルを乱暴に転送してきて厨房《ちゅうぼう》を半壊させて栞にご飯抜きにされていたりしているのも、同じくらいよく知っているのだ。

「リアさん、ここは門の中ですよね？　太陽がないのにどうして明るいんでしょうか？」

「よくわかってはいないんです――空の果てにたどりついた探索者チームは歴史上ただ一組だけしかいないので。その彼らの残した記述によれば、古代魔導帝國の遺産である魔道具のおかげだということみたいです」

「へえ……」

リアは、大迷宮についてはそれなりに詳しいつもりだ。

本もいろいろ読むし、探索者仲間の雑談だって注意して耳に入れるようにしている。時には情報を買うことだってある。

（だって、お師匠様が好きなんだもん――大迷宮の話）

栞はホテルからあまり出ない。

本人が厨房引きこもりなの～と笑うように、日中は休憩時間でもほとんど厨房にいる。裏庭にある離れのコテージの一つが栞の住居で、ディナンもリアもそこを寮として住ませてもらっているのだが、そちらにいても、試作品をつくっていたりでキッチンにいることが多い。

それに、栞はマクシミリアンの誓約者《ヴィーダ》だ――当然、ホテルの外に出るのには護衛が必要になる。わざわざ護衛をつけてまで外に行くほどの用事はないと栞は言うが、栞の世界では物語の中にしかない大迷宮についてはわりと興味があるらしく、出入りの探索者達の話をいつも楽しそうに聞いている。

「リアは詳しいのじゃな」

「ちょっとだけね。話に聞いているだけで実際には知らないことも多いの。えーと、耳年増ってやつ？」

「ちょっとちがいますよ、それ」

イーリスから突っ込みが入ったが、よくわかっていないリアとエリザベスはそれをスルーした。

「……それにしても、この服は軽いのう。手触りも良い。最高級の絹よりも良いかもしれぬ」

エリザベスはローブの袖《そで》をぴんと伸ばし、ご満悦の笑みを浮かべている。

「軽いし、すごく丈夫なんだよ。何たってアルラウネ大蜘蛛《ぐも》の糸だし！」

「初めてこのような格好をしたのじゃが、探索者の格好とは良いものじゃな。ちょっと足が気になるが、こんなにも身体《からだ》が軽く、こんなにも楽に動ける。ドレスに戻るのがイヤになりそうじゃ」

（……どうして女の子のおしゃべりには果てがないのだろう）

ローレンはそう思う。

歩いていた時だってずっと三人で話していたではないか！　なのに、池のほとりに腰を落ち着けた途端、また違う話がはじまっている。しかも、話題に一貫性がない。ローレンがなんでそんな話に？　と思っているうちに話題はするりと転換し、また違う話になっている。

「そういえば」とか「全然関係ないんだけど」という単語は要注意だ。そこで話は一転し、再び延々と続く。

ローレンは、既に自分だけ世界の彼方《かなた》に置き去りにされた気分になっていた。

「あ、そうだ。おなか減らない？　おやつ持ってきているんだよ」

「お、おやつとな？　何じゃ？」

エリザベスの目が輝く。控えめながらイーリスの目もだ。

おやつを嫌いな女子はあまりいない。少なくとも、リアは会ったことがない。

「ロアロアのパンケーキ。ローベリーのジャムを挟んであるの。甘酸っぱくておいしいよ」

「ろあろあのぱんけーきとは何じゃ？」

「ロアロアっていう雑穀なんだけど、食べたことある？　うちのレストランでは、スープの浮き実に使ったり、リゾットに使ったりとかしているんだけど……。そのままだと味がなくてあんまりおいしくないから、普通は鶏《とり》のエサになることが多いの。でも、それを粉にして小麦粉とブレンドしてパンケーキにすると重曹をいれなくてもふっくらするんだよ」

お師匠様が発見したんだよ、とリアは自分のことのように得意気に言う。

「……妾は料理をしたことないのでよくわからないのじゃが、ぜひ食べさせてたもれ」

「うん」

身体に密着した型の背嚢《リュック》からリアが取り出したのは、油紙の小さな包み。それを開くと、そこにはパンケーキサンドが並んでいる。

元々、リア一人分の軽食用として用意された品なので一人一つずつしかあたらない。

(でも、みんなで食べる方が絶対においしい！)

「はい、どうぞ」

ふっくらパンケーキを半分にして口の部分に切れ込みをいれ、袋状になった部分にたっぷりのジャムを詰めている。

「イーリスさんも、ローレンさんもどうぞ。ジャムは去年の春につくったものを先日解凍したばかりなの」

鮮やかな黄色の宝石のような苺《いちご》――ローベリーが実るにはまだ少しだけ季節が早い。

(去年のものだけど、うちのホテルの保管庫だと劣化しないもんね)

「ありがとうございます」

「ありがとう、リア」

ロアロアの色なのだろう淡い緑のパンケーキの生地に、ローベリーの鮮やかな黄色が美しい。

「実がゴロゴロはいっておる！」

「うん。あのね、うちのお師匠様の作るジャムは実の形がそのままあるものが多いんだよ。実があったほうがいろいろ使えるからって、できるだけ実の形が残るようにつくっているの」

「うむ。実がいっぱいだと幸せじゃ」

「そうですね」

とろけるような笑顔でパンケーキを口に運ぶエリザベスを見て、イーリスも笑っている。

主の機嫌が良ければ従者としても勿論《もちろん》嬉《うれ》しいし、何よりも本当にこのパンケーキはおいしい。

「ねえ、今更だけど、毒見とかしなくていいの？　うちの殿下はそういうの全然しない人だけど、貴族のお姫様には必要でしょ？」

「王宮ではないのじゃ。必要ないであろ。ましてやリアは料理人であるのだ。毒殺などしようはずがない」

「当たり前だよ。食べ物に毒を仕込むなんて、許されない絶対悪なんだから！」

リアにも意地がある。まだ見習いとはいえ料理人の端くれとして、異物混入などもっての外だし、口にいれられないようなものを人に食べさせたりはしないのだ。

「料理人のプライドですね……」

ローレンは目を細める。

成人年齢とはいえまだ少女といっていい年頃のリアだが、その育ちのせいもあってか実にしっかりしている。

「当然です。しかも、このパンケーキサンドは、お師匠様が作ってくださったんですから！」

リアの最重要視している点がどこなのか、ローレンにもよくわかったのでそれについては何も言わないことにした。

「……おいしいですね」

エリザベス主従は、無言で食べている。

上品に食べる二人は、味わいながら目を輝かせて一口一口を楽しんでいた。そんな風に食べてもらえれば、リアだってとっておきの自分のおやつを分けた甲斐《かい》がある。

「ほんとに！　……私がつくるとこんな風に均一に綺麗にふくらまないんですよね……まだまだ修行が必要です」

食べながら、ぐっと拳《こぶし》を握り締める。

ふっくらと綺麗に焼けたパンケーキは焼きたてが抜群においしいが、冷めていてももちろんおいしい。むしろこんな風にジャムをサンドして食べるのならば冷めているほうがいいかもしれない。

「でも、ヴィーダだって失敗することはあるだろう？」

ローレンが思わず問うた。

「はじめて持ち込まれた食材だとそういうこともありますよ。でも、こっちに来たばかりの時にありとあらゆる失敗をしつくしたかもしれないくらいにいっぱい失敗したそうなので、今はそんなにおかしなものは作らないで済んでいるよって言ってました」

「へえ……」

生地の香ばしい味と、ローベリーの甘酸っぱさが何ともいえず幸福な気分にしてくれる。

甘いものをそれほど好むわけでないローレンだって、このパンケーキサンドならまた食べたいと思うのだから、エリザベスやイーリスならば尚更《なおさら》だろう。

口の中の余韻を惜しみながら最後の一口を飲み込む。

隣を見れば、既に全員食べ終わっているようなので、ローレンは勢いよく立ち上がった。

「さ、少しペースをあげようか」

「はい」

「うむ。昼食に間に合うように歩かねばな！」

「承知いたしました」

返事は従順だし、本人たちは別に反抗心にあふれているわけでもなく、ありがちな英雄願望で問題をおこすようなタイプでもない――――ただ、おしゃべりが好きなだけで。

「リアさん、ロアロアの粉というのは私でも手に入りますか？」

「たぶん、大丈夫です。ディアドラス出入りのターシャさんの粉屋で買えると思いますよ。えーと、中央広場の一本入った裏通りにお店があります。うちもそこにお願いして挽《ひ》いてもらっているんです。なかったら、ディアドラスのパンケーキと同じものを挽いてくださいって言えば大丈夫です」

「そうですか」

「なんじゃ、イーリス。買って帰るのか？」

「はい。留守番の者たちにも食べさせてやらねば」

「えーと、じゃあ、ツアーが終わったら、レシピっていうか焼くときのコツを書きましょうか？」

「本当ですか？　ありがとうございます」

「いえいえ」

ローレンの好みとは違うが、笑顔をふりまいている女の子たちはとても可愛《かわい》いと思うし、楽し気に会話が弾んでいる様子も悪くない。見ている分にはとても微笑《ほほえ》ましい。

だが、それでもローレンは思うのだ。

（……女の子って、遠くで見ているだけが一番いいかもしれない）

そうは見えなくとも獣人族。人間種よりもはるかに耳の良いローレンにとって、きゃあきゃあとした女の子の笑い声は頭に響く。何よりも、こっそり声をひそめているらしい赤裸々なガールズトークは、たぶん男が聞いてはいけないものだ。

だから、今更と思いつつも思わずにはいられない。

（ライドと、代わればよかった……）

だが、彼女たちの引率が自分であるのにはそれなりの理由がある。

わかってはいるのだが、それでも代わりたかったと思う。

（このおしゃべり、いつまで続くんだろう……）

未だに話の終わりは見えそうにない。だが、途中で口を挟むのも躊躇《ためら》われる――結果として、ローレンは空気同然となり身の置き所がない。

（鑑賞しているだけが一番いいのかもしれない……）

やや大げさではあるものの、ローレンは何やら悟りを開きつつあった。

◆◆◆◆◆◆◆

基本的に、大迷宮ツアーと呼ばれるものは観光目的のものがほとんどだ。

アル・ファダルは、大陸有数のリゾート地として知られているし、周辺は名高い景勝地ばかり。大迷宮を観光しなくても綺麗《きれい》な場所はたくさんあるし、ショッピングをはじめとし、湖での魔道具を使った遊戯や湖上散歩等、さまざまなレジャーが楽しめる。

なのにどういうわけか、大迷宮の中に入りたいという人間は後を絶たない。

生命の危険があるとわかっている場所なのに観光をしたいと望むのだ。

そんな要望に応《こた》えて用意されたのが各種大迷宮ツアーで、主催はアル・ファダル大迷宮探索屋組合。後援はアル・ファダル行政府――参加前に必ず誓約書と遺言書を書かされるというのに、大迷宮の中に入るツアーは連日大人気である。

その中でも、味覚狩り系統のツアーは特に人気がある。

きのこ狩りツアーは初心者でもOKなことから、その催行が発表されるとすぐに参加枠が埋まってしまうほどだ。

必ず何らかの名産品や特産品を食べることができる『グルメ体験』と、自分で狩ったきのこを『お土産』にできるというところが人気の秘密らしい。

「綺麗じゃなぁ、あのトンボ。羽がキラキラしておるぞ」

「ラグレスだよ。肉食だから気をつけて。虫の中でもトンボ類は特に危険だからね」

「そうなのか？」

「うん。トンボ類はすごく凶暴なの。体長は一メートルくらいしかないけど、あの尻尾《しっぽ》の先は鉤《かぎ》状になっててね、あれに刺されたらまず助からないから」

「わかった。近づいたら風で吹き飛ばすぞ」

「むしろ、カット……胴体を輪切りにするイメージをした方がいいかもしれない」

「うむ」

エリザベスはぎゅっと杖《つえ》を握り締め、イーリスもまたいつでも抜けるように剣に手をやる。

「リアはよく勉強しているね」

「そりゃあそうですよ。興味あるっていうのもありますけど、うちのホテルはよく湧《わ》くんです。特に虫が多くて――いざとなったら、お師匠様を守るのは私とディナンですから」

その魔生物が何であるのかを特定するのは大事なことだ。

それがわかれば弱点だってわかるし、戦い方だってわかる。

「……ヴィーダ、何でも一刀両断するって聞いているよ？」

「包丁もってない時だってあるし、素手だったら、お師匠様は普通の一般人ですもん」

魔法具がなくては魔法も使えないし、そもそも師は自身が魔法を使っている認識がない――あれほどのありあまる魔力を持つというのに。

「ああ、そうだね」

「それに、お師匠様は戦いを知りません。……お師匠様にとって、虫を殺すことは退治とか駆除でしかないから。戦うことなんて、たぶん考えたことないだろうし」

「……異世界の人の認識ってすごいね」

今までの実績は、退治と呼べるレベルではないだろうとローレンには思える。

「お師匠様の世界には魔生物とかいないそうなんです。勿論《もちろん》、大迷宮もないし、鳥や動物はあまり人を襲ったりしないし、虫とかももっと小さいし……」

「なんか、想像がつかないね。ヴィーダは……」

「のう、ローレン、リア、これは食べられるかの？」

後ろを歩く二人を振り向いたエリザベスが、なおも言葉を重ねようとしたローレンを遮った。

濃厚な甘い香りが周囲に広がる。

その白く細い手にはエメラルドグリーンの果実――目に飛び込んできた鮮やかな緑にリアは

目を奪われた。そのねっとりとした甘い匂《にお》いもそそるものだったが、見るからにおいしそうな色をしている。

「だめっ」

だが、リアはその手を反射的に叩《たた》き、果実を地面に落とした。

エリザベスは叩かれた手を抱きしめ、驚きに目を見開く。

「あんなの！　触ったらダメだから‼」

リアの強い語調に、エリザベスは怒られた子犬のようにしょんぼりとした表情になった。

「ご、ごめん、リズ。これはすごーくすごーく危ない果物なの」

言いながら、リアは指先で簡単な呪を描き出して果実を一瞬にして燃やし尽くす。このあたりに生息する生物が間違って口にしたりしても大変なことになりかねない。

そのやや過敏とも思われる対処に、エリザベスはちょっと大げさではないかという気持ちになる。

「……熟していて、おいしそうだったのに」

「うん。確かにすごーくおいしいって聞くよ。ミラーン樹の実は世界三大美味の一つと言う人もいるくらいだから。でも、除去できないくらいちいさーい種がいっぱいあってね、食べると体内でその種が発芽するの。ちょうど生き物の体温が発芽に適した温度なんだって。それで、発芽すると、根や茎が内臓を食い破って――――やがて脳に達するんだって」

リアは何とも形容しがたい表情で、その危険の概要を告げた。

思わず想像してしまったエリザベスはぶるりと身体《からだ》を震わせる。

「し、死んでしまうのか？」

「うん。……死んだ宿主の身体を苗床に成長するんだよ」

言い諭すような表情でローレンが畳み掛けた。

「エリザベスさん、ここでは植物といえども、不用意に手にとってはいけません。これがピンキーアップルだったりしたら、今頃《いまごろ》あなたの手はありませんよ」

「わかった。……すまない。不用意なことをした」

「いえ、何事もなくて良かった。何か気になるものがあったら、私かリアさんに聞いてください」

「うむ」

エリザベスはちらちらとイーリスの方を窺《うかが》う。

「私は怒ったりしませんよ、姫様。専門家の意見をちゃんとお聞きになりますよう」

「うむ」

「このツアーに参加したことは姫様の最大のわがままにございます。かくなるうえは、安全に御身安らかにお戻りになることが姫様の絶対の義務にございます」

「……無論じゃ」

「大丈夫だよ。気をつければこのへんはそんなに危険じゃないから。一番危険なのは茸《きのこ》くらいで。……ですよね、ローレンさん」

「そうだね」

エリザベスは軽く首を傾《かし》げる。

不思議そうなその表情はとても愛らしい。

「何が危険なのじゃ?」

「隙を見せると襲ってくるの」

「何が？」

「ラルダ茸《だけ》」

「だって、きのこであろ？」

「でも、ラルダ茸だもの」

当たり前だよ、という表情でリアは言う。

「危険な魔生物なのか？」

「そんな危険ってほどではないけど、魔生物ではあるから注意は必要だよ」

「だが、それにしたってきのこではないか」

魔生物に分類される植物の恐ろしさをまだ本当には実感していないエリザベスは、きのこ如《ごと》きにそこまで？　という戸惑いをなくすことができない。

「あのねリズ、……リズに何かあったら困るから、しつこいかもしれないけど言っておくね。ラルダ茸って、胞子を吐くの。で、それ吸うと身体が痺《しび》れる。痺れて動けなくなったらそこにさらに胞子を植えつけてどんどん増えてくの。もちろん、増えれば増えるほど栄養吸い取られて、やがては干からびて死んじゃうんだよ」

「さっきのミラーン樹の実のようじゃな」

「ここの植物は、そういうのが多いから。それに動きがすごく素早いんだよ。ね、ローレンさん」

リアの言葉にローレンも深くうなづく。

「ラルダ茸の攻撃は、素早く移動しながら胞子をばらまくことと体当たりです」

「体当たり……どのくらいの大きさなんですか?」

「んー、大きいと五十センチくらいにはなりますが、まあ、だいたい二十から三十センチというところでしょう」

「なるほど。……胞子は目に見えますか?」

イーリスは真剣だ。護衛なのだから当然なのかもしれないが、積極的な熱意を感じる。

「紫の霧のように見えます。一体や二体くらいなら大丈夫でしょうが」

「対策はないんですか?」

「ああ。対策と言うか……先にマスクを渡しておいたほうがいいでしょうね」

あらかじめ用意してきたマスクをローレンは三人に配る。これはきのこ狩りには必須《ひっす》の装備だ。

(できれば、十体くらいは狩りたいな……)

新鮮なラルダ茸をお土産にすれば、きっと栞は喜ぶだろう。

「弱点はないんですか?」

「弱点らしい弱点はないですね。ものすごく素早いので、目が慣れるまで大変かもしれません」

「真空の刃《やいば》でカットしたらどうであろう?」

風の魔法に適性のあるエリザベスが提案するとリアとローレンは顔を見合わせ、リアが口を開く。

「……カサの部分と柄の部分を切り離せば動きは止まるの。横スライスね。でも、縦スライスだと分裂するから」

「……なんて面倒な」

「とりあえず、見てもらった方が早いかもしれないな。リアはきのこ狩りはしたことあるかい?」

「はじめてです。うちのレストランに来る時はいつも食材になっているので……」

横スライス済だったり、細かくカット済だったりしている。

「なるほど。……きのこ狩りは昼食をとった後っていうことになっているけど、もう茸がいてもおかしくないエリアだから注意だけはしておいて」

「わかりました」

「はい」

「楽しみじゃのう」

エリザベスがにんまりと笑う。姫様人形の美貌《びぼう》にはちょっとそぐわない笑みではあったが、イキイキとしていて可愛《かわい》らしい。

「珍しい高級食材ですから、こんなことでもなければなかなか手にはいりませんものね」

「まあ、妾であっても気軽にポンと買うというわけにはいかぬからな」

(え？　そこまですごい高級食材なんだ……)

もちろん、迷宮素材は高級であることは知っている。でも、明らかに高位の貴族であろう二人がそこまで言うものだとは思ってもいなかった。

(どのくらいの価値があるんだろう？)

リアはアル・ファダル以外をほとんど知らない。その為《ため》、大迷宮でとれた素材が他国では桁外《けたはず》れの高値がついていることを知らなかった。たぶん、知らなくて幸いだっただろう。

普段、自分が当たり前のように使っている素材が黄金よりも希少な価値あるものとして取引されていることを知ったら、以後の厨房《ちゅうぼう》での働きに支障をきたしたに違いない。

「リア、リア、あれは食べられるか？」

この時期、大迷宮の森林エリアは、茸類だけではなく、さまざまな森の恵みの宝庫だ。

また、大迷宮の中はまるで絵画の中であるかのように美しく、不思議な風景がたくさんあるから、早足で目的地であるエリアを目指しつつも皆の視線があちらこちらに行くのは仕方がないことだ。

ローレンとイーリスは警戒で、リアの場合は食材の物色、エリザベスの目は好奇心という違いはあるが。

「あれは、肉スライムの子ども。食べられるよ」

「……スライムにも子どもがおるのじゃのう」

「そりゃあ、いるよ。色が違うんだよ。子どもの方が色がピンクっぽいの」

「私には見分けがつきませんが……」

「んー、慣れですかね。あ、触らないように気をつけてください。同化しようとしますから」

「どうやって捕獲するのだ？」

「凍らせるの。食材として扱うものは一瞬で凍らせて専用の容器にいれて持ち込まれるんだよ。うちのレストランではきっちり焼いてからフォンの材料に使うのが一番多いかな。……スライムって怖いの。ほんの少しでも生焼けだとだめだから」

リアが栞の弟子になって一年余り。

栞の弟子になる前だったら、リアは、肉スライムを見たら……外ではほとんど見かけないが、アル・ファダル近郊の森には時々いる……脇目もふらず逃げ出していた。

（レベルⅠでも、危険だもん）

探索者になるための勉強をして知ったのだが、スライムは自分の縄張りと決めた範囲に何かが入ってくると襲ってくるタイプのモンスターだ。

皮膚と肉スライムの表皮が接触したらそれだけでもう同化がはじまる。

浄化に長《た》けた魔法士ならば同化しはじめた部分の肉スライムを消し去ることもできるというが、肉スライムの同化スピードはかなり速く、完全に同化してしまうとそれもできない。

誰《だれ》でも可能な一番簡単な対処方法は、できるだけ早く自分の肌ごと肉スライムを削《そ》ぎ落とすか、肌部分も含めて焼き殺すことだ。

だが、そうすると確実に火傷《やけど》の跡が残るし、火傷のせいで死ぬこともあるという。

木賃宿の下働きをしていた時に下足番として宿に居た老人は、肉スライムのせいで右足の膝《ひざ》から下を失って義足だったが、命が助かっただけでめっけもんだ、と北のほうの訛《なま》りの強い言葉で自分に言い聞かせるようによく呟《つぶや》いていた。

「肉スライムはおいしいのか？」

「おいしいよ。スープだとそんなに気にしなくていいんだけど、そのものを食べるんなら、成体よりあれくらいの幼生体のほうが美味《おい》しいの。ただ、調理が難しいから……中までちゃんと火を通さなきゃ危険だけど、通しすぎると硬くなるし……でも、うちのレストランのロースト・スライムは世界一だから！」

「ううっ、食べたいのう」

今のリアには肉スライムは食材だが、一年前はそうではなかった。

おいしいとか調理が難しいとかそれ以前の問題で、自分が食べられないようにするのが精一杯だった。

なのに、たった一年と少しで　捕食者と被捕食者の立場が入れ替わる大逆転だ。

それればかりか、持って帰ってスープの材料にしたらおいしいのに！　とか、お師匠様に頼んでロースト・スライムにしてもらえばおいしいサンドイッチが！　とか、そんなことを考えている自分が居るのが、リアは少しおかしかった。

「ねえ、リズとイーリスさんはいつまでアル・ファダルにいるの？　レストランは私が招待してあげるとかはできないけど、賄いを食べにこない？　前もって言えば、友達連れてきてもいいよって言われているんだ」

「まかない、とはなんだ？」

「えーと、レストランで従業員が食べるごはん。うちの厨房はホテルの従業員食堂とは別に食べることが多いのね。お師匠様の試作品の試食を兼ねてたりとかして、すごく贅沢《ぜいたく》させてもらってるんだよ！　この間のポドリーのステーキなんか、最高だったんだから！」

ポドリーは一言で言えば大きなカタツムリだ。殻は軽く頑丈なので、防具の素材にも使われる。殻から身を取り出すのが大変で、下拵《したごしら》えもいろいろ面倒なのだが、独特の歯ざわりを好む者は多い。味は鮑《あわび》に似ているがポドリーの方が幾分淡白で、先日、厚めに切ったステーキを塩分薄めのバターをベースに刻んだ香草とレモンでアクセントをつけたソースで食べたときには感動した。

「ポ、ポドリーとな。リアが心底羨《うらや》ましいぞ。妾とて滅多に口にすることができない超高級食材じゃ。……産地だから食べられるというものでもあるまいに」

「うちのレストランの食材は迷宮素材が豊富なの。賄いだってそのへんの料理屋さんに負けないよ！　……あのね、お師匠様は、仕事も料理、趣味も料理という人だから、食べる人が増えるといろいろつくれて楽しいって喜ぶの」

「それは、ぜひこちらから頼みたいのだが、妾はアレに――――第三王子に会いたくないのじゃ」

（プリン殿下、本当に何やらかしたんだろう……）

リアに接する時のマクシミリアンが優しいからといって、全《すべ》てに対してそうだとは思わない。

特に貴族や身分のある人間は、どんなに優し気で人格者に見えたとしてもそれだけが全てのはずがない。

（……お師匠様の弟子だし、私たちが役に立つからプリン殿下は私たちにも優しいだけだ）

だから、もしリアがディアドラスや栞に対して何らかの不利益を与えるようなことがあれば、きっとマクシミリアンの優しさはリアには向けられなくなるだろう。

（でも……それは自業自得だ）

自分たちは正しくチャンスをもらい、それをモノにすることができた。だから、評価されているのだ。その評価を覆すようなことをすれば、その評価が下がるのは当然だ。

それにこう言っては何だが、マクシミリアンは身分のある偉い人にしてはかなりマトモだと思う――――プリンさえ絡まなければの話だが。

「絶対に大丈夫とは言えないけど、殿下はあんまり厨房にまでは来ないよ。打ち合わせとかもいつもお師匠様が殿下の執務室におやつや夜食を運びながらしているから」

「……そなたの師は、随分と第三王子と親しいのじゃの」

「だって、誓約者《ヴィーダ》だし」

「それは知っておるが」

『誓約者』は魔術を使う者にとって、特別な存在だ。

当初は、高位の魔法士や魔術師と何らかの誓約を交わした相手をそう呼んでいたのが、やがて、そこにさまざまな意味が付加されるようになった。

「あのね、お師匠様は左手の甲に殿下の魔術紋を持つのよ」

「……左に魔術紋か、最上級の契約だな」

「殿下がどういう意味でそうされたのか、交わした約定がどういうものかはお師匠様と殿下しか知らないけどね」

でも、そこに隠された意図があるだろうことは誰でもわかる。

左に刻まれた紋章が意味するのは、『命に代えても』だし、刻まれた紋章が正式な魔術紋章であるならば、それが意味するのは『絶対遵守』だ。

「ただの異世界人の保護にそこまではせぬなぁ」

「だよね！」

リアは我が意を得たり、とばかりに身を乗り出す。

「じゃが、そなたの師にはそれだけの価値がある。……最初から、ヤツにはそれがわかっていたのかもしれぬ」

「そうかなぁ。……一目惚《ひとめぼ》れとか、アリじゃない？　殿下の見た目はともかく、中身だったらお似合いだと思うな～」

「……リア、妾はそなたよりアレを知っておる。だから言うのじゃが、アレに限っては一目惚れとか色恋沙汰《ざた》ということは絶対にありえぬ」

「えー……プリン殿下、何したの？」

「……い、言えぬ。これは絶対に言えぬのじゃ！」

ふるふると涙目のエリザベスは首を横に振り、きっぱりと言い切る。

「でも、『命に代えても絶対に守る』だよ？　メイドさんや殿下の護衛の人たちも、みんなヴィーダは殿下のものだと思ってるよ」

「確かにそうであろうよ。それに、アレにはそなたの師が絶対に必要だ」

「……なんで？」

「アレは、呪《のろ》われておるから」

「呪われている？」

「そうじゃ。王家の呪いじゃな」

エリザベスの言葉は、真昼であるというのに薄暗い森の中で妙に不気味に響いた。

◆◆◆◆◆◆◆

「何か、いい匂《にお》いがするぞ」

木々をわたる風に入り混じる匂いに、エリザベスが目を輝かせる。

何かはわからないが、とても香ばしい匂いがしていた。

「昼食の準備が始まっているのでしょう。もうすぐ着きますよ」

ローレンはにっこりと笑った。

おしゃべりのネタは尽きないようだったが、少し疲れてきたのだろう。三人とも口数が少なくなっている。とはいえ、さっきまでがうるさすぎたのだからこれでちょうどいいのかもしれない。

「楽しみじゃのう」

「広場には、ドドフラの屋台が出てますから」

「ドドフラ、とな⁇」

「ドド芋とフランチェスカのフライなんですが、長いから縮めて呼んでいるんですよ。今日の屋台は、ジルという者の屋台で、アル・ファダルのドドフラの屋台の中でも一、二を争う人気の屋台なんです」

「ほう」

リアは二人の会話を聞きながら、頭の別の場所で先ほどのエリザベスの言葉を反芻《はんすう》する。

(殿下が呪われてる……か……聞いたことないけど……)

そもそも、あのマクシミリアンを呪うことができる人間がいるんだろうか？　とリアは考える。

(結構難しいよね)

フィルダニアの王家は建国王が武人であったこともあり代々武を尊ぶ気風が強い。だが、同時に、王家の血筋には、『ディルギットの祝福』を受けていると言われるほどの魔術の才を顕す者が出ることも知られていた。

当代で言うのならば、マクシミリアンがそれに当たる。当然、魔法や魔術に対する耐性も高いし、もちろん、呪いにだってかかりにくい。

(だって、殿下、魔法でドラゴンをぶっ飛ばすくらいすごいわけだし)

マクシミリアンを呪うには、最低でも、マクシミリアン以上の魔術師でなければならない。

果たしてそれが可能な魔術師がいるだろうか……。

(うん。やっぱ、ムリでしょう)

よく考えれば考えるほど不可能だとリアは判断する。

『呪う』というのは、生半可な力量差でできることではない。

かろうじて、マクシミリアン以上の魔術師はいるかもしれないが……リアには固有名詞は思いつかないが……呪うことのできる魔術師なり、魔法士となると、それは伝説の大魔導師たるディルギット本人くらいしかいないのではないだろうか。

マクシミリアンはそういうレベルの魔術師なのだ。

(……いや、待って。王家の呪いって、もしかしたらプリンに執着することとかかも)

それなら納得だ。

あの執着っぷりは普通じゃないとリアは思う。

(なーんて、まさかそんなことあるわけないしなぁ……。でも、あのプリンへの執着っぷりはやっぱりちょっとアレだよね)

やや異常と思えるような執着っぷりなのだが、もしかしたら何かの代償行為なのかなと考えなくもない。

(執着しているのはプリンではなくて、お師匠様が作ったプリンじゃないかしら?)

「……リア、どうかしたのか?」

不思議そうな表情でエリザベスが問う。

「ううん。何でもないの」

ぐーっとおなかが大きな音を立てて空腹を告げる。

(んー、おなか減るとあんまりいい考えが浮かばないなぁ)

リアは、きゅるきゅるとまだ鳴いているおなかの音がエリザベスたちに聞こえませんように、と切実に祈った。結構すごい音だから、ちょっと恥ずかしい。

「……ああ、屋根が見えてきましたね」

耳の良いローレンは、礼儀正しくその音を聞き流した。

「お、もしかしてあの黄色いのがそうなのか?」

エリザベスが歓声をあげる。

森の中に、明らかに自然のものではない黄色がチラリと見えていた。


「あいよ、ドドフラおかわり、いっちょあがり。ソースは好きなのをかけてくれ」

青と黄色に塗られた屋台の前では、皆がさっそくドドフラを手にしている。

テーブルと椅子がないと文句を言っている者もいるが、気軽に食べるのが屋台の流儀だ。

「ありがとう」

イーリスも嬉《うれ》しそうに受け取った。

屋台では、ノーヴァの葉を乾かしたものを円錐《えんすい》の筒状にしてそこにフライを盛る。持ちやすく、食べ歩きがしやすいようにとの工夫だ。

既にリアとエリザベスの手にも同じように盛られたフライがある。

乾いた葉に油分が軽く吸われて、最後までおいしく食べられるようになっている。

「熱々を食ってくれよ。美味《うま》いから！」

「ありがとうございます」

「食べ放題だよ！」

森の一角、ちょっと開けている場所の片隅に屋台がある。黄色地に濃緑ののぼりがとても目立っている。

一つしかない屋台なら真ん中に設置すればいいようなものだが、屋台は実はこの場に本当にあるわけではない。

リアにはよくわからないが、空間に作用する魔術で一時的にこの場に現れているにすぎない。

店主は、リアも何度か見かけたことのあるいつも中央広場の隅っこでフライを商っているおじさんだ。勿論《もちろん》、大迷宮に一緒に来たわけではなく屋台と一緒に呼ばれているだけだ。隣でせっせとフライを詰めたり、サービスの豆茶を配ったりしているのは息子だろう。とてもよく似ている。

「リアちゃ……リア、遅かったじゃないか」

「ライドさん。えーと、ちょっと足りないものがあって買い物をしたりしていたので……」

「それならいいけど。危ないことはなかった？」

「ええ、特には」

ライドは近くに居たエリザベスとイーリスに目を留め、にっこりと笑う。

「ローレンが羨《うらや》ましいよ！　可愛《かわい》い女の子ばかりで」

「うむ。そなたは正直者じゃのう」

はふはふと揚げたてのフライを食べながら、エリザベスは満更でもない表情で笑う。

イーリスは少しだけ苦い表情だ。おそらく内心では軽い男だと思っているに違いない。

（ライドさんの可愛いとか綺麗は、女性に対する枕詞《まくらことば》みたいなものだから、大丈夫ですよ～）

軽いことは確かだが、特に深い意味はない。ライドの口から出る『可愛い（綺麗な）女の子』は、褒め言葉ではなく『可愛い（綺麗な）女の子』＝女の子という意味であるのだとエルダが言っていた。

（ようは、女の子だってことを褒めたたえてるんですよね）

口癖のようなものなので気にしてはいけないというか、聞き流すのが一番だ。

ちなみに、ホテル内でライドと同じような扱いを受けているのはメロリー卿《きょう》で、二人は何となく似ている。だが、同類嫌悪なのか本人同士はあまり仲が良くない。

「探索者の格好がとてもお似合いですよ、姫君。午後はメインイベントのきのこ狩りです。群れを見つけてあるので、ぜひたくさん捕獲してください」

「うむ。勿論じゃ。……しかし、このフライはうまいのう」

揚げたてだから尚更《なおさら》じゃ、とエリザベスは笑う。

「芋なんぞ、パサパサしていてあまり好きではなかったのじゃが、これならば妾も食べられるぞ」

「姫様は好き嫌いが多すぎます」

「そんなことはないぞ。アル・ファダルに来てからは残したりしておらぬ。我が国の料理がまずいだけじゃ。我が国も異世界人を招ければ良いのじゃが……」

異世界人だからおいしい料理をつくれるわけではないと思うけど、とリアは思ったが口には出さなかった。それよりもドドフラにたっぷりかけたアンチョビソースの味に夢中だったからだ。

リアとしてはお師匠様の作るアンチョビとアボカドのディップが一番おいしいと思うが、ここのアンチョビソースもなかなかだ。玉ねぎが刻んで入れてあるのが特においしい。

「リズの国には異世界の人はいないの？」

「二人ほどおるが、どちらも落ちてきた人間でな。子どもと老女であった。特別な知識なども特になく、教会で保護されておる」

「少ないんだね」

「……我が国にはフィルダニアのような扉がないゆえ、招くことができぬからの」

「あ、そっか」

アル・ファダルの住人にとって『扉』は特別なものではない。当たり前にそこに存在するものであり、更に、全体からみれば細々とでしかないのだが、長年異世界と交流を続けてきたフィルダニアでは異世界人は珍しくはあるが、特殊ではない。意識の上では、希少種と言われる竜人種や翼人種と同じようなものだ。

「フィルダニアは特別な国じゃ。国土はさほど広くもなく、特別に豊かというわけでもない。だが大迷宮とディルギットの遺産を持つ為《ため》に大国列強と呼ばれている国々も無視することができぬ」

「ディルギットの遺産って、扉のこと？」

「それもそうだし、王家の秘術である高い魔法技術もそうじゃ。そして、フィルディア王家の血を濃く引く者だけが使えるという王剣……王剣と正統な使い手が在れば、一つの都市を壊滅させることもできるのだと聞く」

「ほんとに？」

「……見た者はいないがな」

「大げさなだけだと思うな」

都市を壊滅させるだなんて、御伽噺《おとぎばなし》のなかの魔王のようだ。

エリザベスと二人、三回目のお代わりをもらって、塩胡椒《こしょう》をふりかける。胡椒をちょっと多めにするのがリアの好みだ。

「そうかもしれぬ。じゃが、フィルディアの血を引く者が強大な魔力を持つことは事実だ」

「だって、持たなきゃ困るでしょ」

「なぜじゃ？」

「この国の探索者が一番最初に学ぶのは、アル・ファダル自体が大迷宮の封印だってことだよ」

「封印？」

「そう。それで王族は封印の番人ね。……よその国の人はあまり知らないかもしれないけど、アル・ファダルはね、危険なんだよ。大迷宮ってただの食材の宝庫じゃないんだよ。危険な場所がいっぱいなんだから！　ホテルではわりと頻繁に虫が湧《わ》くし、蝕《しょく》だって小さなものなら月に一度や二度は必ずあるし……強い魔生物は時々討伐しないと蝕の原因になるし……殿下や側近の人たちが潜るのはその為なんだよ」

マクシミリアンは、普段はプリンプリンと騒いでいてもちゃんと仕事はしている。

それをリアは知っているし、アル・ファダルに住む人々もみんな知っている。

「リズはよその国の貴族のお姫様なんでしょ？」

「うむ」

「例えば、リズの国の人が強い魔力を持っていて、秘術が使えても意味ないんじゃない？」

「どういう意味じゃ？」

「だって、何に使うの？　フィルダニアの王子様や王女様は迷宮に潜るから必要だけど、普通はよその国の王家の人や貴族の人はそんなことしないんだよね？」

「……そうじゃ……」

「だったら、必要なくない？」

リアの言葉に、エリザベスは何か思うことがあったのだろう。真顔になって考え込んでいた。

（もしかしたらリズは単なる貴族のお姫様ではないのかも……）

話し方がちょっと古めかしいのもそう思う一因だが、リズのこれまでの言動を考えると単なる貴族の姫君というよりは王族とかそれに連なる者なのではないか？　と思える。

（でも……だからといって、何がどうってわけじゃないんだけど）

今、この瞬間は、同じツアーに参加しているただのリアとリズでしかない。

（それよりも……）

塩胡椒のフライの最後の一つを飲み込むと、リアは、次のソースの味を悩み始めた。

◆◆◆◆◆◆◆

ケーッケッケッケ、ケーッケッケッケッケッケ、ケーッケッケッケッケ……。

ホーホッホ、ホーホッホ、ホーホッホ、ホーホッホッホッホッホッホ……。

ウキャキャッ、ウキャキャキャ、ウギョッ、ウキャキャキャキャキャキャキャ……。

薄暗い森の中に、不気味な笑い声がこだまする。

（笑い声って言われてるけど、これ、茸《きのこ》のカサやカサの裏の襞《ひだ》がこすれたときの音なんだよね）

ケーッケッケッケ、ケーッケッケッケッケ、ケーッケッケッケッケッケッケッケッケ……。

ホーホッホッホッ、ホーホッホッホ、ホーホッホ、ホーッホッホッホッホッホ……。

ケーッケッケ、ケーッケッケ、ケーッケッケッケッケッケッケ……。

多種多様の響きを持つそれはどこか嘲笑《あざわら》う声のようで、聞いているとムカついてくるのはきっとリアだけではないだろう。

きのこ狩りで最も大切なのは、この笑い声の中で平静を保つことだとも言われている。

ウキャキャッ、ウキャキャキャ、ウギョッ、ウキャキャキャキャキャキャキャ……。

ケーッケッケッケ、ケーッケッケッケッケ、ケーッケッケッケッケッケッケ……。

ホーホッホ、ホーホッホ、ホーホッホッホッホッホ……。

「くそったれ茸共が！」

吐き捨てるようにライドが言う。周囲が賛同するようにそれにうなづいているところを見ると皆、気持ちは一緒らしい。

「なんか、腹が立ってくるのう」

「そうですね」

姿は見えず、笑い声だけが聞こえてくる。

完全に防ぎきれるとは言わないが、全員、口元を覆って茸の胞子の対策をしていた。

「リズ、イーリスさん、注意してね。……来るよ」

ホーホッホッホッホ、ホーホッホッホッホ、ホーホッホッホ、ホーッホッホッホッホ……。

ケーッケッケ、ケーッケッケ、ケーッケッケッケッケッケッケッケッケッケ……。

嘲《あざけ》るような嗤《わら》いが、だんだんと近づいてくる。

「な、何を注意すれば良いのだ?」

声が近づいてくるにつれ、エリザベスはやや及び腰になっていた。その異様な雰囲気に呑《の》まれていたと言ってもいい。

「あれ、跳んでくるから!」

リアはぐっとロッドをにぎりしめ、小声で呪を口にする。

「我、望むは刃。氷姫よ、その吐息を凝《こご》らせ刃身と為《な》せ」

呪にあわせてロッドに薄く青白い冷気が纏《まと》いつき、刃を形成した。

(私だとこの程度か……)

氷の呪を封じたロッドは本来の使い手……水系統に最適な適性を持つディナンの手にある時は、もっと広い範囲にまで冷気を漂わせている。が、リアの得意は火系統だ。発動した呪はかなり威力が削《そ》がれていて、リアはそのあまりの差異に思わず溜息《ためいき》をついた。

(贅沢《ぜいたく》言ったらバチあたるけどね)

火系統の魔法は攻撃に向いている。

そのおかげで探索者試験も合格したのだし、さんざんその恩恵にあずかっているので文句を言う筋合いではない。だが、ラルダ茸の特性からすると水系統……というか氷系の術が最適なのだ。そちらの適性があまりないのが口惜《くや》しい。

(発動するだけマシだけど)

欠片《かけら》も適性がない場合、充分な魔力があったとしても術は発動しない。が、術は発動しているから、多少なりともその素養はあるのだろう。発動できているのだからあとは制御次第だ。魔力の細かな制御はリアの得意とするところである。

「……殲滅《せんめつ》だったら、もっと得意なんだけどなぁ」

小さな声で呟《つぶや》きながら、リアは物騒なことを考える。

あの茸を全部退治しろというのなら……うまくやれば殲滅は決して不可能ではない。火系統は威力の強い術が多いのだ。

が、今回の目的はラルダ茸の捕獲だ。

難しいのは、食材として必要なクオリティを保った形で捕獲することだ。

死んでいてもまったく構わないのだが、できるだけ損傷のない捕獲が望ましい。

いつもの調子でいたら、捕獲の前に元はきのこだったこともわからないような消し炭や、きのこの中途半端な炒《いた》め物ができてしまうだろう。

それがわかっていたから、こうしてディナンのロッドをもってきているのだ。

「リア、あの体当たりをしてくるのをよければいいのだろう？」

「言うは易《やす》し、行うは難しなんだよねっ」

ひゅんっと何かが……いや、茸が、耳元をかすめた。

「な、な、なんじゃ？」

「姫様、後ろに」

イーリスはエリザベスをかばって前に出る。

ひゅんひゅんひゅんっと無数の空気を裂く音がする。

茸達はおそろしい勢いで跳び、樹木や岩にぶつかっては跳ね返り、縦横無尽に周囲に胞子をまき散らしている。

「胞子に気をつけろっ」

「武器を持たぬ者は姿勢を低くして」

探索者からの注意が口々にとぶ。

「イーリスさん、こっち側は私に任せて。リズは落ち着いてイーリスさんの後ろから魔法を使って援護して」

「わかりました」

「え、援護と言われても……切ってはいけないのだろう？」

「うん。さっきも言ったけどカットの方向次第ではすっごく厄介になるから!!」

「どうしたらよいのじゃっ!?」

そこここでカン高い悲鳴やくぐもった悲鳴があがる。誰かが茸とぶつかったのかもしれないが、リアはとりたてて心配はしていなかった。

（まあ、よっぽど運が悪くない限り、青アザつくるくらいだし）

幸いなことにラルダ茸は硬化するような種ではないので、避《よ》けきれなくても死ぬようなことはない。ただ、勢いがものすごいので当たれば衝撃でクラクラする。

「ひいいいいいいいいいっしぬーっ、しんでしまうーっ」

「あなたーっ」

（大丈夫。茸が一度や二度ぶつかったくらいじゃ、死なないよ）

周囲では、なかなか楽しいことになっているような様子が聞きとれるが、振り向かないで警戒を強める。

（これも演出の一部なのかなぁ？）

正直、これだけの数の探索者がいて対処できないような状況ではない。

大迷宮のツアーでは多少のスリルが味わえるような演出として考慮されていると聞くので、おそらくこれもそうなのだろうとリアは判断する。

「たすっ……」ボコッ。

「たすっ……」ドカッ。

「たすっ……」ボコッ。

「たすっ……」ドカッ。

「たすけてくっ……」ガコッ。

（うわ、サンドバッグ……）

奇妙な音にちらりと視線を向けると、ライドのグループにいた貴族男性が、やや小さめな茸の一団に狙い撃ちにされているのが目に入った。

ライドは他の客を守ることに力を傾けているように見せかけ、適度にサボタージュしているようである。

（ライドさんってば、男には優しくないからなぁ……）

ライドに守られている少年とその母親らしい女性が、自業自得だ、とでもいうように男を助けずに笑いをこらえているところをみると何やらやらかして不興をかっていたのかもしれない。

「い、イーリス、妾はあれはイヤじゃ」

「ご案じなさいますな。我が身にかえてもお守りいたします」

ガッと背後の岩に茸がぶつかった音に、エリザベスはびくりと身を震わせた。魔法はそれなりに使うものの、それほど実戦には慣れていないようである。

（これくらいならたいしたケガもしないし……）

少し茸の数が多くはあるが、よほどのことが……ドラゴンが出たり、ポドリーの大群が暴走してつっこんできたり、あるいは、ドガドガ鳥の群が乱入したりしてこない限り後れをとることはないメンバーが揃《そろ》っている。

リアはちらりと振り返り、ローレンの横顔を見る。

幅広の大剣で茸を打ち返しているローレンの耳がピクピクしていて、かなりご機嫌らしいことをリアは見てとる。

基本、獣人族は好戦的な性質を持つ。一見、穏やかな性格のローレンもどうやらその例外ではないらしい。茸程度では敵というには物足りないだろうが、とても楽しそうだ。

（対処してるというよりは、被害を増やしているようにも見えるけど……）

ローレンが打ち返す茸は、自身の元々の加速に加えてローレンの力が加わり、周囲の岩や木にものすごい勢いでぶちあたり、意識を失ってボトリと地に落ちる。

岩や樹木に当たる分にはいいが、時々、人を掠《かす》めているような気がする。

（まあ、最悪、ローレンさんがいれば問題ないし）

ローレンは空間系の魔法を得意としている。

平たく言えば、転移の魔術が得意なのだ。

獣人族は魔法と相性が良くないと言われるが、中には例外もあって、ローレンはそれにあたるのだという。

だから、万が一の時の為《ため》に転移の術と相性の悪い金属鎧《よろい》をリズやイーリスに身につけさせなかったのだ。

「リア、エトラからリルダの方向を警戒、イーリスさんはリルダからヒュードラ、残りは僕が見るよ」

方角は、円を十二分しそれぞれの方角を守護する神の名で表される。

ローレンのその提案は、エリザベスを中心にして全方位を三分し、それぞれが分担して警戒するということだった。

「了解！」

「妾はどうすれば良いのじゃ？」

「リアの言っていたとおり、私達の後ろに居て状況をよく見定め、あの跳んでくるクサレ茸どもを足止めして欲しいのですが……網にかけることはできますか？」

「網、とな？」

「ええ。風で編んだ網を使って包み込むイメージです……魚獲《と》りのように」

かつて体系だてられ隆盛を極めた魔術は、統一帝國が崩壊した後に三百年以上続いた暗黒時代に失われた。

その流れを汲《く》む術が残っているものの、現在の魔術は術者それぞれに生み出した独自のものだ。高名な術師が残した術もあるし、流派も幾つかあるが、術者それぞれの魔力の量が違う為にまったく同じ術というのは存在しないのが現状だ。

なのでローレンは、できるだけイメージできるような言葉を選んで問いかけた。

目を軽くつむったエリザベスは、できる、とうなづいた。ややパニックをおこしかけていたが、こんな風にして何をするべきか明確に指示されると少し落ち着く。

「では、イーリスさんは姫君が落としたそれを思いっきりぶん殴ってください。剣は鞘《さや》のままか、刃を横にして決して切らないように」

「わかりました」

イーリスの眼差《まなざ》しが何か物問いたげな色を浮かべている。

「このくらいでは姫君を傷つけるようなことにはなりませんから」

ローレンは苦笑にも似た表情を浮かべて言った。

「……かしこまりました」

納得していないような様子ではあったが、イーリスは引き下がる。

（今の、絶対に何か含みあったよなぁ）

二人が交わした目線が意味深だったようにリアには思える。

（……ま、いっか）

エリザベスがどこのどんな身分の姫君であっても、リアには関係がない。

（……私の手がつかめるものはそんなに多くないから）

優先順位を間違えなければいいだけだった。

「ローレンさん、私、お師匠様のお土産の捕獲に入ってもいいですか？」

「……もう？」

「ええ。ラルダ茸《だけ》はそのままソテーでもいいけど、貯蔵もできます。干せばいい出汁《だし》もでるし、戻して食材として使ってもいいし……いい素材なので、ちょっと多めに持って帰りたいんです」

それでディナンを見返してやるんです！　と拳《こぶし》を握り締めるリアに、ローレンは仕方がないなぁとでも言いたげな表情で笑った。

「わかったよ。でも、警戒は怠らないでくれ」

「はい」

リアはにっこりと笑って狙《ねら》いを定めるとくるりと目の前でロッドを回した。

（十体……いや、十五体は持ち帰りたい）

ものすごい速さで跳ねまわっているラルダ茸を見ながら、リアはにんまりと笑った。

「あー、面白かったね！」

「…………………」

「茸達が連続で同じ軌道で跳んで来たのはびっくりしたけど！」

「……確かに」

「あと、間違えて火球出しちゃった時は焦ったー。丸焼きになっちゃったのは、みんなが食べてくれたから良かったけど！　せっかくの食材が無駄になるのはしのびないもんね」

（……あれは、まだ食材というよりは魔生物の焼死体だったように思うのだが……）

リアは、魔生物の特性をよく知っているようなのに、『危険な魔生物』であるというよりも『おいしそうな食材』であるという認識の方が強いところがある。

このさほど長くない大迷宮ツアーの間だけで、エリザベスの中では『料理人』というのはかなり注意を要する職種の人間であるという認識に塗り替えられつつある。

（見習いである弟子でこれなのじゃ。師ときたらどれほどであろうか）

「まあ、そうじゃな」

いろいろと思うこともあったのだが、エリザベスは軽く同意するにとどめた。

魔生物の半死体状態だった茸も、リアが塩といろいろな香辛料を混合したものをさっとふりかけ、森の中でとった柑橘《かんきつ》系の果実のしぼり汁をかけたら飛ぶように売れた。売れたというのは比喩《ひゆ》であって、勿論《もちろん》お金をもらったわけではないのだが、皆が群がっていた。

多少焦げていたものもあったが、『目の前でできたて』という特殊効果のせいで『焦げ』は『香ばしくこんがり焼かれている』にうまく変換され、周囲に満ちる爽《さわ》やかな柑橘の香りにひかれて、ちょっと遠くに位置していたグループの人々もこぞって食べたがった。

後の方では、自分でとったラルダ茸をわざわざ焼いて欲しいと持ってくる人たちとラルダ茸の丸焼きバーベキュー大会になっていた。外で自分たちで作って食事をすることを異世界ではバーベキューと言うのだとエリザベスはリアに教えてもらった。

（……妾の初めてのばーべきゅーじゃな）

引率し慣れている探索者達も物珍しそうに手にしてかじりついていたから、それはそれでいいツアーの思い出の一つになったとも言える。

「……リアは、いつも、調味料を持ってくるのか？」

「お師匠様に勧められたの。持ってきてよかった。いつでもおいしいごはんを！　が私たちの心得だからね」

あまりにもあっけらかんとした顔でそんな風に言うので、何の心得なんだと突っ込むことすらできない。

「おいしくなかった？」

「いや、そんなことはない」

エリザベスもそうだが、ツアー客は皆、ふだんはきっと手掴《てづか》みで食べることも食べながら歩くこともしたことがないだろう人間たちばかりだ。外でこんな風に気軽に食べるというだけでおいしかったし、ましてやできたてを食べることができるなんて特別なことだった。

（毒見が終わると冷めてることがほとんどだし……）

しかも、温めなおす間にまた毒をいれられることもあるから、ということで、温めなおしはしないとされているのがエリザベスの毎日の食事である。

たとえ茸の焼死体もどきと最初は思ったとしても、おいしければそれですべてが許せてしまう。

皆が真剣にかぶりついて食べているのはエリザベスにはとても納得できることだったし、食べているときの自分も同じくらい真剣だったに違いない。

「あの調味料……ハルバ塩って言うんだけど……ハルバ塩は輸出しているから、そのうち、リズの国でも買えるようになるかも。普通の茸や野菜を炒《いた》めるときも、ハルバ塩を使えば、途端にプロの味になるからね！　基本となる塩が違うんだよ、塩が！」

ここぞとばかりにリアは塩を推してくる。

何種類もの材料を挽いて混ぜている調味料だ。その配合の妙こそが秘伝ではないのか？

「そんなに特別な塩なのか？」

「フランドル島の塩なの。元々、フランドル島でとれる塩は果物みたいな香りがしてすっきりとした甘みがあるんだけど、それをさらに精製してまろやかにしているの。どんな料理にも合うのよ」

「へえ」

「海鮮系の炒め物なんかに使うと、生臭みもなくなってすごーくおいしいの」

「リアは売り込み上手だのう」

「ほんとのこと言ってるだけだから！　お土産に買って帰っても喜ばれると思うよ」

「ほんにうまいのう。……帰国の際には絶対に買って帰りたくなったぞ」

ぜひ、買って帰って！　と、リアは笑う。

「でも、いれすぎはだめだよ。ちょっと物足りないくらいがちょうどいいんだからね」

これ、私がお師匠様によく言われることね、とリアは笑う。

その踊るような軽やかな足取りは、まるで疲れを感じさせない。さっきまでは同じようにへばっていた気がするんだが、とエリザベスはつい心の中で愚痴りたくなる。

「……リアは元気だのう」

帰路は行きよりは楽な道ではあったが、それでも疲れた足にはかなりこたえる距離だ。

「えー、これくらいは全然だよ」

リアは、ぶんぶんと茸がいっぱいに詰め込まれた袋を持ったまま手を振った。

まだ乾かしていない茸なのでそれだけあるとかなりの重量になるはずだが、リアは軽々と振り回している。

それほどがっちりしているわけではないのだが、意外に力があるのだななどとエリザベスはぼんやりと考えた。

自分やイーリスもだいぶ獲《と》った方だと思うが、リアほどではない。

何しろリアときたら背嚢《リュック》はパンパンだし、更に両手に袋を持っている。

「料理人見習いというのは、そんなに体力が必要な仕事なのか?」

エリザベスは自分は結構タフな方だと思っていたし、イーリスは更に自信があったのだが、リアに比べればまだまだだった。

「まあね。……うちはあんまり人数いないし、それに、食材に魔生物が多いから……むしろ、魔生物じゃないほうが少ないくらい」

「それがどう関係があるのですか?」

エリザベスと同じくらいに疲れた表情をしながらも、護衛としての役目を決して放棄していないイーリスが、不思議そうに問う。

「魔生物の調理って何するにしても魔力を湯水のように使うんです。見た目が普通のものに見えていてもそれなりの魔道具……というものがうちのレストランの厨房《ちゆうぼう》には多いです。魔生物の硬さによってこめる魔力の量は違ってくるけど、ただ切るだけだってそれなりの魔力を消費します。それから、煮炊きをするのだって魔生物が混じっているのなら通常の火では無理です。魔力で熾《おこ》して制御した火でなければ何もできない……魔生物を使って一品作るだけでどれだけの魔力を消費するかわかります？」

「いえ」

「……まったく、わからぬ」

イーリスは首を横に振り、エリザベスは正直に述べた。

「量を説明するのは難しいんだけど、例えば、私は火魔法にかなり適性があるの。でも、ドラゴンのテールステーキは表面を炙《あぶ》ることもできないし、シチューとかの煮込み料理も魔力が足りなくて最後まで煮込みきれない」

「それは……」

「そうなのか？」

「うん。だから、調理するのはほとんどお師匠様なのね。……私に任されている仕事はそれほど多くはない。……でも、いっつも限界まで魔力を使うよ」

生命削ったりまではしないけどね、とリアは笑って続ける。

「だから、夕食の後なんて体力も魔力もほとんど残ってない。……でも、なんでかな。気持ちでは全然できちゃうって思えるの。休憩をとって夜食を食べた後に、翌日の仕込みとかするんだよ。それを毎日やっていれば、体力だってつくよ」

「確かにそうですね」

「しかも、魔力量もかなり増えそうだな」

「うん。そうなの。普通に毎日やっていることが自然に効率の良い修行になっている気がする」

魔力や体力の増進に役立ち、さらには調理技術の向上にもなり、しかも、お給料がもらえる。身体《からだ》はきついが、リアには夢のような毎日だ。

「料理、というのは、戦闘訓練と同じなのだな」

エリザベスの中では料理はいったいどういう想像がされているんだろう？　とリアは少しおかしな気持ちになった。正直、戦闘訓練と比べられるようなものではないと思う。

「どうだろう？　たぶん違うと思うけど……。ああ、でも、うちではディナータイムは夕食戦争って言ったりもするなぁ」

誰《だれ》が言い始めたかは知らないが、ホテルの人間の間では好んで使われる言い回しだ。レストラン・ジョークの類だ。

「一度、その戦に参加させていただきたいくらいです」

「ごめんね。お師匠様はその時間だけは絶対に他人を厨房にいれないから」

「……しかし、弟子のそなたでこれだとしたら、そなたの師はどれほどなのじゃ」

「お師匠様はあんまり腕力ないよ。……ただ、魔力がもう桁《けた》はずれ。魔力が多い異世界人の中でも、更に特別らしいから。そもそも、本人、意識して魔力を使ってないからね」

「なんじゃ、それは」

「……魔生物の調理に魔力がどれだけいるかとか知らないし、もちろん、レストランの調理器具のほとんどが魔法具や魔道具である認識もないよ。本人はただ普通に料理をしているだけのつもりみたい」

「……普通？」

『普通』という言葉がこんなにも違和感をもって聞こえることがあるとは思わなかった。

（異世界人というのは、皆そういうものなのだろうか？）

いや、違う。とエリザベスは心の中で否定した。彼女はそれほど多くの異世界人のことを知っているわけではないが、でも、それは違うということだけはわかる。

「そう。お師匠様の普通」

リアは心底楽しそうに続けて、それから付け加えた。

「前にプリン殿下が言ってたことがあるの。うちのレストランの下拵《したごしら》えの作業で合格点をもらえたら、普通に魔術師になれるだろうって」

「それはすごいな」

エリザベスには気に入らない男だが、魔術師――――いや、魔導師として高名なこの国の第三王子のお墨付きとあらば、相当なものだろう。

「まあ、私は魔術師なんか目指さないけど！」

私はね、お師匠様の弟子だからお師匠様みたくおいしいものを作る料理人になるんだ！　とリアは言う。

ためらいのないまっすぐな言葉がエリザベスには羨《うらや》ましかった。

（リアは良いのう。……妾には将来を選ぶ自由などない。最初から、選択肢すら与えられなんだ……）

リアにはリアの事情があることはわかっている。決して順風満帆な人生を送ってきたわけでもないだろう。でも……こんな風に将来のことを話すことができるというだけで、今のエリザベスには羨望《せんぼう》の対象になる。

（羨ましく思う気持ちというのは、止められないものなのじゃなあ……）

だが、エリザベスはリアになりたいとは思わない。

（だって妾は妾なのじゃ……妾が己を裏切ってどうする）

エリザベスにはエリザベスの矜持《きょうじ》がある。

（羨望はしても、嫉妬《しっと》はするまい。……わが身とて羨まれ、妬《ねた》まれる身なのだ）

時々揺らぐこともあるけれど、でも、己はそう生まれて生きてきた。今更それを変えようとは思わない。

（だから、今だけ……このツアーの間だけで良い）

このツアーに参加している間だけは、何もかも忘れて普通の少女として過ごしたかった。

◆◆◆◆◆◆◆

「さて、あと一息ですよ」

そうローレンに言われた瞬間、イーリスはその言葉の意味がよくわからなかった。

何しろ、目の前は目もくらむような断崖絶壁《だんがいぜっぺき》。背後には今抜けてきた深い森がある。進む先などあるように見えない。

「ローレン殿、おっしゃっている意味がよくわからないのですが」

「ここまでくればもうあと一息ですと言ったんですよ、イーリスさん」

「何を言っておるのじゃ。目の前はただの崖《がけ》ではないか」

エリザベスは道を間違えたんだろうとでも言うような視線を向ける。

「ええ。ですから、ここを降りてもらいます」

「はぁ？」

何を言っているのだと思うかたわら、エリザベスは、今自分がとても酷《ひど》い表情をしているだろうと思った。それは、自国の人間には決して見せられないという違う方向の自信があるほどに。

だが、ローレンはニコニコと変わらぬ笑顔で繰り返す。

「皆さんには、ここを降りてもらいます。崖づたいに細い道がありますけど、歩いて降りるのはおすすめしません。帝國時代のそりゃあ古いものですから、たぶん途中で崩れますし……。ああ、おとなしく飛び降りるのが一番ですよ。怖ければロープを使って飛び降りればいいです」

崖の隅には、魔術で強化してあるのかぼんやりと光を帯びたロープが何本も垂れさがっている。

（どっちにしろ、飛び降りるのではないか‼）

エリザベスは心の中で叫んだ。

声にすることはできない。ここで弱みを見せることはできないのだ。

（……妾は、誉れ高きルドラの王女であるゆえに！）

「この崖を降りたところにある転送陣を使えば、ホテル・ディアドラスの門の前に出ますから……すでにカフェではソルベの準備をして待ってくださっているでしょう」

まるで当然のことのように穏やかな口調でローレンは言う。

「……あの、ここしか道はないので？」

（イーリス、よう言うた‼）

「そういうわけではありませんが、ここが一番良いルートなものですから……他はアルラウネ大蜘《ぐ》蛛《も》の巣《す》やらミラーン樹の林やらを抜けるようなルートですし……」

「ローレンさん、脅したらかわいそうだよ」

リアの言葉に、エリザベスはすがるような眼差《まなざ》しを向けた。

救い主が現れたと思ったのだ。

だが……リアはニコニコととてもイイ笑顔で言った。

「あのね、リズ、イーリスさん、怖かったら、ロープを腰にまいて飛び降りれば一瞬だから！」

エリザベスとイーリスは、即座に言い放つ。

「ありえないですっ！！！」

「……それはないじゃろう！！！」

「え？　なんで？　慣れている探索者はロープなしでそのまま転送陣につっこんじゃうけど」

リアは本気でよくわかっていない様子で首を傾《かし》げる。

「どうやって？」

「あんな感じに」

ちょうど、茸《きのこ》にサンドバッグにされていた貴族男性の腰に縄をまいて下に蹴落《けお》としたライドが、左手で子どもを抱きかかえ、右腕で女性の腰を抱いて飛び降りる光景が目に入る。

「！！！！！！！！！！！」

「………だ、大丈夫なのですか？」

「大丈夫だよ。ここの転送陣はすごく大きなものなんだもん。はみだしようがないよ。あ、ロープまいた人は下で回収されてからちゃんと陣で送られるから」

「そうではありません！！！」

「あれでは自殺ではないかっ！」

二人の勢いにリアは再び首を傾げる。

「だいじょーぶ、だいじょーぶ。朝、集まった広場より大きな転送陣なんだよ？」

「……常時発動の転送陣なのですか？」

「違うよ。呪文《じゅもん》があるの。地面に着く前に呪文で陣を起動させるの。そっちのが楽だよ。……じゃあ、リズ、私と降りようよ。……ローレンさん、イーリスさんとお願いします」

「了解。じゃあ、あちらでね」

「はーい」

エリザベスとイーリスが異論をさしはさむまえに、二人はさっさと分担を決める。

「リズ、これもって」

「え？」

押し付けられたのは、リアが両手にもっていた袋だ。ずしりと重い。

（お、重いっ！！！）

「行くよ」

「は？」

リアはエリザベスの肩をだくようにして、引き寄せるとそのまま崖を飛び降りた。

「えっ、ええーーーーーーーっ」

「ひ、姫様っ‼」

気分は無理心中だったエリザベスの脳裏を今までの人生の思い出が走馬灯のように駆け巡る。

（……あまり良いことのない人生じゃったのう）

一番楽しい思い出がこのツアーだった。

（こんなにも楽しかったことは他になかった）

人は、エリザベスを羨むが、エリザベスは自分以外の誰《だれ》もが羨ましかった。

（皆が美味だと噂《うわさ》している名物を食すことができた……それから、何てことないおしゃべりもたくさんした……）

今日出会ったばかりだけど、リアとは友達になれたと思っている。

（……きっと、妾が誰なのかわかったら元のようには話してはくれぬであろうが）

それでも、今はまだ友達だ――――ずっと羨んでいた生活の欠片《かけら》ぐらいは、体験できたような気がする。不思議と、リアに裏切られたような気はしなかった。

「リーズ、リズってば……ほら、着いたよ」

目の前でぱんっと大きく手を鳴らされて、エリザベスは目を見開く。

「……リア？」

「うん」

その笑顔を認識した途端、荷馬車の行き交う音や、同じツアーの参加者の興奮した話し声や、半べソで抗議している声など、さまざまな周囲の音が耳に入ってくる。

それから、ぎゅうっとリアにしがみついていた自分に気づき恥ずかしくなった。

「ね、大丈夫だったでしょう？　縄で降りると身体《からだ》に負担かかるから、このほうが楽なんだよ」

「そ、そうじゃな」

反射的にうなづいてしまうのは負けず嫌いの性《さが》だろう。自分が怖がっていたことを認めたくない為《ため》に文句も言えない。

（ああ、戻ってきてしまったのだな）

現実の……迷宮でもあの世でも夢の中でもない己の日常に戻ってきたのだと気づいて、エリザベスはなぜか泣きたくなるような淋《さび》しい気分になった。

「ほら、リズ。ソルベ、食べに行こう」

少しこげている薄革の手袋で覆われた手が差し伸べられる。

朝は綺麗《きれい》だったのに、と思い、気づいた。

（ああ、そうか。あの時だ）

エリザベスやイーリスが、ラルダ茸に袋叩《ふくろだた》きにされそうだった時に咄嗟《とっさ》に炎の魔法を使ったせいで焦げたのだ。

「カフェのショウさんに言って、ソルベ、大盛りにしてもらおうね！」

「……うん」

「どうしたの？　怖かった？」

「そんなことはないぞ！　ただちょっと驚いただけじゃ‼」

虚勢を張ってしまうのはもはや本能だ。

（妾のばか……）

「だよねー。最初はみんな驚くよ。……でも、リズはすごいね。ちゃんと自分で立てるもんね」

「そ、そうか？」

「うん。私は最初は腰が抜けて歩けなかったし、わんわん泣いちゃった」

「泣いたのか？」

「泣いたよー。まだ冒険者資格なかったし！　で、泣き止《や》まないままレストランに着いたもんだから、お師匠様が怒る怒る。女の子をこんなに泣かせるとは何事かーってんで、私を大迷宮に連れていった殿下が一週間プリン抜きの刑に処せられたの」

「……その、プリンとは何なのじゃ？　リアは、……マクシミリアンのことをプリン殿下と呼んでいるようじゃが」

マクシミリアンという名を口にする時、エリザベスは少しだけ躊躇《ためら》った。名を呼んだら現れるような気がして怖かったのだ。

「え、プリン知らないの？　あれ？　プリンって、じゃあ、異世界の料理なのかな？　……殿下のせいでうちのレストランでは定番中の定番で当たり前のようにあるものだから気づかなかった」

「食べ物なのか？」

「あまくてふわふわで口の中でとろけるおいしいデザートだよ。私は大好き！　でも、殿下がものっすごい好きなのね。殿下の身体の半分はプリンでできてると思うくらい毎日食べているの。だから、お師匠様は、殿下のことプリン殿下って呼ぶんだよ。私たちにもそれがうつっちゃった……一応、内緒ね。どうせ殿下も知っているけど」

「……あだ名ということか？」

「うん。殿下は、いっそ改名すればいいよ！　って、いつも思う」

ホテル・ディアドラスは、その外壁を淡い薄紅の夕暮れ色に染め、まるで土産物屋で売っている一枚絵の構図そのものの幻想的な光景が二人の眼《め》の前に広がっていた。

二人で、しばし言葉なくそれを眺めていた。

随分と密度の濃い一日だったと、リアもエリザベスもそれぞれの記憶を反芻《はんすう》する。

「……のう、リア」

「なあに」

「袋が重いのじゃが」

「あ、ごめんごめん」

リアは、あっさりとエリザベスの手から袋を受け取る。

「まったく。……どれだけとったのじゃ」

「うーん。お師匠様が喜ぶなーと思ったからつい張り切っちゃったんだよね」

「張り切りすぎじゃろ」

「実は、私もそう思った」

リアは、あはははは……と屈託なく笑う。

その笑みを見ていたら、エリザベスは何となく気持ちが晴れやかになった。

あとほんの少しだけの『今日』をリアと二人で過ごしたかった。

（リアは妾を差別しない……）

王女として遇されることはある種の逆差別のようなものだ。敬われ尊ばれはするが、自分たちとは違うものとして扱われる。そのことが、エリザベスには我慢できないほどに辛《つら》く感じられることがある。

（でも、リアは妾を王女としてではなく、ただのリズとして扱ってくれる）

きっとリアは、リズはツアーに参加しているどこかの国の貴族の娘だと思っているだろう。

己の身分を隠していることが何となく後ろめたいが、本当のことを告げることもできない。

そのもやもやした気持ちを振り切るように殊更明るい声で言った。

「ソルベは何味にしようかのう」

「ね、別々の味にして分けっこしようよ」

「うむ。それはいい考えだ！」

そう口にしながら、エリザベスは、再び淋しいような切ないような不思議な気持ちがしていた。

それはどこかつかみどころがなく、何だか泣きたいような気分にもなったが、悪いものではなかった。

（妾は、きっと今日を忘れないであろうな）

きっと、何年たっても思い出すだろう——この胸に満ちる物悲しさとともに。

エリザベスはそれを確信していた。

◆◆◆◆◆◆◆

(やっぱ、帰ってくるとほっとするなぁ)

朝出てから帰ってくるまで……まだ、半日もたっていないというのに、ホテルの敷地に一歩足を踏み入れた瞬間にリアは何だか気持ちが安らいだように感じた。あんなに疲れていたのが嘘《うそ》のように身体が軽い。

エリザベスやイーリスに言えば、疲れていてあの足取りかと突っ込まれることは確実だったが、リアにしてみれば、いつもの夕食戦争やその後の仕込みのことを考えるとあれくらいのことではたいしたことないし、へバったりしない。

(相手は茸だし……慣れてないから疲れただけだし)

ラルダ茸は魔生物の中では、それほど強いものではない。数が多く厄介なので油断はできないけれど、それでも探索者資格を持つ者が茸にやられることはまずほとんどない。

それに、茸は何といっても、リアにとっては師に大喜びされる『食材』であるという要素が大きい。侮るつもりはまったくないけれど、どれだけお土産をもって帰ることができるかが一番大事なところだった。

植物類や菌糸類は対処法を間違えなければ魔生物としてのレベルは高くても生命を脅かされるよ

うなことは少ないのだ。勿論《もちろん》、それは探索者であるからこそ言えることだが。

（ただいま）

レストランの方角を見ながら心の中でつぶやく。

世間一般の認識からすれば、ホテル・ディアドラスは頻繁に蝕――魔生物の異常発生が起こる場所なので安心するような場所ではないのだが、リアにとってはここが職場であり家でもある。もちろん、世界中のどんな場所よりも安心できる。

（たぶん、ディナンはまだだろうな）

レストランは明日も休みだ。ディナン達は迷宮内で夜を過ごす予定にしていたはずだ。

（お師匠様は確実にまだだし……）

この短期休みの間、栞は王都に行っている。

正確に言うならば、栞が王都に行くからこそレストランは臨時休業になったのだ。

作りおきの粥《かゆ》を中心としたメニューならば、用意できないこともない。だが、夕食は絶対に無理だ。中途半端な朝食だけを提供するくらいなら最初から全部休みにした方がクレームが少ないだろうという上の判断で、栞の休みはそのままレストランの休みとなっているのが現状だ。

（お師匠様、王都で何してるのかなぁ）

栞の名が広まるにつれ、プリン殿下ことマクシミリアンが栞を連れて王都に出かける機会が増えてきた。

今回のようにレストランを休業してまでということは珍しいが、数時間の滞在ならば週に一度くらいは出かけている。

本来ならば王都に行くには最速である飛竜でだいたい一日程度。馬車でならば三日くらいかかるのだが転移陣ならばほんの一瞬だ。陣で移動すれば、場所がどこであってもホテルの一階から二階に行くよりも近い。

（どこに行っても、お師匠様はきっとここにいるのとそんなに変わらないんだろうけど……）

今回、栞が王都へと行ったのは、国賓の晩餐会《ばんさん》の為《ため》だ。

毎週のように王都へ行くのも晩餐会のメニューに一品か二品追加するためなのだが、今回はわざわざこちらのレストランを休みにして行ったから、もっと作るのかもしれない。

向こうで作ることも多いが、こちらで作ったものを鍋《なべ》ごともっていくこともある。やはり自分の台所じゃないと使いにくい、というのが栞の談であったが、正直、栞がどこまで自分がしていることの意味を理解しているのかリアは疑っている。

栞自身はいつも一品とか二品しか作らないのは、自分の料理が異世界人が作る珍しさからの添え物だからだと思っているようなのだが、理由は実はまったく正反対だ。

（殿下は、お師匠様の料理を徹底的に出し惜しみしてるんだよね！）

来賓客は栞が作った品がどれなのかを知らないし、問うこともできない。晩餐会のメニューについて物言いをつけるなど、ありえない無作法だからだ。

けれど、普通は食べればどれがそうであったかはわかる。

栞が調理するのは大迷宮の食材を使ったものであるから、多かれ少なかれ食べた者に何らかの影響を与えるからだ。

一番多いのは魔力の増加だが、フランチェスカとルーピーをふんわりと蒸したものを煮凝りでよせたものは魔力の増加だけでなく疲労を回復させる作用があったというし、肉スライムで出汁をとり、クリグの幼虫と各種野菜を煮込んだポトフは浄化作用があったという。

魔力が重視されるこの世界において、栞の作る料理というのは、斬新だったり、おいしいというだけでなく、実利的な意味においても垂涎《すいぜん》の的なのだ。

なので、栞が作った品が晩餐に並ぶというのはフィルダニアという国が、そのもてなした相手を大切に思っているという意味であるのだとまことしやかに囁《ささや》かれている。さらに、栞が何品作ったかというのもまた大事な点らしい。

(でも、そういうのってプリン殿下の情報操作だと思う)

リアは、その噂《うわさ》を流したりいろいろ細工しているのはマクシミリアンだと思っている。マクシミリアンはそういうところが抜群にうまいのだ。

(陰でいろいろやってるというか……でも、プリン殿下は絶対にお師匠様のためにならないことはしないから安心)

その一点において、リアとディナンはマクシミリアンに絶対的に信頼を置いている。

マクシミリアンがそう口にしたわけではない。だが、この一年余りの間に身近で見てきたことを想《おも》えば信じるに余りある。

「リア、カフェはこちらでよいのか?」

一歩前を歩くエリザベスが振り向いた。

「あ、うん。そっちだよ。カフェはね、噴水が見えるの」

「かの有名なディルギットの噴水じゃな」

エリザベスがその瞳《ひとみ》を輝かせる。ワクワクした様子なのが見て取れた。

「そう」

魔石を使った循環式の噴水は、夏だろうと冬だろうと常に水を噴き上げている。

この仕組みを作れる者はもういない。帝國時代の遺産をディルギット＝オニキスが修復したもので、ホテルの名物の一つなのだ。

「外の席で食べたいのう！」

「いいよ。外の席がうまっていたら、特等席に案内してあげる」

「特等席？」

「レストランの洗い場のテラスがちょうど隣だから噴水がよく見えるの。……従業員スペース側だからスタッフしか入れないんだけど」

「そこがいい！　人がいなくてもそこで食べたいぞ」

エリザベスは勢いこんで言う。

「う、うん。なんで？」

「だって、カフェにならまた来られるが、リアと一緒の今日でないと、そこでは食べられないではないか」

「うん。まあ、そうだね」

「だからじゃ！」

きっぱりと言い切り、まるでキスでもできそうな近さにまで身を乗り出しているエリザベスにリアは笑った。

「うん。わかった」

エリザベスも自分の勢いがちょっと恥ずかしかったのだろう、少し照れくさそうに笑った。

それが嬉《うれ》しくて、でも、そうしていられる時間が少ないことをすぐに思い出してきゅっと胸が締め付けられる。

リアはその切なさを、不思議なくらい静かな気持ちで受け止めることができていた。

◆◆◆◆◆◆◆

カフェ・ラグーナはレストラン・ディアドラスのほぼ隣に位置している。

現在のカフェの責任者は他国で迫害されて流れてきた落ち人を母に持つという青年で、ショウ＝バスタという。亡き母親と栞が同じ髪色をしているから栞には親近感があるらしく、よくレストランの手伝いもしてくれる。カフェはちょうど夕食時間が始まる十八時が終業時刻なのだ。

以前は違ったが、ショウが責任者になってからのカフェは栞のレシピを主力メニューとしている。元々、フロアスタッフや洗い場のスタッフが同じメンバーでシフトを組んでいることもあり、スタッフの行き来も密だ。

ソルベが今のような人気の品になってからは、店先の一画をソルベの持ち帰りができるカウンターショップにしている。持ち帰り用の容器は卵の殻を再利用しているもので、ほんの少しだけ保冷ができる。

持ち帰り用のソルベであっても基本的にはカフェ以外の場所では食べられないので、だいたいの人が広場に持ち帰って食べている。持ち帰り用だと容器代をいれてもカフェで食べるより安いし、容器をお土産にできるのでそれはそれで好評なのだ。

今回のツアーではちゃんと店内の席を利用できるようになっているらしいけれど、貸し切りというわけではないようなので、ツアー客全員が入るのは難しいかもしれない。

（まあ、従業員控室で食べるから、私には関係ないけど……）

基本的にはカフェ以外の場所で食べられないソルベも、ホテルのスタッフが従業員控室などで食べることは禁止されていない。

リアは時々自分へのご褒美にカフェのソルベを買って、控室で食べたり、自室に持ち帰って食べたりしている。

洗い場のテラスはテーブルセットこそないもののカフェのテラスとほとんど条件が変わらない場所だからスタッフ間でも人気だ。

誰かが持ち込んだテーブルセット代わりの木箱をベンチにして、晴れた日には外でお弁当を食べているスタッフもいる。

庭から入れる場所なのでショウか栞、あるいはエルダの許可さえとれれば家族やごく親しい友人くらいなら入れてあげることもできるのだ。

「ショウさん、こんにちは」

「お、リア、今日は休みじゃなかったのか？」

「休みだから、大迷宮のツアーに参加してきたの。ラルダ茸《だけ》いっぱいとってきたから！」

「お、後でこっちにも回してくれるか？　スープに使いたい」

「わかった。殿下に言っておくね。……あのね、今日のツアーのソルベ、もらいに来たの。私とリズの分！　リズはね、ソルベを食べるためにツアーに参加したんだって！　一緒にベランダで食べてもいい？」

「かまわないよ」

「あと、たっぷりおまけしてください」

「りょーかい。一番大きいカップにサービスしておくよ」

「やった！　ありがとう、ショウさん！　ねえ、リズはどれにする？」

覗《のぞ》き込んだガラスケースには、色とりどりのソルベが美しく並んでいる。

「……迷うのう」

「ゆっくり選ぶと良い。どれもオススメだからね」

どうぞ、と手渡されたのは、ケースの中にあるソルベの名前と材料、それから簡単に味の説明が書かれたメニューだ。

「ううううううう……選びきれぬ。どれも美味《おい》しそうじゃ」

「だよね！　シェアするにしても、全種類は無理だから……」

二人はこの上なく真剣な表情でソルベを選び始める。

ショウはそんな彼女たちと、店の中で同じように選んでいるツアー客達を交互に見比べながら小さく笑った。全員が一様に悲壮感を感じるほど真剣な顔をしているのがひどくおかしかったのだ。

「……こんなにたくさん良いのか？」

「リアの友達なんだろう？　構わないさ。いつも世話になっているんだ」

「こちらこそお世話になりっぱなしですよ～」

「おまけの姿まで、すまないな」

ソルベを受け取ったエリザベスの頬《ほお》がゆるむ。

レストランの従業員特典を最大限に利用した二人が手にしている美しい硝子《がらす》の器には、本来シングルであるところのソルベがトリプルで鎮座している。

器は後でリアが返却するということで、特別にカフェのものを使わせてくれた。

「色が美しいのう」

エリザベスが選んだのは、真っ白な中に青い粒が見え隠れする定番の塩ミルクと紫色の山モモ、それから、光沢のある淡い緑色のミラーン蜜酒《みつしゅ》味。

リアが選んだのは、淡いピンクともオレンジともつかぬ色合いのピンキーアップル味と橙色《だいだいいろ》のポメロ味と白と赤の対比が美しいマーブルになっているイチゴミルク味だ。

「目で楽しむのも料理の味わいのうちなんだって。もちろん、色だけじゃないけどね！」

「そうじゃろうとも」

こっちだよ、と誘導されて、スタッフ入り口を通ってテラスへと抜けた。

エリザベスは念願のソルベをうっとりとした表情で眺めている。

座っているのは木箱とはいえせっかく噴水が見えるバルコニーだというのに、意識はソルベに釘《くぎ》付《づ》けだ。

「リズ、溶けないうちに食べよ。半分ずつ食べたらチェンジね」

「うむ！」

力強くうなづき、エリザベスは鈍い光沢を放つ金属製のスプーンでおそるおそる白いソルベをすくった。

初めてのものを口にいれる瞬間は、いつも少しだけドキドキする。

「冷たい……」

「そりゃあソルベだもん」

「甘い氷の菓子ということは知っておったが……こんなにすぐに溶けてしまうのだな」

濃厚なホロウ牛のミルクはほんのりと甘い。それは口にいれた瞬間に思わず微笑《ほほえ》んでしまうようなそんな幸せな甘さだ。

エリザベスはふた匙《さじ》目も口に運ぶ。

ひんやりとしたそれはすぐに口の中で溶け、ミルクの味が口いっぱいに広がる。そのミルクの味を堪能していると舌が塩に触れ、一瞬ミスマッチだと思うものの、そのどこかフルーティな香りのある塩味が濃いミルクの味をさっぱりとしたものにし、さらには甘さを強く感じさせてくれる。

「塩というのがミスマッチかと思ったのだが、これはこれでアリじゃの」

「私も最初、見た目は可愛《かわい》いけど、味はどうかと思ってたけど、食べたら全然アリだった」

「うむ。この塩の量やそういうものが、プロの技なんじゃろうな」

「うん。あと、どのミルクとどの塩を使うかとかもだと思う。お師匠様の料理は、こういう一見、合わなそうな組み合わせなんだけど、食べるとおいしいっていうのが結構ある。そういうのが異世界のセンスなのかなーってよく思う」

こちらの味付けの常識というものを知らなかった栞の発想はなかなか斬新だ。

例えば、この地方の朝食として一般的な『クアンポル』というミルク粥《がゆ》は、蜂蜜《はちみつ》か砂糖で味付けをする甘いものが通常だったが、栞が作るものは甘くない。

煮込んだ野菜の旨味《うまみ》をたっぷりと含み、チーズとバターと塩胡椒で味付けをしているのだ。

それはそれでとてもおいしいし、アリだと思うが、甘くない『クアンポル』というのは何だかとても不思議だった。

「きっとそれが、異世界人が招かれる理由なんじゃろうな」

「魔力の問題が大きいとは思うけど……そういうのもきっと理由の一つだとは思う」

リアはピンキーアップル味をスプーンに大盛りですくう。

口の中に広がる果実そのもののような甘酸っぱさ。けれど、ソルベだからこその冷たさとそのすぐに溶けてしまう儚《はかな》さ……氷菓子というのは昔からなかったわけじゃないけれど、それでもやはりソルベは特別だと思う。

「異世界か……このような素晴らしい食べ物があるのはどのようなところなのじゃろう?」

「んー、ここよりいいところも悪いところもあるから別に比べるようなものじゃないってお師匠様言ってたよ」

「それはそうかもしれぬが……」

山モモの独特のクセのある甘酸っぱさにエリザベスは少しだけ眉根《まゆね》をよせる。けれどすぐにクインビーの蜂蜜の暴力的なまでの甘さが押し寄せてきて、その二つが絡み合うととてもさっぱりとした甘さになった。山モモのクセと蜂蜜のクセが相殺されて濃厚なのに爽《さわ》やかという何ともいえぬ味に仕上がっている。

「美味じゃのぅ」

思わず溜息《ためいき》がこぼれる。

がんばって研究を重ねれば、きっと自分の国でも似たようなものは作れるだろう。『ソルベ』と名乗ってもおかしくない見た目や味のものも、きっと何とかなる。

（けれど、この味は生み出せない……）

悔しいが、食べれば食べるほどそう思えてしまう。

真似《まね》はできる――――味に敏感な者は、探せばちゃんといる。

エリザベスの専属料理人にこれを食べさせれば、ほとんど同じものが作れるに違いない。けれど、この味を最初に生み出すことはきっとできない。

「……お師匠様は、ここのこと大好きだって！　ここのほうがずっと空気もきれいだし、環境もいいし、何よりも自分のレストランがあるからステキって言ってくれるの」

「しかし、こちらには知り人はいないのであろう？　それではやはり定住は難しいのではないか？」

「そりゃあ、異世界から来たんだし……でも、お師匠様言ってたから……」

リアは橙色のポメロを口に運ぶ。ソルベが素晴らしいのは、シロップ煮やジャムよりもずっとフレッシュな果物の味を感じさせるところだ。

ポメロの皮を薄くスライスしてシロップで煮詰め、半透明になったものを更に細かく刻んで混ぜ込んでいる。ちょっと苦いそれがいいアクセントになっていて口の中がさっぱりとした。

これを肉料理の後などに口直しとして出すことが多いのもうなづける。

「何て？」

「材料使い放題でキッチンに引きこもれる環境が素晴らしすぎるって」

「よほど仕事が好きなんじゃな」

「うん。お師匠様は料理が大好きだよ。仕事って以上にずっと。天職だって言ってる。だから私、いつも殿下にも吹き込んでるんだ」

リアも料理は好きだ。正確に言うと好きになった。

料理人になるのが夢だし、ディナンと二人、他の道はないと心に決めている。

何よりも栞の弟子の座を誰かに譲る気はまったくない。

「……アレに何を？」

エリザベスの表情が思いっきり曇った。

マクシミリアンにいろいろと思うところがある様子が多々見受けられるので、深くは突っ込まないでおこうと思っているのだが、エリザベスの方から突っ込んでくるのだから仕方がない。

「お師匠様が帰る気なくすくらい素晴らしいキッチンと食料倉庫作ろうって！」

「……で？」

「着々と野望進行中だよ」

リアはイチゴミルク味を口に運んだ。

イチゴだけでも、ミルク味だけでももちろんおいしい。だが、イチゴの爽やかな酸味と甘みがミルクのほのかでまったりとした甘みと重なり合った時のこの味はベストマッチだと思う。

「そうか……」

エリザベスは、やわらかくなったミラーン蜜酒のソルベにスプーンをいれた。

銀のスプーンの上で淡い緑のソルベは輝いているように見える。

「それ、ミラーン蜜酒味だっけ？」

「うむ。あのミラーン樹の果実を蜜酒に漬け込み、その蜜酒をソルベにしたものじゃと聞いた。しかし、考えたものじゃ。こうして食べれば、安全にミラーンの実を味わうことができるものな」

ショウの説明を熱心に聞いていたエリザベスは作り方などにも詳しくなったらしい。

ミラーン樹の果実は第一級危険素材だ。そのままの果実を何の用意もなしに食べたら、確実に死ぬ。

だが、それがわかっていても食べる人間はいる。これで亡くなったという噂《うわさ》をリアは毎年何度か必ず耳にする。

禁断の幻の美味――――そう言われれば言われるほど、食べたいと誰《だれ》もが思わずにはいられないらしく、エリザベスは期待感いっぱいでそれを口に運んだ。

ひんやりとした甘さの中に満ちる鮮烈な果実の芳香……もちろん、その期待は裏切られることはなかった。

「おいしいのう」

「おいしいねぇ」

うっとりとした表情で更にスプーンを口に運ぶ。

「リア、そろそろ交換しよう」

「あ、うん」

（あれ？　何か忘れてるような気がする……）

ふと、リアは違和感に気づいた。

何かを忘れているような、あるいは、何かが足りないような気がする。

（うーん、茸はカフェのアイスルームに入れてもらったから大丈夫だし、何も問題はないはずなのに、何かがひっかかるなぁ……）

交換したソルベを口にしながら、リアは首を傾げた。

「あ……」

「……どうしたのじゃ？」

「リズ、あのね……」

気づいたことを告げようとしたそのとき、背後から影がさした。


「……姫様」

地を這《は》うような低い呼びかけの声に振り返れば、イーリスがそこにいた。にこにこと笑っている。

その後ろには疲れ果てた様子のローレンもいた。

いつもはピンと立っている耳がへにょっと折れているところを見ると相当疲れているのだろう。

「い、い、イーリス？」

エリザベスが、はじかれたように立ち上がった。

「はい、姫様」

イーリスはにっこりと笑みを浮かべる。

エリザベスの表情は対照的なまでにひきつっていた。目がウロウロと不自然に泳いでいる。

「……姫様が突然姿を消されたものですから、私は、とてもとてもお探ししました」

穏やかな声音――表情はどこまでもやわらかく、一見したところわかりやすい怒りの要素を見て取ることはできない。

（でも、このほうが怖いよね～）

「す、す、す、す、すまない」

舌をもつれさせるほどひきつったエリザベスの表情がおかしくて笑いそうになったが、リアはこらえた。ここで笑ったら自分にも悲劇が降ってくることくらい、容易に想像がつく。

（とばっちりはごめんだし）

注意深く言葉を選びながらリアは口を開いた。

ここでフォローせねば、あまりにも友達甲斐《ともだちがい》がないというものだろう。それに、リアには共犯者である自覚もある。

「イーリスさん、心配させてごめんなさい。リズが噴水見ながら食べたいって言うので従業員用のとっておきの場所に案内させてもらったの……でも、ホテルの中だからそこまで心配するほどじゃないんですよ？」

アル・ファダルの治安は悪くない。いや、むしろとても良いだろう。

犯罪発生率はかなり低いし、犯人が捕まる率も高い。

マクシミリアンは、現在生きている中では世界で最も探索系統の魔術に長《た》けていると言われているのだ。そんな人間が治めている場所で犯罪を起こそうというのが間違っている。

しかもこのホテルはマクシミリアンの御座所……お膝元《ひざもと》なのだ。マクシミリアンを知っている人間ならば、ここで事件を起こそうなどとまず考えないだろう。

「リアさん、ここのホテルだからこそ心配するんです。他の場所だったら心配なんかしませんよ」

「えーっ、そんなことないですよ？」

まあ、別な意味で生命の危機にさらされるかもしれないのだが。

「蝕がおきやすいと聞いております。姫様はそういったことに不慣れですし、何よりも尊い御身でございますから」

「わかっておる。いや、ほんとうにすまなかった。イーリスを撒《ま》くつもりはなかったのじゃ」

「ええわかっておりますとも。姫様が念願のソルベに心奪われ、取り残された護衛のことなど欠片《かけら》も思い出さなかったことは」

「……すまぬ」

イーリスの言葉があまりにも図星すぎてエリザベスには他に言うべき言葉がないようだった。

身分的にはエリザベスのほうが上なのだろうけれど、どうやらエリザベスはイーリスには頭があがらないらしい。

「イーリスさん、もしかして、ソルベまだ食べてない？」

リアは、話の流れを変えるようにつとめて明るい声で問う。

「……ええ。お探しするので手一杯でしたので」

「じゃあ、イーリスさんの分を、代わりにもらってきますね。私が行けばトリプルになりますから！」

「いえ、そんなお手数をかけるわけには……」

「遠慮するでない。ここのソルベの種類はとても豊富なのじゃ。イーリスでは選びきれまい。プロに任せるがよい」

畳み込むようにエリザベスも口を挟む。

「三種類もなんて食べきれませんよ」

「大丈夫。食べきれなければ、私とリズで残りは片付けますから」

「そうですか。それならばお願いします」

あっさりとイーリスがうなづく。

リアとエリザベスは、こっそり目を合わせて笑みを交わしあった。


「姫君と何をたくらんでるんだい？」

ホテルの中は、リアにとって自宅の中と一緒だ。

カフェはレストランと隣り合っているので、元より迷う要素はまったくない。

一歩と半分だけ後ろを歩くローレンをちらと振り返った。

「たくらんでるなんて人聞き悪いですよ、ローレンさん」

「他に言いようがないからね」

たった半日でずいぶんと仲良くなったんだね、とローレンは苦笑する。

別に隠すことでもないのでリアは笑いながら口を開いた。

「……あのね。カフェのソルベって、種類が豊富なの」

「うん？」

ローレンはリアが何を言い出したのか、一瞬戸惑う。

「で、現在、二十種類以上あるんですよ」

「うん」

「で、すっごくおまけしてもらったんだけど、リズが三種類、私が三種類の合計六種類じゃあ半分すら試せなくて……ショウさんがスプーンで味見もさせてくれたし、お互いすごーく悩んで検討に検討を重ねて選んだんですけど、やっぱり足りないんですよ」

リアの言葉がわずかに熱を帯びる。

「今がシーズンのものを食べるのか、それともレアなものを選ぶべきか、ミラーン蜜酒《みつしゅ》味なんてそうそう食べられないし！　でも、魔力増加の効果は捨てがたいし‼」

正直なところ、確かにおいしいけれどたかがデザートにそこまで熱弁をふるう理由はローレンにはさっぱりわからない。わからないのだが、わからないなりに、ここでどうでもいいとか、何でもいいとか、『たかが』などという発言をしてはいけないことくらいはわかっている。

「それが何か関係あるのかい？」

「ええ。……食べたいものをちゃんと選んだんです。これだけは絶対食べるべきな塩ミルクとか、ピンキーアップルとかミラーン蜜酒とか、どっちかっていうとレアっぽいものやポメロとかの高い効果のあるものとか……で、今の時期イチオシのモルファの柿味をなくなく諦《あきら》めたんです。でもほら、イーリスさんの分を選ばせてもらえれば、モルファの柿食べられるし、あと、滅多にとれないからグルベリーもいいですよね！　しかも、イーリスさん、あんまり食べられないみたいな様子でしたし」

ナイスタイミング！　とでも言いそうな良い表情をしている。

「ああいうのって別腹なんじゃないの？」

「別腹ですよ。でも、味見くらいはさせてくれますよ、きっと」

リアは全部食べたことあるんじゃなかったか？　と思ったが、口には出さなかった。こうやって危機回避能力があがっていくことこそが大人になるということなのだ……たぶん。

西の地平に落ちてゆく太陽の残光がわずかな黄金の光を放ち、薄闇が空気を青く染める。

うっすらと闇《やみ》に染まりはじめた庭を、赤と黄色の派手なストライプの上衣を着用した男が忙しそうに行き過ぎる。

灯守《あかりもり》だ。この灯守という役職は、こちらの世界特有のものらしい。いつだったか、栞が関心をもって、いろいろと聞いていた。

彼らはこれくらいの時刻になると、ホテル中の街灯に魔法で火をともしてまわる。

青い闇の中にたたずむ庭が少しずつ光を帯びていく様はとても美しく、何度見ても飽きない。

いつもは、見ている余裕などないから尚更《なおさら》だ。

(時々、こうしていることが夢みたいに思える)

清潔な服にふかふかのベッド……ノミなんて絶対いないし、お湯だって毎日使える。着替えだってたくさんあるし、自分の趣味で自分の着たい服を買うことだってできる。

更に、住んでいるのは元は宮殿の上級使用人用住宅の一室だ。

（まるで話に聞く貴族の生活みたいだ）

しかも、おなかいっぱい食べられるおいしいごはん……エリザベスのようなお姫様がうらやむようなものを毎日のように口にしている。

今のリアを見て、もう浮浪児と間違える人間はいないだろうし、犬っころと蔑《さげす》む人間もいない。

（それに……）

何よりも、リアには仕事がある。

同年齢の女の子とはくらべものにならないくらい忙しくて大変だけど、高給でやり甲斐のある大好きな仕事が。

「今日はありがとう、リア」

「ううん。どういたしまして」

「……今までの人生で、こんなにも楽しかったことは他になかったぞ」

「大げさだなぁ」

「全然大げさじゃない」

エリザベスは、しゅんとした表情で言う。

でも、楽しい時間ほど早く過ぎるし、楽しいことにはいつだって終わりがあるものだ。

（終わりがあるから楽しいんだよってお師匠様は言っていた）

「時間ができたらまた遊びに来て。私はここのレストランにいるから……私が比較的自由になるのは朝ごはんの片付けの後から夕方までだけどね」

「本当に来てもよいか？」

顔をあげたエリザベスは、途方にくれた幼児のような表情をしている。

「もちろん。……まだ賄いを食べさせてあげてないし、レシピだって書いてないし、羽もあげてないでしょ」

「うん」

「それから、プリン！　お師匠様の作るプリンは最高なんだから！」

リアの言葉に、しゅんとしていたエリザベスの顔が輝きを取り戻した。

「がんばって仕事して、それで遊びに来る！　帰る前に絶対にもう一度くるからの」

エリザベスは、そう宣言して傍らのイーリスを窺《うかが》うように振り向く。

「お仕事をちゃんとなさっていただけるのでしたら」

イーリスはにこやかにうなづいた。

「リアさん、本当にありがとうございました。いろいろとご迷惑をおかけしまして」

「ううん、お互い様だし。私も楽しかった」

「そう言っていただけると助かります。私も楽しかったです」

「ソルベを分け合うなんて、イーリスも初めてだものな」

あれを分け合うと言うのだろうか、とローレンは心の中で突っ込みをいれる。

「そうなんですか？　まあ、マナー的にはあれですけどね。友達だったら別にいいでしょう？　改まった席でもないし」

「友達……」

「プライベートの時はね。私は貴族とかそういうの大嫌いだけど、リズがどんなに偉いお貴族様だってリズはちゃんと友達だから。……イーリスさんもね」

「ほんとうか?」

「うん」

その言葉に、エリザベスの表情がさらにぱぁっと輝いた。

抜けるような白い肌がほんのりバラ色に染まり、とても愛らしい。

「リアは、妾の初めての友達じゃ」

「リズ、淋《さび》しい子なんだね」

「なんじゃ、その淋しい子というのは」

「だって、初めてだなんて……」

「わ、妾はあんまりそういう機会がないのじゃ」

じゃれ合う二人を、イーリスとローレンが温かな眼差《まなざ》しで見守っていた。

◆◆◆◆◆◆◆

「……聞いています?　お師匠様」

予定より一日早く……昨夜遅くに帰ってきた栞は、まだ休みなのにいつも通りの時間に厨房《ちゅうぼう》に出てきた。

レストランの朝は早い。

この時間はまだナイトフロントの担当時間なくらいで、他に起きている従業員はといえば警備関係者くらいのものだろう。

昨日《きのう》の収穫と受け取ったツアーのお土産の処理に出てきたリアは、すでにほとんど作業を終わらせていたから、報告がてらに栞を手伝うことにする。

「うん。聞いているよ。賄いはいつでもいいよ。特別なことは何もしてあげられないけど。プリンならその時に出してあげる。いつでも大丈夫だと思う。どうせ、プリンを作らない日なんてないんだから」

「ですよね」

マクシミリアンが、プリンを注文しない日がくるなんて想像もつかない。

普通に考えても、マクシミリアンの主食はプリンだ。きっとマクシミリアンを知る誰《だれ》もが納得するに違いない。

「で、お師匠様、これ、何つくっているんですか？　お菓子？」

リアは、弱々しく噛《か》み付いてこようとするピンキーアップルを四つに割って、皮をむいて赤ワインのシロップの中に入れる。対する栞は、ムーナ小麦にラディアナ粉を配合したものに水を加えてこねている。

「パイ。あっちでいただいたパイがちょっと不満だったものだから」

「おいしくなかったんですか？」

「……まずくはなかったけど、もったいなかった。まあ、私の好みなんだけど、多少酸っぱくても果物の味がするほうが好きなの」

こっちのお菓子は甘すぎるよ、と栞はいつもの言葉を口にする。

リアは別に気にしたことがない……というか、そもそも菓子を口にできるような身ではなかったのでよく知らない。甘いというだけでたぶんすべての評価が三割増しだ。

でも、リアが知っているお菓子は栞の作るものばかりだったから、文句なくおいしいものばかり食べさせてもらっている。それは、とても幸せなことなのだとホテルの皆が言う。

（もちろん、私もそう思う）

「私はお師匠様がつくるものなら、何でも好きです」

「ありがとう」

栞が照れくさそうに笑った。

性格的なものなのだろう。何度褒められても、いつも栞はどこか恥ずかしそうだ。

「……そういえば、ラルダ茸《だけ》は無事に捕獲できたの？」

「ばっちりです。……だめになっちゃうともったいないので、八割くらいは乾燥させてあります。……あと、カフェのショウさんがスープ用に少し欲しいって言っていました」

「ありがとう。……量は相談だけど、少しカフェにも回しておくね。でも、しばらく茸《きのこ》には困らなそうだね」

「たぶん大丈夫です。足りなくなったらまた迷宮に潜りますから！　今回のコースならディナンと二人で余裕で行けるし、マッピングもちゃんとしてきたんです」

「うん。その時はよろしく」

栞が嬉《うれ》しそうに笑みを重ねるから、リアはあのツアーを選んで本当に良かったと思った。

「お師匠様も今度一緒に大迷宮に行きませんか？」

「無理だってば。魔生物がいっぱいでるような危険な場所には行けません。何たって、軟弱な異世界人なんだから」

「そんなことないですよ！　あの包丁もっていけば何だって切れるじゃないですか」

「無理だってば。それにあんな長いものどうやってもっていくの」

栞は謙遜《けんそん》が過ぎるところがあるとリアは思っているが、それは異世界人の民族性みたいなものらしい。

リアがもう一人知っている異世界人は森村《もりむら》という男だが、彼もまたひどく謙遜する男だった。

異世界人たちは皆、自分達が弱いと揃《そろ》って口にするが、森村は、蝕で湧《わ》いた魔生物を踏《ふ》み潰《つぶ》すという荒業で撃退した勇者だ。王妹殿下の婿になったことを誰もが納得するほどの強さだというのに、本人はいたって謙虚で腰が低い。

「えー、お師匠様が軟弱だなんてありえないですよ」

「魔生物と戦うなんて無理だから！」

「えー、よく戦ってるじゃないですか！　虫とか、虫とか、虫とか」

「あれはただの退治です。掃除の一環です。クリンリネスは大事なんだから！」

「くりんれす？」

「クリンリネス。でも、あっちでも、クリンネスとかってよく言ってた」

耳慣れない音に、リアは首を傾《かし》げる。

翻訳の魔術でも表現しようのない単語だったらしい。

「清潔に保っておくこと。食べ物商売の基本だよ」

食べ物を扱っているところに虫が湧くとか入り込むとかあってはならないことなんだから！　と栞はきっぱり言い切る。

「はい」

リアはまっすぐ見上げてうなづいた。

「生地を寝かせてる間に、フィリングつくっちゃおうね」

凶暴なりんごに赤ワインに砂糖とはちみつ贅沢《ぜいたく》に、と歌うように言いながら、栞は異世界からもってきたという赤いミルクパンに材料を投入していく。

「火はどのくらいですか？」

「弱火でじっくりことこと焦げないように。半透明になったらこのカーシャを少々ね。いれすぎちゃだめよ。本当はシナモンがいいんだけど、まあ、似てるからいいや」

栞の作業には無駄がない。迷いも躊躇《ためら》いもない。

もちろん味見もするけれど、何度も加えたりすることがない。

「いい匂《にお》いですね」

「料理は匂いで誘惑するんだよ」

「わかります！　屋台とかそうですよね！」

「そうそう。……ああ、リア、今日、用事ある？」

「いいえ」

「じゃあ、街に出ようと思うんだけど、案内してくれないかな？」

「もちろんです！」

お師匠様とおでかけなんてはじめて！　嬉しい！　とリアは喜びもあらわにその場でぴょんぴょんとびはねる。

まるで自分が小さな子どものようだと思うけれど、でもこの嬉しさは我慢しようとしてもどうしてもあふれてしまうものだ。

「……厨房で引きこもっているのは幸せだし、それが望みなんだけど、まあ引きこもってばかりもいられないからね」

「えー、別に引きこもっててもいいと思いますけど。時々は市場とかも行くんですし……どこ行きます？　屋台街もいいですけど、染物横丁とかおもしろいですよ！」

「んー、商店街とか普通の食材が売っているところに行きたい。あと、トトヤさんにも行ってみたいかな」

「？？？？？」

なんでいまさら、という表情をしているリアに栞は笑う。

「いまさらなんだけどね。今までは与えられた材料でやってきてたけど、それだと味が限られてくるから……それに……もうちょっとこの世界のことを知りたいと思うの」

その静かな笑みに、リアは見惚《みと》れた。

「ああ、それから先に言っておくね、今日の夕食、鍋《なべ》にするから一緒に食べよう」

「鍋？」

「実は殿下も一緒に帰ってきているの。殿下の機嫌がすっごく悪くてね。みんながかわいそうだから食事を一緒にしましょうって言っておいたの」

それは即座にマクシミリアンの機嫌がなおる魔法の呪文《じゅもん》だ。

何度使っても威力が落ちることがない究極魔法だとリアは思っている。

（ただし、お師匠様しか使えないけど）

「でも、お休みだから凝ったものはできないし……鍋なら材料切るだけだから簡単にできるでしょう。おいしいお肉があればしゃぶしゃぶとかするのもいいかなぁと」

「しゃぶしゃぶってこの間食べたあれですよね？　貝をうすーく切ったやつ」

「そうそう。お肉でもおいしいんだよ」

「楽しみです！　殿下いらないけど！」

「そんなこと言わないの」

「またプリンとか言い出さなかったですよね？」

「大丈夫。あっちでつくったプリンをメロリー卿が回収して帰ってきているはずだから」

「なら、よかったです」

何しろ、プリンを作るのは重労働なのだ。

「お友達、今日もこっちにいるなら今日でもいいのに」

「……殿下が苦手みたいなので」

「まあ、殿下って子どもらしくないものね……っていうか、殿下、見た目通りじゃないんだっけ」

「お師匠様、殿下はもうとっくに成人してます」

「だよね。ルーシー殿下が弟なんだもんね……」

栞は何やら一人で納得している。

ああ、そうか、とリアは気づいた。

(そっか、リズの言っていた呪《のろ》いってこのことか)

マクシミリアンの外見が幼いことなど、リアたちにはあまりにも当たり前のことすぎてわからなかった。

(なーんだ)

謎がとけたリアはそれだけで満足して、そのことをきれいさっぱりと忘れてしまったので、栞が知らないうちに、栞がマクシミリアンの正しい年齢を知る機会ははるかかなたに遠のいていた。

「ディナンは、今日は帰ってくるの?」

「予定では夜には帰ってくるはずですけど……迷宮に潜ると時間ってわからなくなるから……」

特にディナンたちのように泊まりがけで行くなら尚更だ。

「じゃあ、買い物に行ったらトトヤにも寄ろうか……買いたいものもあるし、確かトトヤの子と一緒に行ったんだよね? 様子がわかるかも」

「そうです。……お師匠様、トトヤに行くなら、他のお店にも寄りましょうよ。探索屋さんの半分くらいは食材も扱ってますから。高くて売れなくて死蔵しているものもいっぱいあるはずです!」

「高くて売れない食材なんてあるの?」

「ガウア鮫《ざめ》の卵とか! 伝説に残る珍味らしいですよ」

「伝説の珍味って何か危険だなぁ」

言外に、それはいらないかも、という響きがにじみ出る。

「……それに、ディルギットの菓子屋には、ディルギット＝オニキスの残したレシピ本があるんですって」

「え、伝説の大魔導師が何でレシピ本？」

「さあ……魔力が足りなくて誰《だれ》も作れないらしいですけど、お師匠様なら大丈夫かも！　ぜひ、何か作ってください」

「見せてもらえたらね。……それより、パイが焼きあがるまで、またツアーの話を聞かせて。ラルダ茸ってどんなところに生えてるの？　どんな風に捕獲するの？　まさかしゃべったりしないよね？」

「えーとですね。ラルダ茸はね……」

栞に乞《こ》われて、リアは再びツアーの話をはじめる。

話しているうちに、楽しかった思い出がさらにきらきらと輝いて大切な記憶へと変わってゆく。

それはどこかあったかくて、同時に少しだけ胸が痛くなるような切なさを帯びているようだった。

（お師匠様が楽しそうに話を聞いてくれるから……）

だから、楽しかった思い出がもっともっと楽しくて大切になる。

（……たぶん、こういうのが幸せって言うんだと思う）

幸せが何かはっきりとわかるような暮らしはしてきていない。

でも、最近思うのだ。

（こんな毎日がずっと続けばいいのに……）

そんな風に思えることが幸せなのではないか？　と。

そして、それは決して当たり前のものではない――――大切なものほど狙《ねら》われるし、奪われる。

(……強くなろう)

すぐにローレンやライドたちのようになることは難しくても、努力することはできる。

そして、その為《ため》の努力を惜しむつもりはない。

(私とディが強くなることは、お師匠様の安全を守る確率を高くするってことだもの)

小さな火傷《やけど》の痕《あと》と、重い片手鍋をふるうせいでできてしまったマメのある手を、リアはぎゅっと握り締めた。

美味探訪！　ベテランガイドと行く大迷宮きのこ狩りツアー　END

TOUR.15　クリグの謎とマクシミリアンの秘密

屋台街は広場の一角、下町との境界に位置している。

それほど階級に厳しくないフィルダニアではあったが、それでも、やはり棲《す》み分けというのはなされていて、広場や屋台街というのはその数少ない例外だった。

フィルダニアの屋台街は、食べ物だけでなく食材も一緒に扱っていることが多く、食べ物以外の日用生活品を商っていたり、大迷宮から出た品を無造作に店先に積んでいたりもする――いわば、何でも売っている場所だ。住人の生活に必要な市場の役割を果たしながらも、アル・ファダルの観光名所でもある。

「お師匠様、何食べます？」

「んー、今、何が流行《はや》っているのかなぁ？」

「そりゃあ、ドドフラですよ。アル・ファダル名物だし。最近はチーズ挟んで揚げたものがでてたり、スープをかけて食べるとかもあって、おもしろいの」

「へえ」

自分が作ったものがそんな風に進化をとげて広まっていくのは嬉しいことだ。

この世界では料理のレシピというのはある種の秘伝のような扱いをされていて、あまりオープンにされているものではないらしい。

だから、栞《しおり》がドドフラのレシピをソースまで含めてオープンにした時はたいそう驚かれたものだ。

おそらくそれは、薬のレシピと同じ扱いなのだ。

突き詰めれば、医食同源。それはあながち間違いではない。

「あそこがチーズ挟んでるとこですよ。一番小さいの買ってみます？」

「そうだね」

ノーヴァの葉を円錐《えんすい》状に丸めたところにドド芋とフライが盛られている。

一見したところ結構量がありそうに見えるが、円錐状だから実はそれほどでもない。昼食として食べるなら女性であっても大盛りか、あるいは二つ注文したほうがいいだろう。

「チーズがとろけてるからね、火傷しないで食べなよ」

「はーい」

威勢の良いおばちゃんは、いかにも屋台の女店主といった様子だ。自分で店を切り盛りしている力強さがある。

当初栞が作ったものより厚く切った身に切れ込みをいれ、そこにチーズをスライスしたものを挟んで揚げている。衣にもおそらく粉チーズがまざっているのだろう。食べた瞬間にとろけるまろやかなチーズに、少し塩みの強い粉チーズの味が絡み合う。

「あつっ」

「冷たいもの買ってくるね」

「だいじょーぶれすよ」

あつあつと言いながら冷たい風の中で食べるドドフラはとてもおいしい。

「急がなくていいのに」

「熱いうちに食べたいんです～」

そんな他愛ない会話を交わす。それが、とても嬉《うれ》しくて栞は小さな笑みを浮かべた。ごく自然にあふれてしまった笑みだ。

「私も基本のドドフラなら作れますけど、こうなってくるともう別物ですね」

「そうだね」

レストランの料理であったとしても、よほどのものでない限り、栞はレシピを秘蔵するつもりがないので、ディナンにもリアにもちゃんとレシピのメモをとらせている。

いずれ栞が帰るときには二人を中心として厨房《ちゅうぼう》を動かせるようにと考えていたからだ。

けれど、二年目の現在、栞の心境は少しずつ当初とは変わってきている。

「衣を違う味にするのはおもしろいですね」

「そうだね。白身だからだいたいどんな味でも合うし」

「ピリ辛とかどうですか？」

「辛さにもよるかなぁ。辛いのって淡白な味だとそれだけになっちゃうから工夫がいるよね」

食べ歩きしないなら、衣にいれるよりもピリ辛味のあんかけとかにするといいかも、と栞は続ける。

「甘いのとかはアリですか？」

「んー、個人的にはナシだけど、甘くておいしいものができたらおもしろいね」

変わり種も流行っているが、もちろんオーソドックスな塩胡椒《しおこしょう》とか塩バターも相変わらず人気があるという。

「今日はあっちのトマトソース味がいい！」

「えー、私は、普通の塩バターがいい！　変な味飽きたよ」

銅貨を握り締め、かたわらを走っていく子どもの姿に、栞は思わず笑みをもらす。

子どもたちが普通におやつとして食べられるくらいの価格で普及していることが嬉しい。

「お師匠様、見てください、あれ、大きい～」

看板の代わりに巨大なアルカ海老の殻を屋根にのせている屋台があったり、店先で吹き上がる炎を使って調理パフォーマンスをして見せる屋台があったりする。

「なんか、お祭りみたいだね」

「ああ、そうですよね。……昔は一度でいいからここでおなかいっぱい食べたいって思ってたんです」

「へえ」

「最初のお給料もらった時、ディナンと二人、好きなものを好きなだけ食べ放題したんですよ」

「いいね。何が一番おいしかった？」

「……どれも、憧《あこが》れていたほどにはおいしくなかったんです。残念なことに」

「なんで？」

「……お師匠様の賄いの方がおいしかったから」

苦笑い気味なその表情に、栞もつられて苦笑する。

「使っている材料が違うからね」

栞が作るものは、新メニューの試食を兼ねていることが多いから、屋台とは根本的に使っている材料が違う。

「そうなんですけどね……まあ、憧れが強かったので。がっかり感がすごかったんです。あ、今はこれはこれで普通においしいですよ」

「なら良かった。……あ、あれ、変わった色だけどクリグだね」

目の端に映ったのは、鉄板焼きの屋台だ。

いろいろな種類の腸詰やら、角切りにしたハムやらが並んでいる。

好きなものを好きなだけ串《くし》に刺して焼いてもらうようになっている。

「ほんとだ。ルバルのクリグですって。おもしろい色ですね」

クリグは淡いピンク色の生肉の色合いをしているものが一般的だが、時々、変わった色合いのものもある。栞の目には、フランクフルトのような大きなソーセージのように見える。

餌にしていた果物が違うと色が変わることがあるらしく、ルバルという紫色の柑橘《かんきつ》を餌にしていたらしいこのクリグは紫やピンクが入り混じっている。

「ルバルのクリグ焼いてもらいます？　麦酒《ビール》にものすごく合うって書いてありますよ」

「んー、今はいい」

楽し気に周囲を見回している栞を見て、リアもまた楽しくなった。

（そういえば、お師匠様、なんでクリグだけ大丈夫なんだろう？）

栞は虫が嫌いだ。

毛嫌いしてるとかのレベルではなく、たぶん、天敵としている。

それくらいダメなのに、なぜかクリグだけはごく稀《まれ》にだが、レストランのメニューにも出てくるのだ。

（もしかして、クリグが虫の幼虫って知らないのかなぁ？）

気づいたら、何だかそれがとても正解な気がしてきた。

（ま〜さ〜か〜……）

でも、どういうわけか、クリグの幼虫は取り扱いが虫屋ではなく肉屋なのだ。

なので肉と一緒に並んでいることが多いから誤解を招きやすいともいえる。

（味も肉っぽいしなぁ）

「ねえ、クリグって何の腸詰なの？」

「え」

（やっぱり！！！！）

「えーと……腸詰っていうか……」

リアは、ここで真実を伝えたらとんでもないことになりそうな気がした。

腸詰ならまだいい。虫肉の腸詰だったとしてもまだマシだ。加工品だし。

けれど、これは、そのものなのだ。

どれほど見た目が腸詰のようでも、これは幼虫……立派な虫そのものなのだ。

（お師匠様ってクリグ食べたことあるんだっけ？）

寒風吹きすさぶ中だというのに、汗がたらたらとこぼれてくる。

（何度かメニューに出たことあるから……お師匠様に限って、味見もしないで出すなんてありえない）

虫が視界に入ることも許さない栞がそれを食べてしまったと知ったとき、どうなるか……想像するだけでリアはおそろしくなった。

「見た目ちょっとあれだけど、ナマコに比べればたいがいのものは平気になるよね」

「……ナマコって何ですか」

ひきつった笑みを浮かべながら、リアは話をそらしにかかる。

「えーと、見た目グロテスクな細長い肉スライムみたいな生き物。生で酢の物にしたりするの」

「へえ」

「そういえば、こっちは生で肉や魚食べたりするの少ないね」

「新鮮じゃないとできないですから。ああ、でも、魔生物は生で食べるものも結構あります。生で食べたほうが魔力が強くなるって言われてるし」

「なるほどー」

話がそれたようだったのでリアはほっとした。

とはいえ、これはただの先延ばしにすぎない。

いつか、栞がクリグが虫の幼虫だと知る時がくるだろう。その時が今からとても恐ろしい。栞がどれだけショックを受けるかを考えたら、それは個人的な問題というわけにはいかないような気がする。

下手《へた》したら、異世界に帰ってしまうかもしれない。

（プリン殿下に教えておこう……）

そう決定するまでに五秒とかからなかった。

好き好んで栞が虫の幼虫を食材に使っていたとは思わないから、ちゃんとそれを伝えずに食材として提供した人間が悪いのだと思う。

それに、こういった危険……そう、ある意味、これは蝕《しょく》なんかよりもよっぽど重大な危険だ……からあらかじめ守ることもマクシミリアンの役目のはずだ。

「ねえ、さっきのクリグ、生のものを分けてもらって鍋《なべ》にいれたらどうかしら？　いい出汁《だし》もでそうだし」

間違いなく、栞の中ではクリグは何かの腸詰と認識されている。

「えーと……クリグよりも普通にお肉が食べたいです。お肉のしゃぶしゃぶとか食べたことないし」

「そっか。じゃあおいしいお肉を探しましょうか」

「はい」

（殿下に頑張ってもらわなきゃ！）

ある意味、問題は丸投げ状態だったが、リアはそのことにまったく疑問を覚えなかった。おそらく、同じ立場になった誰《だれ》もが同じことをするだろう。

（だって、お師匠様は殿下の誓約者《ヴィーダ》なんだから）

その絆《きずな》は神聖不可侵なもの。魂の誓約で結ばれている。

「あ、お師匠様、トーラスの山猪《やまいのしし》ですって。おいしそうですよ」

「ほんとだ。きれいにサシも入ってるね。あれ譲ってもらって、しゃぶしゃぶにしようか」

「しゃぶしゃぶ、楽しみ～」

「こんないいお肉だとすき焼きもしたくなっちゃうね」

「すき焼き！　すき焼きも食べたいです‼」

「お肉多く買っていって、明日はすき焼きにしようか」

「賛成ー！」

（しょうがない。頑張ってもらうんだから、殿下もすき焼きの仲間にいれてあげよっと）

「あ、もうちょっとお肉たくさん買いましょう。きっと殿下達も食べたいって言うと思いますよ」

「明日は通常営業だから、私たちと一緒に食べると遅くなるのに」

「それでも絶対すき焼き食べるって言いますよ、殿下だもん」

「……まあ、そうかも」

◆◆◆◆◆◆◆

くしゅん、くしゅん。

「おや、殿下、風邪ですか？」

立ち止まったイシュルカが、珍しいですね、というような表情をしている。

ホテル・ディアドラスの中央棟、最上階フロアは、そのままアル・ファダル総督府となっている。

マクシミリアンの執務室はその四分の一を占めていて、日常的にマクシミリアンはそこで政務をとっている。残る四分の三はマクシミリアンの私的スペースであり、役所機能の大半は東棟。実はホテルは迎賓館の扱いだ。

「いや、別にそうじゃない。誰かに噂《うわさ》されているのだろう」

「なるほど……ルドラの王太子殿下でしょうか？」

イシュルカは先日の会議に同席するはずだったのに急に予定を変更した王女の事を思い出した。例の王女はマクシミリアンを死ぬほど苦手としていて、マクシミリアンが会議に出席するから予定を変更したのだろうというのが、フィルダニア側の関係者間で一致する見解だった。

（……確かまだ、アル・ファダルに滞在しているはずです）

「エリザベスか？　アレはまだ立太子していないだろう？」

旧知である王女の顔を思い浮かべようとしたマクシミリアンだったが、脳裏にその顔ははっきりとは浮かんでこない。『ルドラの王女』と『幼い子ども』というレッテルでしか覚えていない相手なので顔までは記憶にとどめていないのだ。

「はい。……ですが、来月に立太子式を挙げられるとか……ルドラの女王陛下に御子はお一人しかおりませんから」

「確か、まだガレスの別荘に滞在中だったな？」

マクシミリアンは、ルドラの王室御用達《ごようたし》商人にも名を連ねている国内屈指の大商人の名をあげる。

「……たぶん」

「アレは、私との婚約の話もあったのだ。……代わりに女王の弟の子を王太子に立てるという話でな」

「それならば、殿下を王太子の婿として迎える方が自然なのでは？」

「アレが私を抑えられると誰も思っていなかったのだろうな。私を婿とすると国が乗っ取られるのではないかと女王のみならず、ルドラの首脳陣が案じてな」

「……なるほど」

マクシミリアンの忠実な補佐官であるイシュルカは、マクシミリアンの言葉に対してコメントを差し控えた。一介の補佐官風情が口に出せることはそう多くはない。

くしゅん、と再びマクシミリアンがくしゃみをした。

「何の噂でしょうか？　止まりませんね」

「どうせロクでもない噂だ」

「そうとは限りませんよ。念のため、侍医をおよびしましょうか？」

「いや、いらない。イシュ、これの処理を頼む。……あと、夕食の時間は厳守だ」

「グレンが戻ってこられないいんじゃないですか？」

「あいつは最初から数に入ってないから安心しろ」

マクシミリアンはきっぱりと言う。

「何かしましたか？　あいつ」

「あのバカめ、シリィの秘密を父上たちにバラしやがった」

「秘密？　秘密なんてありますか？　ヴィーダに」

「……シリィが私の実年齢を知らないことだ」

むすっとした表情で言う。

「それはヴィーダの秘密というよりは、殿下の秘密なのでは？」

イシュルカが首を傾《かし》げる。妖精族《ようせい》の血が混じる彼のしぐさはどことなく優美だ。

「私は別に秘密にも何もしてないし、わざわざ言うことでもないだろう」

別に差し支えないことだ、とマクシミリアンは言う。

「でも、あえておっしゃらないのには理由が？」

「タイミングを逃しただけだ。……私がこうなのは当たり前のことだから誰も疑問にも思わなかったわけだし」

「まあ、そうですね……そういえば、王妹殿下の婿君も知ったときは驚いてましたね」

「あちらでは見た目と中身が違うことはまずありえないそうだから」

「妖精族もいないと言いますしね……短命種だけの世界というのも忙《せわ》しない気がしますが」

くしゅん、くしゅん。

マクシミリアンが再びくしゃみをする。

「殿下？」

「何か嫌な予感がする」

「……やはり侍医を」

「だから、風邪ではない。……リアあたりが厄介ごとを持ち込みそうな予感がする」

「殿下の予感は当たりますからね」

「まあ、いい。とりあえずは、夕食だ。おまえたち、時間に遅れないようにきっちり働け。終わらなかった者は勝手に食堂で食え」

どんな問題であれ、自分に対処できない問題はないはずだ。最悪、父上を動かせばどうとでもなる、と、フィルダニアの陰の支配者とささやかれている第三王子は、ニヤリと笑う。

「殿下、わりと酷《ひど》いですね」

イシュルカが真面目《まじめ》な表情でまったく感情のこもっていないコメントを口にする。

先ほどから口を動かす間もなく手を動かしている他の側近たちは、息も絶え絶えだった。目の前には書類が山と積まれている。

「今日は鍋だからな。一人減れば、その分、食べられる量が増えるぞ」

「でんかのおに！」

弱々しい声が抗議を述べるのに対し、イシュルカはきっぱりと言う。

「殿下が鬼なのはいつものことです」

「これが通常のクオリティだ」

あははは、という、どこか突き抜けたマクシミリアンの暴君的な笑いが執務室に高らかに響き渡った。

MENU.05　カッサマのギーソスープ　ディアドラス風

前島栞《まえじましおり》は、ホテル・ディアドラスの総料理長である。

で、あるからして、彼女の元には、食べ物に関する相談が持ちこまれることが多い。

それは、王宮からの晩餐《ばんさん》会でのメニューの相談だったり、同僚のエルダからの夫を虜《とりこ》にする料理の相談だったり、あるいは、料理下手《べた》な妻の手料理を自分以外の人間も食べられるものにしたいという匿名希望の夫からの相談だったり……すべて料理に関することであるが、内容はなかなかバラエティに富んでいる。

晩餐会のメニューについては、これはもう趣味も実益も兼ねている……栞は仕事も料理だが、趣味も料理だ。趣味の料理の成果が仕事にも活《い》かせ、高い評価を得るだけでなく、たくさんの人に喜ばれ、自分も楽しいのだから万々歳である。

王宮からの、ドラゴンの肉を絶対に使って欲しい等のオーダーをクリアしつつ、晩餐会の出席者の情報から使う食材を選び出し、そこに季節感やコース全体のバランスや栄養などを考えつつメニューを考えるのは実に楽しい作業だ。

試作品を作りはじめたりすると、時間も何も関係なくなってしまうのでとても危険なのだ。きっと、時間的制約がなければ際限なく作り続けてしまうだろう。かつてであれば、それに食材的制限……あるいは、コスト制限があったのだが、今の職場ではそのへんがまったくないから、危険度もあがっている。

それから、夫を虜にする料理……栞は結婚したことがないので夫を虜にする方法は知らないが、胃袋を篭絡《ろうらく》する方法ならばよく知っている。

何のことはない。標的《ターゲット》がただ一人と言うのならば、その標的の『好み』を徹底的に調べつくし、それに沿った料理を作り続ければいい。

自分にとって最も美味《おい》しいものを作り出すことができるのはただ一人だけなのだと、相手に認識させると同時に胃袋に理解させるというのは、恋愛において極めて効果的な一手だ。

過去のこととはいえ栞に恋人がいて、それなりにおつきあいというものを継続することができたのは、これはもう偏《ひとえ》に料理スキルによるところ大である。既に実践済みなので、そのアドバイスにはかなり説得力がある。

というより、栞の女子力のほとんどは料理の腕が占めているのでそれくらいしかアドバイスできないとも言える。

エルダの場合はそれで何とかなっているので十分だろう。

毎回、旦那《だんな》の好きな『ソウモ牛』を使った辛いけれど美味しい料理、だとか、『レノオル』という湖の底に住むと言われる風船のように膨らんだ魚を使った身体《からだ》のあったまる料理だとか、手に吸いつくようなきめ細かな肌をつくるための食事メニューだとかを考えるのは楽しい。難しい条件をクリアし、それが実効があるのを確認できるのも嬉《うれ》しい。……が、作り方を教えている最中に毎回、毎回臆面《おくめん》なく惚気《のろけ》を聞かされるのは如何《いかが》なものか。

見た目がクールな美女に見えるエルダなので、そのデレっぷりはかなり破壊力がある。

料理なり食べ物なりに関する相談である限り、栞のアドバイスはそれなりに皆の役に立っているようで、その手の相談事や依頼は、直接、間接を問わず、結局は栞のところに持ち込まれてくる。

そして、中には、『十五年前のナナーリアの日にプレゼントでもらったイルベリードラゴンの肉を結婚式の祝宴に使いたいので、アドバイスを欲しい』などというつっこみどころ満載な依頼もあったりするのだ。

◆◆◆◆◆◆◆

ナナーリアの日というのは、大陸全土に信者を持つラグーザ聖教の祝祭日の一つで、愛する人を助ける為《ため》に我が身を犠牲にした聖女ナナーリアをたたえる日とされている。

宗教に寛容なフィルダニアでは、国教が定められていない。どの宗教のどんな祝祭日を祝うことも許されている。

人種、宗教の壁がとても低く、信仰に対して穏やかな価値観をもつフィルダニアの人々に、このナナーリアの日が何の日かと問えば、それはズバリ『恋人達のイベントの日』であると答えるだろう。

「ちょっといいなーと思っている人に贈り物をしたり、恋人同士で贈り物交換したりする日なんですよ」

「へえ」

「ナナーリアってのは、ホテルの玄関入ってすぐの右の壁に一角獣と一緒に立っている絵の金髪の女ね。週末がナナーリアの日だから、今なら絵の前に献花台があるからすぐわかるよ」

こちらの習慣に詳しくない栞に、リアとディナンはわかりやすく説明してくれる。

「へえ。ロビーに行ったら、見てみるね」

贈り物を交換するとか、恋人達のイベントと言われてもなかなかピンとこないが、バレンタインとクリスマスがごっちゃになったようなものだろうか？　と現代日本のイベントカレンダーを思い起こしながら栞は考える。

こちらの祝祭日というのは、建国記念日を除けば宗教行事、あるいは暦上の何かに端を発する伝統行事であることがほとんどだ。このナナーリアの日も一応宗教行事になるらしいが、イベント的な性格が強いのが珍しい点だ。

「ここ何年かは、贈り物にかこつけて求婚するのがお決まりなんだけどさ」

「どういう意味？　え？　告白じゃなくて求婚？」

イベントにかこつけて告白というのなら栞にもよくわかる。

何か理由をつけて勇気を出すというのは、あちらでもよくあったことだ。だが、一足飛びに求婚というのはちょっと違う気がする。

「昔、ナナーリアの日に『贈り物は、私』って言って、押しかけ結婚しにきたお姫様がいたんだよ」

「それで、身分違いの想《おも》い人と結ばれたんです」

「で、それから、ナナーリアの日に求婚するっていうのが流行したんだ」

「すっごい、ロマンティックですよねぇ」

双子ならではの息の合いっぷりで畳み掛けるように教えられる。

呆《あき》れ顔《がお》のディナンの横で、うっとりとしたリアが胸の前で手を組んでほぉと溜息《ためいき》をついているのを見ながら、琹は首を傾《かし》げた。

（え？　ロマンティック？　押しかけ女房が？）

「いや、それはさ、両思いだから結ばれてめでたし、めでたしだったけど。でも、告白すっとばして押しかけ嫁って、いきなり殴りこまれたのと変わんないんじゃねえ？　もし、両思いじゃなかったらどうすんだよって思わねえ？」

「それは言葉にしなくてもきっと通い合うものがあったんだよ。だって、お姫様だもん。そう簡単には口に出したりとかできないし」

リアはお姫様という存在に対して何やらだいぶ思い入れがあるらしい。

年齢の割にはシビアな子だと思っていたのだが、こういうところは夢見がちだ。

リアの中では、お姫様という存在は柔らかくてふわふわとした甘い何かがたっぷりとつまっているものらしく、常々、夢見るような発言が繰り返されている。

（いや、ないから）

琹は、自分の知る範囲の『お姫様』と呼ばれる人たち……具体的には、限定二名……を思い浮かべて、即座にそれを否定した。

琹の誓約者《ヴァーン》たるマクシミリアンの妹であるよく似た双子のお姫様は、どちらも良い意味で強《したた》かだ。

身分違いの想い人の下に気持ちも確認せずに押しかけるような博打《ばくち》は決してうたないだろう。

（そもそもあのお二人は、嫁に行く気はさらさらなさそうなんだけど……）

もし、彼女達がそれをするとしたら相手の気持ちをちゃんと手に入れているという自信があるか、

あるいは、絶対に逃げ場がない状態を自分の手で作りあげているかだ。

（何たって、あのプリン殿下と同じ血が流れているんだし）

きっと手抜かりはない。賭《か》けてもいい、と栞は思う。

（まあ、それよりも、好きになった男性を婿としてもらってくるほうが簡単に想像できるんだけど）

「身分が違いすぎるって。王女殿下相手に、男からは口に出来ないだろ」

一歩間違ったら不敬罪とか、頭のおかしい不審者扱いされて牢屋《ろうや》行きじゃんか、と嫌そうな顔でディナンが言う。

「え？　不敬罪？　告白することが？」

「さすがに好きだって言ったくらいで牢屋行きってことはねえと思うけど……でも、諦《あきら》められなくて付きまとうとかしたら、そうなるだろうし……そもそも、お姫様を好きになるってのが無理じゃねえ？」

「えー、どうして？」

「逆はまだわかるんだ。王子様が平民の娘を見初めたり、とかはさ。現実にもあるじゃん？　フィルダニアでは珍しいけど、よその国の話でならよく聞くし……。でも、男のプライドとして女のほうが立場が上ってのはなかなか認めにくいし……可愛《かわい》いとか、綺麗《きれい》とか思うことはあってもさ、好きになる対象じゃねえっていうか……うまく言えねえんだけど、最初っからそういうんじゃないんだ。好きは好きだけど、そういう種類じゃない感じ」

「うん、それは何となくわかるかな」

ディナンが一生懸命言葉を尽くして伝えてくれるのだが、栞にはそれはよくわかる。

思うにそれは、栞にとって既婚者が最初から恋愛対象にならないのと同じだ。

まあ、そんなものすら振り切って恋に落ちてしまうということもあるとは言うが、少なくとも今のところ栞にはそんな経験はない。

「だから、告白なんてのも絶対俺は無理。だいたい、ここでプリン殿下と会うまでは王族と会話するなんて考えられなかったし……王女様ってのは、平民が懸想できる相手じゃねえから」

ディナンのその言葉には、リアもごく真面目《まじめ》な表情で同意のうなづきを示す。

「確かに、現実的に考えれば、完璧《かんぺき》に身分違いです」

「身分違い、か……」

「平民がお姫様や王子様と結ばれるっていうのは、おとぎ話です。だから憧《あこが》れるんですよ」

リアは少しだけ残念そうな表情を見せて、苦笑する。

身分違いという言葉の意味を栞はぼんやりと頭の中で考えた。

日本では、名家とか旧家というものはあっても、それは身分違いというほど明確でもない。

生活格差や価値観の違いや、いろいろな認識の違いがあったとしても、法律で結婚が禁じられていたり、特別な許可が必要になったりというようなことはない。

(ああ、そっか、皇室の人みたいなものだと思えばいいのか)

あまりにも雲の上の人すぎて想像も付かないが、彼らの感覚としてはそんな感じなのかもしれない。

「それにさ、本当に一方的にこられたらぜってー怖いから！　恐怖しかねえから！」

ディナンはぎゅうっと拳《こぶし》を握りしめて力説する。

「好みのタイプだったとしても、いきなりナナーリアの贈り物はあたしなの、とか言って押しかけてこられたら俺は逃げるから」

「ディー、へたれすぎ」

「いやいやいや、普通だって！　みんなそう言うって。どんなに可愛くて美人でも、知らない女にそんな風に来られたら、それ、恐怖怪談だから。あの話の男は、そういう意味ではすげえから」

「どのへんが？」

「それ以前に知り合ってどのくらいの仲だったかわかんねーけど、押しかけてきたお姫様を普通に嫁に出来ただけですげえ、尊敬する！」

「おや、では、ぜひ尊敬してください」

面白がっているような声に、三人で同時に振り向いた。

「森村《もりむら》さん」

「モリムラ様？」

「お、いらっしゃーい」

いつものぱりっとした濃い藍色《あいいろ》の長衣姿……森村宗一郎《そういちろう》だった。

この長衣のデザインは、フィルダニアの官吏の着るものと同じだ。通常、官吏は黒、官吏見習いは灰色の長衣を着用し、役職者は襟章や飾り帯などでその地位がわかるようになっている。

腰にやや反りのある剣を佩《は》き、飾り帯は黒地に金糸でフィルダニアの守護聖獣と言われる双頭の竜と有翼獅子が刺繍《ししゅう》されている。

長衣の濃い藍色は上級の……国王直属の役職者であることを示しているのだと栞はつい先頃知っ

た。

他国で生まれ育った人間も能力次第では大臣職にまでつけるほどオープンな気風があることは知っていたが、異世界生まれであってもそれはまったく変わらないらしい。確かに、異国も異世界もたいして変わらないと言われればうなづいてしまう栞だが、口で言うのとそれを実現するのとでは大違いだ。

「どうも、こんにちは」

森村は栞をこちらに連れてきた人物である。

その後も何かと気にかけてくれているらしく、折にふれてディアドラスに顔を出すので、リアやディナンともすっかり顔見知りだ。

「こんにちはー、今回はどこに行ってたんですか？」

「どっかで、何かおもしろいものありましたか？」

リアとディナンの頭の中では、たぶん、森村と手土産はイコールで結ばれている。

彼は訪れるたびに何か必ずフィルダニアでは珍しいものを持ってくるのだ。

「どうも。今回は、ちょっと隣国まで行って来ましてね。いろいろお持ちしました」

森村は手にしていた袋を机の上に置いた。

「やった！」

「いつも、ありがとうございます」

栞は軽く頭を下げる。

「いえいえ……それよりも、今日は前島さんに、お願いがありまして……」

「はい？」

栞は首を傾《かし》げる。

「今、前島さんが二人と話をしていたナナーリアの日に、プレゼントとしてイルベリードラゴンのものだという肉をもらった人が居るんですよ」

「肉ですか？」

「ええ、生肉です。中クラスの個体の尾の部分だとか」

「へえ」

ナナーリアの日について教えてもらったばかりの栞はそれほど詳しくなかったので、随分と高価なプレゼントをもらったのだな、と思った。

先日、マクシミリアンらが狩って来たイルベリードラゴンの尻尾《しっぽ》の肉は同じ重さの金よりも高価なのだと聞いてぎょっとしたばかりだった。

とはいえ、元々、栞は食材には贅沢《ぜいたく》するほうだ。しかも、イルベリードラゴンのものに限らずマクシミリアン達が狩って来る肉類は自給自足的なイメージが強く、どれほど高価だと言われても本当のところはあまりピンと来ていない。

「プレゼントに生肉？」

ディナンがまるでわけがわからない、という表情で首を傾げる。

「……肉が、プレゼントですか？」

リアもかなり不思議そうだ。

「それ、男ですか？　女ですか？」

「あー、女性から男性への贈り物ですね」

「ありえない……」

「俺でもねえわ、それ」

双子は信じられない、というよく似た表情でふるふるとそっくり同じ仕草で首を振った。

「え、そういうもの？」

「あたりまえですよー。そんなロマンティックさの欠片《かけら》もないナナーリアの贈り物だなんて！」

「ロマンティックかどうかはともかく……食べ物ってのがなぁ。砂糖菓子とかならわかるよ。あと、おしょーが作るような、クリームが花になってるすっごい綺麗なケーキとかさ……ああ、本人が何か料理をつくってそれをプレゼントってのもまだわかる。けどさ、生肉はない。ドラゴン肉だとしてもそれはないって！」

「でも、すごく高いものなんでしょう？　それに男の人へのプレゼントだし……」

それほど悪いものではないのでは？　と栞は首を傾げる。

「いや～、だってさ、おしょーは男へのプレゼントに生肉あげたことある？」

「……ない」

栞の場合、食材はもらう方が圧倒的に多い。とはいえ、生肉がプレゼントということはなかった。

（お酒は結構あったかも。かなりいいワインとかシャンパンとか……）

食品類は、消えものなのである意味もらう方もそれほど気にしないで受け取れる。

栞がプレゼントする場合は、確かにディナンが言う通りお菓子類が多かった。自分で作れば経費削減だし、食べればなくなるので贈るのにも気楽だったこともある。

栞のつきあった相手はだいたいが食べることが好きで、甘いものもイケる口だったし、本人の味のこだわりに合わせた手作りというのはなかなか好評だった。

(アルコールたっぷりのブランデーケーキとか、甘さ控えめチョコボンボンとか……ナッツぎっしりなクッキーとか……)

そういえば、奮発した松阪牛《まつさかうし》のローストビーフを夕食でご馳走《ちそう》！　とかはやったことがある。

(ナナーリアの日って雰囲気的にバレンタインっぽい感じがあるから、ローストビーフじゃあ、確かにロマンティックさには欠けるけど)

〝私が作るフルコース！〟なら充分に喜ばれる贈り物になるのは、栞は実践済だ。

だが、それが最高級の神戸牛だろうと但馬牛《たじまぎゅう》だろうと松阪牛だろうと、確かに生肉はないかもしれない。

「だろ。やっぱ生肉はダメだよ、見た目もちょっとあれだし」

「確かにものすごく高価な品だとは思いますけど……金額じゃないですし‼」

「……そうだね。恋人同士の贈り物に生肉はちょっと違うかも」

「だろ」

やっぱりそうですよね、とリアにも同意されれば、栞としても確かにその通りだと思う。

調理済の料理と食材そのものでは、受ける印象がまったく違う。

「その、いただいた方はどういう反応だったんですか？」

「……もらった人間も、当時、それはないと怒りましてね。それが理由で結局ケンカ別れしたそうです。それで、彼はせっかくの贈り物をずっと倉庫に放置していたんですよ。幸い、腐らせたりすることはなかったんですけど……」

「けど？」

「……高価なものなので今更返そうにも、もう十五年も前の話でして……相手の女性は、既に別人と結婚しているんです」

「余計なお世話だけどさ、よく結婚できたな、その女」

「いろいろ突飛なところもあるけれど、可愛《かわい》いところもある人なんですよ」

森村は贈り主の女性のことも知っているらしく、にっこりと笑いながらその印象を告げる。

「で、どうしようっていうんです？　その肉」

「ケンカ別れの原因かもしれねーけど、もらったものなんだから、別に今更返さなくてもいいんじゃねえ？」

「ええ。私も返さないで自分で食べてしまえばいいと言ったんですよ。彼女も今更返されても迷惑だろう、と」

「それはそうだと思いますよ」

十五年も前のケンカ別れの原因になったものを後生大事にもっているのがすごい、と栞は心の中で逆に感心する。

「そんなに保管しててダメにならなかったんだ？　腐らなくても劣化はあるだろ。そもそも、それ、民間の保管庫だったらすげえ金とられんじゃねぇの？」

「彼は王宮内に部屋がある高官で、王宮の食料庫の片隅に私物を放置できる立場にあったんですね」

森村は微苦笑を浮かべた。

おじコンとかじじコンとか言われる栞には、ちょっとぐっとくる表情である。もちろん、リアにはまったくそんなことはない。

「あー、悪いんだー。そういうの何て言うんだっけ。えーと、公私混同！」

「ええ、まあ、そうですね。でもまあ、それくらいの混同は許される立場にあるのでそこはいいんですよ」

「あ、そうなんだ」

「ええ。それで、今回彼は結婚することになり、まあ、けじめをつけようと考えたみたいなんですね……で、いろいろと考えて、結局、私に寄越したんです。好きに処分してくれって」

「ええっ、自分で食べないんだ？」

同じ重さの黄金より高価だと言われるようなものをほいほい人にあげられることがディナンには不思議だ。

「忘れているかもしれませんが、ドラゴン肉の調理というのはそう簡単にできるものじゃないんですよ」

「でも、王宮ですよね？」

ディナンやリアも、ドラゴン肉の調理というのが難しいのはわかっている。周囲の皆が口々にそう言うし、自分達にはまだできないからだ。

けれど、彼らの師は普通にそれを調理する人である。それも、かなりあっさりとだ。

ドラゴン肉がすごいことは知っているし、特別なことも知っているが、彼らが普段見ているのが栞で、栞がすべての基準である。

だから、王宮の料理人といえば国内最高峰のその頂に立つ者たちなのだから、栞にはかなわないまでもそれくらいはできるだろうという認識がある。

「ええ。王宮でもかなり難しいんです」

森村はあっさりと言って、言葉を継いだ。

「リアやディナンは、最初から前島さんの弟子で他を知らないから教えますが、イルベリードラゴンという素材は、王宮の総料理長と副料理長、それから首席料理人が揃《そろ》って、はじめてまともに調理可能な代物なんです。ちなみに、三人で調理できることは評価に値します。他国では調理できずに生でいただくということも珍しくありません」

リアとディナンは大きく目を見張った。

「前島さんは規格外なんですよ」

栞のほうを見た二人のその眼差《まなざ》しは、驚愕《きょうがく》と尊敬に彩られている。

元々、彼らにとっての栞は特別だ――師であり、恩人でもある。

だが、改めてそんなことを聞かされれば尊敬の念はますます強くなる。何しろ彼らの師である栞は、それを一人で調理するのだ。

「……おししょー、すげぇ」

「さっすが、お師匠様！」

栞の面に、困ったような笑みが自然と浮かぶ。うれしいけれど照れくさい。

「と、言われても、それは私が異世界人で魔力が多いっていうのが大きいから」

ドラゴン肉は魔力抵抗の大きい素材なので、調理するのは何といっても魔力ありきといったところがある。異世界人の場合、その点をほとんど考慮しなくていい。大概の魔力抵抗をものともしない魔力を自然に身に帯びているからだ。

何か特別な努力をしたわけではないし、そもそもがはっきりと理解しているわけではないので、それについて賞賛されてもどうしていいかわからないというのが栞の本音だ。

「でも、やっぱりすごいです‼」

「ありがとう」

曖昧《あいまい》な笑みで礼を告げる。

「彼はそれなりの地位にありますが、さすがにその三者を自分の私事で動かすことは出来ません。というか、彼、食事のマナーがそんなによくないし、厨房《ちゅうぼう》に無茶ばかり言うので、彼らと折り合い悪いですし。……かといって、魔力任せに素人《しろうと》が調理して素材をダメにしてしまうのも悔しかったらしいですね」

「でも、だからって他人にくれるなんて、すごい太っ腹じゃないですか？」

「俺だったら、自分で食べないなら売っぱらう」

「私も売るかなぁ。その人みたいに無料の保管庫を手配できないし、お金払って保管するくらいなら、ちょっとくらい買い叩《たた》かれても売っちゃう」

「あー、彼もそれは考えたみたいなんですけど、でも、そもそもが人からのプレゼントで、ケンカ別れの原因になったような曰《いわ》くあるものなこともあって、心情的に売ることはできなかったみたいですね。いろいろとひっくるめて考えた結果、私のところにきたわけです」

「ふーん」

「その人、お金持ちなんだ？」

「まあ、それなりの高給取りではありますよ。王宮勤めですからね」

森村の同僚だというのならそうだろう。

こちらであってもやはり公的な役職についている者の給与は、そうでない者より平均的に良い。

「……まあ、そこらへんはさておき、お願いというのはですね。このドラゴンの肉を調理して欲しいんですよ」

「それは大丈夫ですよ。何にします？　森村さんなら、温めは普通にできますよね？」

「ええ。温めだけなら私も妻も子どもたちもできます。ですが、私達家族の為《ため》にというのではなく、可能なら、婚礼の祝宴に皆で食べられるようなものを作っていただけたらと思うんですよ」

「婚礼の祝宴、ですか……私、こちらの婚礼というのをよく知らないんですけど」

あちらでの披露宴にならば栞も幾つか出たことがある――幼い頃《ころ》は親族のもの。成人してからは友人のものに。

ホテルに勤めていた頃は、応援でバンケットの披露宴用の料理を作ったことは何度もあるし、個人的に頼まれてハウスウェディングの料理を引き受けたこともある。

だが、果たしてそれはこちらの祝宴と一緒なのか？　と考えると、まず違うだろうな、と即座に否定が浮かんだ。

こちらに来てから、王宮で夜会や晩餐《ばんさん》会の調理を手伝うことはあったが、やはりそれとだって婚礼の祝宴は違うだろう。

「あー、こちらの婚礼の儀式と祝宴はほぼ一体化していまして、新郎新婦は宴《うたげ》の最初に招待客全員の前で立会人と共に婚姻証書にサインをし、それを立会人が役所に届けます。立会人は、あちらでいう仲人《なこうど》とはちょっと違いますが目上の者……両家ともに従わなければならない身分の者がなります。今回は、王太子殿下ですね」

「んぐっ」

思わず、栞の喉《のど》からおかしな音がもれる。

「……すいません」

栞は、マクシミリアンの一番上の兄である王太子を苦手としている。

悪い人ではないと思うし、底意地が悪いというところもない。たぶん、普通に良い人だろう。

（他のご兄弟より性格はたぶん良い……）

誓約者《ヴィーダ》である栞には気を使ってくれて優しいマクシミリアンだが、とても辛辣《しんらつ》だし、他の人にはかなり酷《ひど》い所業を平気ですることも知っている。一見とても温厚な第二王子殿下はかなり腹黒いし、うっかりなところのある末っ子のルーシー殿下だって相当だ。

（……それでも、なぜか王太子殿下が一番苦手なんですよね）

初対面の印象が良くなかったのが未《いま》だ訂正されていないのと、王太子のうるさいまでの明るさが合わない。だから、できればあまり関わり合いになりたくないというのが栞の本音で、そういういろいろをひっくるめて一言で言うと、たぶん『苦手』という言葉が一番しっくりくるのだ。

「いえいえ。お気持ちはわかります。でも、前日までに料理を作っておいてもらえれば提供はこちらでしますので。当日、前島さんに参加してもらうようなことはないと思います」

「それなら、よかった。今、わりとギリギリなので、長時間留守にするわけにはいかないんです」

「でしょうね。それに、マクシミリアン殿下のご許可がおりないでしょう」

「そうなんですか？」

「ええ。祝宴の主役の一人である新郎が、殿下にまったく信用がありませんので」

何をやらかしたのか知らないが、あのマクシミリアンにそういう評価をされている相手に栞は同情する。マクシミリアンは無能な役人は生きている価値がないと言い放つ人間だ。さぞかし、当たりがキツイに違いない。

「それでですね、立会人が役所に婚姻証書を届け、届出証明書を持って戻りますので、それを出席者が確認してその婚姻の証人になります。その間、皆で歓談しながら飲食をします」

言っていることはわかるが、いまいちイメージがわかない。

「それは立食ですか？　それとも着席？」

「席も用意されていますが、基本は立食です。婚礼の祝宴とはいえ、立食形式の夜会とほとんど変わりませんよ。違うのはお祝いムードのせいで酒類が普通の夜会の倍以上消費されることくらいです」

「倍以上っていうのもすごいですね。……招待客は何人くらいですか？」

こちらに来た当初、立食形式の夜会の手伝いはしたことがあるので、そう言われるとわかりやすい。

「招待客は百人程度ですが、祝宴ですから延べ人数はその三倍以上になるでしょう。彼は職務柄、顔が広いですから」

「約三百人ですか……」

「ええ。……難しいですか？」

「いえ、たぶん大丈夫です」

『ドラゴン肉を使う祝宴の料理』というのが森村の条件だが、祝宴でおいしく提供できるものでなくてはいけない。

（だとすると、単純作業だけで提供できるもの……温めるだけのスープ……うん。テールスープは有りだよね。……あとは冷製で出せるもの……尻尾《しっぽ》肉はハムにはしにくいし、ローストビーフならぬローストドラゴンは冷たいよりあったかい方がいいし……）

栞は頭を悩ませる。

（結婚式のお祝いなんだから、豪華さも必要だよね……せっかくのドラゴンなんだから、サイドメニューじゃなくて、メインの皿にできるようなものがいい）

祝宴料理だということを考えると見た目の華やかさなども必要だが、いまいち、ピンとくるものが思いつかない。

「……依頼の件はひとまず置いておくとして、お茶にしましょうか」

ま、今、根を詰めて考えても仕方がないか、と思い、ティータイムの提案をする。

「賛成！」

「あ、俺、豆茶いれるね」

「お茶請け、昨日《きのう》二人が作ったクッキーでいいね」

朝食を食べたばかりだったが、お茶にはやっぱり甘いものを添えたい。

「えー、ダメ！　ダメですよ～」

「あれ、失敗だよ、おしじょー」

「え？　別に食べられないような失敗じゃなかったよね？　焦げてもいないし……」

「だって、形が思った通りにならなかった」

「ああ」

「クッキーって言ったけど、ほんとはクッキーじゃなくてカップケーキが作りたかったんだ……なのにうまく膨らまないし、ケーキなのに固いし。それをお客様に出すのはちょっと……」

ディナンが慌てて言い訳をする。

「森村さんは気にしないよ。それに、味は別に悪くなかったし……」

昨日、試食している栞は大丈夫だよ、と優しく告げる。

「ええ、前島さんの言う通りです」

森村は即座にうなづいて言葉を継いだ。

「何しろ、うちの妻は料理ができないので……それに比べればきっと全然ですよ」

「ほんとですか？」

「ええ」

そして出された、クッキーというよりは少し固い卵パンのような菓子を見て、森村は笑った。

「笑われた～」

リアが口を尖《とが》らせて拗《す》ねた顔をする。

「すいません。思ったより膨らんでいたのがおかしかったんです。決してリアのことを笑ったんじゃありません。私の妻は食べられないものしか作れないので、消し炭でもないし、口に入れても問題ない時点で充分成功のうちです」

「え、食べられないものしか作れないって、何？」

思わずディナンの口から疑問が零《こぼ》れ落ちる。というか、森村の言う成功の基準があまりにも低すぎる。

「言葉通りの意味ですよ。……まあ、秘密ということにしておいてください」

世の中には知らなくていいこともありますから、と森村はさらりと言った。

◆◆◆◆◆◆◆

「……壺《つぼ》、ですか？」

お茶を飲みながら、森村が持ってきた土産物の包みを開く。

丁寧な梱包《こんぽう》の中から出てきたのは、ラブタンという植物の葉で包まれた蓋《ふた》つきの壺だった。

「いえいえ。中身のほうです。ギーソをお持ちしました」

「ギーソって何ですか？」

「前島さんにわかりやすく言うならば、麦味噌《むぎみそ》ですね。すごくよく似ているんですよ。見た目だけじゃなくて、味も」

「それは素敵です。……わあ、ありがとうございます」

ずっしりとした包みを受け取り、そのまま栞は包みを開く。

麦味噌は栞にとって懐かしの味の一つだ。懐かしいというほど食べられなくなって時間がたっているわけではないのだけれど、その漂ってくる味噌の香りだけで何となく郷愁をそそられる。

「おおっ、本当に見た目は麦味噌ですね〜」

思わず歓声になるのは、新しく手に入った調味料が嬉《うれ》しいのもあるが、あちらの料理が再現できるせいもある。

自身で調理しているから切実な不自由は感じないけれど、時折、無性に食べたくなるものがある。材料や諸般の事情から、こちらで作れるものもあれば作れないものもあるが、味噌汁は定期的に食べたいと思うのに作れないでいた品の一つだ。

こちらにも味噌に似た調味料もいろいろとあって、何度も試してきたけれど、味噌味のスープというようなものはできても味噌汁と呼べるものにはならなかった。よく似てはいても、絶対に許せない違いがそこにはあったのだ。

（出汁《だし》はかなりイイ線いっていると思うから、問題は味噌なんだよね……）

だが、このギーソは見た目も臭いも麦味噌そのものだから、すごく期待してしまう。

「味も、私の記憶にある麦味噌と違わないように思いました」

ただ、私の記憶は時がたちすぎているので当てになりませんがね、と森村は笑う。

栞の大先輩である森村は、異世界生まれである利点の一つ、豊富な魔力量をいかしてこちらとあちらを行き来しているが、感覚としてはもはやこちらが彼の生きる世界のようだった。

栞は異世界人でお客様扱いみたいなところがあるが、森村はこちらで結婚しているせいもあって、帰化した人といった空気がある。

「いえいえ。とんでもない」

木匙《きさじ》でギーソをほんの少しだけすくって舐《な》めてみた。

その瞬間にフワリと立ち上る麦の香り……まず、味噌らしい塩気のある味を感じ、それから、ほんのりとした甘さを確認する。

それは、やや荒削りなところはあるものの、素朴な麦味噌の味だ。

（タラの芽の酢味噌あえとか食べたいな、ああ、酢味噌であえるなら菜の花でもいい……あと白身魚の味噌漬けとか……これはすぐ食べられないな。何か肉類の味噌焼きとかいいかもしれない。そういえば、パパの店の羊肉のグリルのソースは隠し味に麦味噌使ってたんだよね……）

味噌味の記憶が、それにまつわるさまざまな味の記憶を喚起した。

その記憶に促されるままさらに一口、口に含めば麦麹《こうじ》のぷっちりとした舌触りが何だか楽しい。

「ああ……麦味噌ですねぇ……」

思わず、感嘆とも溜息《ためいき》ともつかぬ声がもれる。

「やはり麦味噌なんですね」

どことなく森村は嬉しそうだ。

「……何を作るか迷いますね」

「味噌汁はどうですか？」

「いいですね！」

「ええ。……二十年以上食べてないんですよ。だから、ギーソの味も麦味噌に似ていると思いつつ断言できませんでした」

森村の表情がどこか複雑な色彩を帯びる。

「……森村さん、三年ごとにあちらと行き来していますよね？」

「そうなんですけど、あちらで外食をする機会はあまりなくて……数少ない機会の中で口にしたのは赤だしでして……」

「赤だしじゃあダメなんですか？」

森村はにっこりと笑って言った。

「前島さん、赤だしは赤だしですよ」

「……はい」

赤だしは森村にとって味噌汁の分類ではないらしい。

（……あるいは、お味噌汁に特別な思い入れがあるか……たぶん、両方なんだろうな……）

「なので、こちらでも味噌汁が飲めると嬉しいです」

控えめに希望を述べる森村に、栞は少しだけ引きつった笑みを向けて言った。

「……ご期待に添えるかはわかりませんが、早速、これでお味噌汁をつくりますね」

味噌を使ったレパートリーはいろいろあるが、栞にとっても一番の思い出の味は味噌汁だ。

レストランで出そうとはまったく思わないが、どうしても飲みたい。一度、そう思うとその欲求を退けるのはなかなか難しい。

そして、事が料理に関する限り、栞の場合はほとんどの欲求は自分で何とかできるものだった。

（代用品とかじゃなくて、ちゃんとした……こちらならではのお味噌汁を作りたい）

栞は、似た味が欲しいわけではなかった。こうして手に入れることのできたこちらの味噌で、ちゃんと出汁をとったこの世界の味のお味噌汁を作りたかった。

「そんなに手軽にできるものですか？」

「材料の問題があるので、あちらに比べると手軽というわけではないですけれど、何度か味噌汁に近いものというかミソスープというようなものを作ったことがあるので……」

だしの素はないが、昆布代わりになりそうな出汁のでる海藻は確保してある。だが、ほんのりと上品なその出汁だけでは麦味噌の持つ力強い味に負ける。

自家製煮干もあるが、こちらの煮干で出汁をとるのはあちらでするよりも大変だ。ワタと頭をきれいに取り除いたとしても即席で出汁をとろうとすれば味が濁る。

（だとすると、合わせるのは茸類《きのこ》かな……ラルダ茸《だけ》は、ちょっと違うから……メナック茸は出汁とるよりもそのまま食べたいし……う〜ん、ヤヤ茸《たけ》がいいかな）

椎茸《しいたけ》によく似た見た目を持つヤヤ茸を代わりにしてみようと決める。もちろん、乾燥させた品だ。

ヤヤ茸の見た目は完全に手のひら大のどんこで、そのころんとした肉厚な感じが本当に椎茸によく似ている。ただ、色が椎茸のあの黒々とした茶ではなく、毒々しい紫であることにさえ目をつぶれば見た目はほぼ完璧《かんぺき》だ。

そして、椎茸とは違う味であるものの、良い出汁がとれる。あれほど毒々しい色をしているのにとった出汁はほとんど透明なのが、栞としては嬉しい。

異世界だとわかってはいても、あちらの世界の常識というのはなくならないものだ。青や紫といった色はどうしても口に入れるのを躊躇《ためら》う。

（大事なのは味噌……このギーソとの相性だ）

「我が家の味噌は、麦味噌だったんですよ。だから、すごく期待しちゃいますね」

「へえ、珍しいですね。東京でしたよね？　前島さん」

「ええ。でも、父方の祖母の実家が九州だったので」

「ああ、なるほど。……私も、熊本の出なんですよ」

「へえ……じゃあ、やっぱり、おうちの味噌は麦味噌でしたか？」

「ええ」

森村の目が細められる。懐かしむような表情に、栞も何か少しだけ胸がきゅっと締め付けられた。

彼女自身は自分で選んでこちらに来たが、それでも郷愁の想《おも》いにかられることがある。

こちらで結婚してすでにこちらを選んでいる森村であっても、いやそれだからこそ、望郷の念は尚更《なおさら》強いものなのかもしれない。

「本物のギーソ、初めて見ました」

リアが興味津々といった表情で横からのぞきこむ。

「俺も」

「え、ギーソって有名なの？」

初めて見た、ということよりも、隣国の調味料であるギーソを二人が知っていることに、栞はおどろいた。

魔術による流通網が確立しているとはいえ、それはあくまでも身分の高い……あるいは、魔術を扱う人間達の間でのことだ。リアやディナンはそういったものとは無縁の生活を送ってきていたので知らないだろうと栞は当然のように思っていた。

「ギーソは、ルドラのフォーラル地方の特産品としてよく知られていますから……ルドラは友好国なので、それなりにいろいろな情報が出回っています」

「へえ」

「……私達が知っていたのは、昔、中央通りにルドラ料理の店があって、そこがすごくおいしいギーソのスープの店だったたってベテランの探索者さんに聞いたことがあったからなんです」

「探索者仲間では有名な店だったたんだ。宿に来るお客さんが噂《うわさ》してて……で、二人でいつか食べたいなって言ってた。店の前は何度か通ったことあったんだけど」

「もうつぶれちゃったんですよ」

二人の眼差《まなざ》しに翳《かげ》がよぎる——それは、たぶん栞と出会う以前のことだ。

その時期のことを思い出すと二人の瞳《ひとみ》にはいつも同じような翳が浮かぶ。

必ずしもすべてが忌むべき記憶ではないようだけど、思い出したくないことも連想してしまうのかもしれない。

栞にもそういう記憶はある。

「ギーソはヤヤ豆と呼ばれる豆の黄色いものだけを原料にしています。その黄色い豆はルドラでは年に二回できる特産品なんです。一般的な緑のヤヤ豆では良いギーソにならないんだとか」

「へえ……」

ヤヤ豆というのは大豆に似た豆なのだろうと栞は見当をつける。

外交官でもある森村は、国内はもとより国外も含めたいろいろな地域の文物に詳しいので、話を聞いているだけで楽しかった。

「それに、このギーソも、あちらの……日本の影響でできたものかもしれないんですよ」

「そうなんですか？」

「ええ。……フィルダニア以外にも異世界人はいます。フィルダニアでは招いていますが、他国の場合は世界の狭間《はざま》から落ちてきます。だから、『落ち人』と呼ばれているんですが、その地位はこれまで総じて低いものでした。いえ、低いと言うと語弊があります。落ち人は迫害されていました。だから、記録にもほとんど残っていませんし、その足跡をたどることも困難です」

いつだったか、森村は仕事柄もあって積極的に落ち人の情報を集めているのだと言っていたが、さすがに詳しい。

「ギーソに似たものは各地にありますが、それらの元になったのはルドラのギーソです。ギーソ発祥の村では、戦災から逃げてきた他国の女がその作り方を伝えたと言われているんですが、その女は黒髪に黒い目だったとか……ルドラの人々は一般的に金や茶色の髪の人間が多く、黒髪はほとんどいません。こちらの国の人々に黒髪は総じて珍しいんですよ。まあ、黒髪に黒い目だったと言われているからって、一概に日本人であるという断定はできませんが」

「そうですね。でも、日本人が伝えたのかもしれないと思うと、何かわくわくします。迫害に遭って逃げてきただろうその人には申し訳ないことですけど……」

「過去のことですからね。……フィルダニア以外の国では異世界人を蔑《さげす》む者もおりますから、前島さんはくれぐれも注意してくださいね」

森村には顔を合わせるたびに注意を促されているような気がするが、栞は素直にうなづいた。

「はい。……殿下にも言われています。一歩外に出たらどんな目に遭うかわからない、と」

マクシミリアンからは、栞の外出には護衛が必要だとしつこく言われている。

栞が作る料理の効果は栞が思っている以上のものなのだとも重ねて言われているが、栞にはどうしてもピンとこない。そのせいで自分が狙《ねら》われているなんて、更に意味不明だ。

けれど、積極的に外に出たいわけではなし、だいたいのことはホテル内で用が足りてしまうのでおとなしくそのまま過ごしている。たまに外出することもあるが、基本はキッチン引きこもりな身の上である。

招いた相手の身に危険があってはならないのだと、フィルダニアではかなり心を砕いてくれていることがわかっているし、マクシミリアンからは更にそれを上回る心遣いをされていることがわかっているから尚更迂闊《うかつ》なことはできない。

「ええ。その通りです。前島さんは、そういう面では大変優等生でありがたいですよ」

「引きこもりなだけですよ」

栞にとってこのレストラン・ディアドラスの厨房《ちゅうぼう》は、夢の城だ。

総料理長などという肩書きはどうでもいいが、この環境は素晴らしい。

見知らぬ食材ばかりだということすらも、好奇心をくすぐるスパイスだ。

キッチンにいられるなら別に引きこもりでもかまわないし、ストレスだってほとんど発生しない。

「ちょっと、味見してみる？」

ギーソに興味津々な二人に、小さな味見用スプーンをわたす。

木彫りのそれはとても手に馴染《なじ》む。身分が高い人ばかりのレストランのお客様にはだいたい浄化効果のあるという青銀のカトラリーを提供するが、普段使いならば木製の方が温かみがあってずっと栞の好みに合う。

「ありがとうございます〜」

「うわ、しょっぱ」

まず匂《にお》いを確かめて観察したリアと違い、ディナンはためらいもなくすぐに匙をいれ、そのまま口に運ぶ。

「うん。塩をすごい使っているから。っていうか、ディナン、そこはまずちょっと舐《な》めるくらいでしょう」

「おししょー、みず、ください」

かすれた声と大げさな身振りで水を求めるディナンに、栞は笑みをもらす。

「はい、どうぞ」

栞はいつでも飲めるようにしてある湯冷ましを渡す。

生水を飲む者もいないわけではないが、習慣的に一度沸騰させたものを飲むことが多い。経験則として何となくそうなっているということだったが、栞はこの厨房ではそれを徹底させている。

ディナンはどうも、というように顔の前で手を合わせ、喉《のど》をならして一気に水を流し込んだ。

「しょっぱいんですけど、何か甘みもあるんですね」

リアは、ちょっとずつ舐めながら味を確かめている。

双子であっても、いろいろなところでやはり性格の違いがでる。

「うん。……主な原料は豆と塩と麦麹《むぎこうじ》だね。普通の米麹《こめこうじ》だけでつくる味噌《みそ》より甘みは多いかも」

栞ももう一度、味噌を口にしてみる。

舌の上から広がってゆく豆と柔らかなしょっぱさは、麦味噌独特のものだろう。

「ディナンとリアが噂を聞いた店のスープと一緒かわからないけど、今から我が家のお味噌汁を作るから待っていてね」

過去を思い出すたびに暗い表情をする二人の為《ため》にできることは一つだけだ。

できるだけ楽しい記憶を増やし、連想するものを上書きしてしまう。時間がたてば、そんな記憶すら懐かしいものになるものだ。

――――そう。父を亡くしたその瞬間の記憶さえも、今の栞には大切な思い出であるように。

「前島さん、具は何を？」

「そうですね……」

本当だったら豆腐とか油揚げ、あるいは大根が良かったが、生憎《あいにく》手元にはない。

具沢山にすることも考えたが、それは二杯目でいい。

最初は普通にシンプルなものがベストだ。

「とりあえず、カッサマでどうでしょう？」

「いいですね」

一応、目指すのはあちらで言うところの蕪《かぶ》の味噌汁だ。

リアとディナンが、栞の手元を興味深げに見つめていた。

「出汁《だし》にする海藻は干したのじゃなきゃいけないんですよね？」

「そうだよ。生でも旨味《うまみ》は出るんだけど、干した場合といろいろ違ってくるから。えーと、この鍋《なべ》にはこのくらいかな。それで、乾燥ヤヤ茸もいれます。わりとたっぷり」

フォンやスープのバリエーションの為に、茸類を乾燥させたものは常備している。

生の茸でも良いのだが、乾燥しているほうが良い出汁が出るので、時々、気が付くと乾燥させておく。干す場所には事欠かないので、もちろん天日乾燥だ。

干すと毒々しい紫色が少しは薄れる気がするのだが、戻すと何とも言えぬ色合いになる。お湯が沸騰しきる前に昆布代わりの海藻をとりだし、茸は少しだけ煮立たせる。

あんまりにも煮込みすぎるとこの毒々しい紫色が流れ出してくるのだが、それが流れ出さぬ程度に煮立たせ、うまく透明な出汁をひくのがヤヤ茸を使う時のコツだ。

ヤヤ茸は、色さえ気にしなければそのままでもとてもおいしい茸だ。

ただ火に炙《あぶ》るだけでもいいし、ステーキにして食べてもおいしい。肉厚なことをいかして切り分けて炒《いた》めてもおいしい。

じくをとってひき肉を詰めて焼いたものは、ディナンの大好物でもある。

栞は、カサの部分とジクの部分を分けて使う。味も歯触りも違うからだ。

出汁をとる場合はそのまま戻し、出汁をとったあとの具を再利用する時に分ける。

「それは、椎茸《しいたけ》の代わりですか？」

色を除けば形がそっくりなので、森村にもすぐにわかったらしい。

「はい。鰹節《かつおぶし》の代わりになるようなものを見たことがないので。……干した小魚はあるんでいりこだしもできますけど、あれはやっぱり前の晩からつけておかないとだめだと思うんですよね」

「そうなんですね。……私は料理には詳しくないので勉強になります」

「おうちで料理とかなさらないんですか？」

「ええ、まったく。……男が台所に入るなんてことは考えられない家で育ったものですから。ただ……そんな決まりは無視して覚えておけばよかったと、こちらに来てから何度も思いました」

「そうなんですか？」

「ええ。……食べられないとなると食べたくなる……こんなにも自分が食い意地がはっていたとは思いませんでした。こちらで再現しようにも、材料が何かすらまったくわからないものが多くて」

「あれ？　森村さんは、どうやってこちらに来たんですか？」

「ああ。……私は、俗に言う『落ち人』です」

森村はにこやかに言った。

「え？」

「乗っていた船が沈没して、海に投げ出され、気づいたらこちらにいて助けられました。……最初、流れ着いたのはフィルダニアではなかったんですよ。それでいろいろありまして、最初に行き着いた国を逃げ出し、逃げに逃げて大迷宮に入りました」

「え？」

「いやぁ、しょっぱなからドラゴンに遭遇して、死ぬかと思いましたよ」

森村は、あははは、と笑っているが、その巨大さを知っている栞は笑えない。

「そのドラゴンを討伐したのが、マクシミリアン殿下と……妻でした」

「……あー、奥様」

「ええ。強かったですねぇ」

こぼされる溜息《ためいき》は感嘆交じりで、口元が少しひきつった。

「いろいろあったんですねぇ」

「ええ、いろいろあったんですよ」

遠くを見る森村の瞳に、栞もまたぼんやりと過去を思う。

森村には及ばずとも栞にもいろいろあったし、リアやディナンだっていろいろあったのだ。

「おしょー、ヤヤ茸《たけ》、そろそろ色が流れ出すぜ」

「あ、ありがと」

「これ、もらって賄いに使っていい？」

「うん。いいよ」

茸《きのこ》をボウルにとると、ディナンは何も言わずともそれを絞り、ペティナイフでその軸を落とす。軸は軸であとで再利用する予定だ。食材をすみずみまで使いきるのは基本だが、それがちゃんとできると不思議と深い満足感がある。

「ここで火を止めます。これで基本の出汁はできあがり。で、これを小さめの鍋にとりわけてカッサマを入れます。あと、今回は彩りに刻んだ葉も。これ、葉はお好みでね。わりと硬いから量に気をつけて」

出汁は他のものにもいろいろと使えるから、作るときはたっぷりと作る。キレイに濾《こ》しておけば、いつでも使えて手間が省ける。

「カッサマに火が通ればいいの？」

「そう」

カッサマの色が半透明になったら火がちゃんと通った証拠だ。

そこに味噌……ギーソを溶き入れる。

「麦味噌はカスがあるから、濾さないといけないの。これ、味噌濾しね」

栞は、日本から持ち込んだもののこれまで出番のなかった謎の器具の一つをじゃーん、と取りだして見せる。

勢いのままに合羽橋《かっぱばし》で買い込んださまざまな調理器具は、よく使っているものもあるが、想定していた食材がこちらになかったせいでまったく出番がないものもある。味噌濾しもその一つだ。無駄なものを買ってしまったかと思っていたが、こうして利用する場面がやっと回ってくると何だか妙に嬉《うれ》しくなる。

だいたいの目分量で味噌を溶き入れ、いそいそととりわけ用の小皿を準備した。

「…………」

「お師匠様?」

その漂う香りだけでもこみあげてくるものがある。

(……パパの一番の好物……)

「どうしたの?　おししょー?」

どうしたって栞が思い出すのはたった一人の家族だった父のことだ。栞に母の記憶はほとんどなく、ずっと父一人子一人の生活だったのだから仕方がない。

「……亡くなった父がね、よく食べたがったの。お店の賄いとかすごくおいしいのに、子どもの……私の作ったお味噌汁をよく食べたがって……雑誌のインタビューで一番の好物を聞かれた時、お味噌汁っていつも答えていて……普段はそういうの見せないくせに、娘の作る味噌汁が世界で一番美味《おい》しいってこっそり親ばか発揮してて……何かそういうこと、思い出しちゃった」

味噌汁には、他のどんな料理よりも郷愁を誘う成分があるのかもしれない。

栞はまだ、郷愁を感じるほど日本から離れた気はしていないが、それでも懐かしく思う。それは、涙腺《るいせん》を少なからず刺激してくる。

それから、何かをごまかすように小皿に汁を少しだけよそって口をつける。

「香りだけなのに強烈だなぁ……」

誰《だれ》に聞かせることもなしに呟《つぶや》きながら、おなかに力をいれてこみあげてくるものをこらえた。

（……あ……）

出汁にしたヤヤ茸の味がぱぁっと口の中に広がった。

それは、想定外の広がりだった。

出汁の……茸の味が鼻に抜ける瞬間に昆布にも似た海藻が強く香る。それから、舌に広がる豆の……味噌の味。

それは、あまりにも鮮烈だった。

栞は、何かに撃たれたように動けなくなった。

「おししょー？」

「……おいしい」

呟いたその声がかすれる。

こみあげてくるものを紛らわすように笑ってみせた。二度目のそれはさっきよりも大きくて、こらえるのがやっとだ。

「あまりにも懐かしい味で感動しちゃった」

さりげなく目元をぬぐう。

「そんなに旨《うま》いの？」

「私にはすごくおいしいけど、食べなれていない人にはどうかな……我が家では、ここで仕上げにお酒をほんの少しいれるの。あ、これは米酒を使ってね」

煮立つ前に火を止めた。

「……どうぞ」

まず、お椀《わん》を差し出した相手は、森村だった。

「……ありがとうございます」

まだ、口もつけていないのに、お椀を両手で受け取った森村のその手が小さく震えていた。

◆◆◆◆◆◆◆

正直なところ、森村はそれを手にした時、その危険を充分に察知していた。

（……これは、危ないものだ）

頭のどこかで危険信号が発せられているのをわかっていた。

それでも、受け取らずにはいられなかったし、口をつけずにはいられない。

一口、口にして、ごくりと飲み込んだ。

「…………」

味噌の香りが身体《からだ》の中に満ちて、声にならぬ嘆息がもれた。

（……これは……）

脳裏をぐるぐると回る光景がある。

薄暗い何かと明るい何かが交互にぐるぐると回っていて、それを止めるようにぎゅっと目を瞑《つぶ》った。

闇《やみ》……真っ暗な、黒い……海。

頭の片隅で何かがカチリとはまったような気がした。

潮の香りが鼻をくすぐり、怒声と、泣き叫ぶ声が聞こえてくる。

（……ああ……これは……あの海だ……）

自分が投げ出された暗い冬の海――歯の根が合わぬほど冷たく凍えていた……何とか浮いてはいたが、少しずつ自分の手足が動かなくなっているのがわかった。

暗闇の中、大きく傾いた艦が見えた。

（……沈むのか……）

艦の運命は、もはや明らかであるように思えた。

涙なのか何なのかわからないものが目元からこぼれた。

皇太子殿下の御召《おめし》艦ともなったことのある皇国の誉れたる艦が、今、まさに沈もうとしている。

たった二本の魚雷で沈むなどと誰も思ってはいなかった。

（……もう……）

いいのではないか……と思った。このまま自分も艦と共に沈んでしまおうかという誘惑が心を掠《かす》った。

だが、郷里にいる父母や祖母を思うと、諦《あきら》めるわけにはいかなかった。

（……だが……）

兄と弟がまだ生きているのか、あるいはすでに戦死しているのか知る術《すべ》はなく、森村の心は揺れていた。

敵性文学とされた英米文学を好んでいた森村は、ただやみくもに他国を敵なのだと信じることができなかった。海軍兵学校ではずっと英語の教習が行われていたし、森村には遠く隔てられた青い目の友もいた。戦の中でいつも惑い、迷い、心は晴れず……何が正しくて何が間違っているのか……それすらもわからなくなってずっと鬱屈《うっくつ》していた。

冬の海に浮かびながら、暗い空を眺めていた。

もしかしたらその迷いのせいで心が世界から剥《は》がれかけていたのかもしれない……大きな波が彼を呑《の》み込んだとき、彼の身体は水底へと引きずり込まれた。

（……ああ……）

そして、彼は世界の境界を越えて落ちた。

落ちた……というよりは、墜《お》ちた、という感覚がしていた。

あの冷たく暗い海から、明るい水へと墜落したような感覚――――複数の男女の怒声が聞こえていた。

（――――女、の……声……？）

戦場に女がいるはずがない。

（……このまま、沈んでいくのだ……）

根の国は水底にもあるのだと、昔、近所の老婆に脅かされたことを思い出した。その日は風呂《ふろ》に入るのも恐ろしかった。

(……あの日は、夜中に目を覚まして……)

床にいない母の姿を捜せば、離れの味噌《みそ》小屋で祖母と二人仕込みをしているのを見つけた。半分べそをかきながらやってきた彼を抱きしめた温《ぬく》もり……かたわらの祖母の笑い声に、茹《ゆ》であげた大豆の匂《にお》い……記憶の奥底に沈んでいた大切な記憶が浮かび上がる。

仕込みをしていた母と祖母を手伝ってぬくもった大豆を袋に入れて潰《つぶ》すのが楽しく、それからも、彼は毎年こっそりと母と祖母が作る味噌の仕込みを手伝った。

男がそんなことをするものではない、と言われることがわかっていたから、それは、父や祖父には秘密の楽しみだった。

田んぼの畦道《あぜみち》で蛙《かえる》をつつき、狭い水路を泳ぐ小魚を掬《すく》おうとし、夕飯のおかずを増やすべく、一生懸命タニシを拾ったことを思い出し――これが走馬灯というものなのか、と思った。

明るい光の中で沈んでゆく己を意識しながらも驚くほどに心は穏やかだった。

この時、森村は己の死を覚悟していたし、そのままだったら間違いなく死んでいただろう。

「……さん、もりむらさん……森村さん……」

誰かが呼ばれている、と思い、そして、しばらくしてそれが自分を呼ぼう音だったのだと初めて気づいた。

「……はい……」

半ばまだ心が遠いままに応《こた》える。

「……大丈夫ですか？」

半分だけ目を開けば、栞が心配そうにこちらをのぞきこんでいた。

「……ええ。大丈夫です。すいません、ちょっといろいろと思い出していて……」

目覚めた森村は、見知らぬ国の浜辺で言葉の通じない人々に囲まれていた。

彼を囲む人々の眼差《まなざ》しには、遭難者を助けたという優しさはまったくなかった。

森村自身、戦場で意識を失ってからの出来事だ。必要以上に警戒心が強くなっていたことは否定できないが、結果としてそれが幸いした。

彼は納屋のような場所で休むようにと一人にされた。言葉の通じない彼を持て余したのかとも思ったが、外には屈強な見張りがついていたし、厠《かわや》に案内される時にも見張りが居た。

（言葉はまったくわからなかったけれど……）

厠の行き帰りに漏れ聞いた彼らの相談の声の語調は極めて険しい……殺意のような鋭さが隠しきれないもので、森村は何とはなしに自分の身が危険に晒《さら》されていることを察知した。

結局、隙を見て逃げ出した森村は、命からがら大迷宮へと逃げ込み、追い詰められて大迷宮の崖《がけ》の上から墜落した。

（再び海へと落ちて……）

流れ着いた大迷宮の海の岸辺で、ちょうどイルベリードラゴンと対峙《たいじ》していた一団によって保護されたのだ。

（そして、私は新しい世界と出会った……）

彼の新しい世界――見知らぬ巨大生物が闊歩《かっぽ》する大迷宮、その大迷宮の門を守る国……そこで生きるさまざまな色合いの髪や瞳《ひとみ》、肌の色を持つ人々……いや、彼がこれまで話にも聞いたことのなかった獣人や竜人、妖精《ようせい》などといった異なる種族すらいた。

そして出会ったのが、彼の運命だった――のちに彼の妻となった、エミィ……フィルダニアの王女たるエルミリーア・セレディアナ。

あちらの世界に帰れる方法があるとわかった時には、もうこちらの世界で生きることを決めていた。己の運命がここにあることを知ってしまったからだ。

（……それなのに……）

なのに、心は故郷を忘れない。いや、きっと森村は忘れたいと思ったことがない。いつもあの懐かしい我が家を……あるいは、田んぼと野原しかない小さな山村を、心の奥底で抱きしめ続けている――もはや、そこには我が家はおろか、田んぼも野原もどこにもないのに。

（もしかしたら、どこにもないからこそ焦がれるのか……）

普段は何でもなく過ごしているのに、こうして何かの瞬間に灼《や》け付くような記憶が呼び覚まされて、どうしようもなく囚《とら》われる。

（この香りはだめだとわかっていたのに……）

無言で味噌汁《みそしる》をすすった。

丁寧に出汁《だし》をとったそれは、記憶の中の母の味噌汁と比べて遜色《そんしょく》がない。

一口すすり、カッサマとこちらで呼ばれている蕪を口にし、また一口すする。腹の底がぬくもったところで、大きく息を吐いた。

（……私は、もうこの世界の人間だ……）

ここにしか居場所はない。

彼の懐かしい故郷は、記憶の中だけにしか存在しない。

森村の住んでいた村も、父母の眠る先祖の墓も、今はもうダムの底に沈んでしまった。

そして、味噌汁をすべて腹におさめることで、森村はすべてを呑み込んだ。

リアとディナンは、味噌汁を気に入ったのか、早速いろいろな具の組み合わせを二人で話し合っている。賄い用に作る限り食材を自由に使って良いが、作るのは食べきれる量だけという約束になっている。

「……お味噌汁って特別な料理なんでしょうか?」

ぽつりと栞が言った。栞も何か特別に思い出したことがあったのだろう。

「……わかりません。でも……久々に、こう、胸にきました。味噌汁を口にしたのは、二十年……いや二十一……二十二年ぶりですね」

「……つまり、森村さんは二十二年前にこちらに来たんですね」

「はい。……また食べられるとは思ってもみませんでした」

しんみりと呟《つぶや》く。

そこで、栞は小さな違和感を覚えた。

(……何だろう?)

何か閃《ひらめ》いた気がしたのに、それはうまく形にならないまま消えてしまう。

「……すいません。もう一杯いただけますか?」

森村はどこかひきつった笑いを浮かべ、栞にお椀を差し出す。

「はい」

　栞は受け取ったお椀に、たっぷりと味噌汁をよそった。

「……そういえば、さっきの結婚式の話ですけど……」

「はい」

「森村さんにドラゴン肉を押し付けてきた新郎って、どなたですか？」

　王宮にそれなりに知人のいる栞は首を傾《かし》げる。

「前島さんは顔を合わせたことがあると思いますよ。陛下の第二秘書官のチェシャーです」

「……すいません、ちょっと名前ではわからないんですけど」

「赤毛の騒がしい男です。よくマクシミリアン殿下に力ずくで黙らされています」

　赤毛の騒がしい男と言えばすぐにわかる。

「ああ、ドゥアットさんですね」

「はい、そうです。まだ王宮にいらした時に、何か一騒動あったとか？」

「騒動っていうほどではないですよ。作っておいたガルア鳩《ばと》の煮込みをつまみ食いをするつもりだったところ、夢中になって食べてしまって鍋《なべ》を空にしたくらいで……皆さんに成敗されていましたけど」

　あれは殿下と姫様方のお昼になるはずだったんですよ、と栞が言えば、森村には思い当たる節があったらしくああ、と得心顔でうなづかれた。

「セイバイ？」

翻訳機能がうまく働かなかったらしい言葉にリアが首を傾げる。

「えーと、殺されない程度にぶっとばされてたの」

ボロ雑巾《ぞうきん》のように床に転がされていたその姿に恐れおののいたのは最初のうちだけで、栞はすぐにそれに慣れた。何しろ彼のそれは、理由はその都度違っていたが、以降ほぼ毎日のことだったからだ。

「とてもそうは見えませんが、森村さんと同じ年頃でしたよね？　ドゥアットさん」

「一応、同じ年ですよ。彼は種族的に外見が年を取りにくいんですよ。身体的にも頑丈ですし」

「花嫁は、どういった方ですか？」

「司法省に勤める書記官の一人ですね。彼女のほうは竜人種の血をひいています」

「……ああ、なるほど」

竜人種の血をひく花嫁というところで、栞はなぜ森村が竜種の肉を祝いの料理にしたいと言ったのかに思い当たった。

「竜人種にとって竜の肉は特別なものですもんね」

ディアドラスで扱うのは迷宮にいるイルベリードラゴンが圧倒的に多いが、この世界には他にもさまざまな種の竜が存在している。

竜人種にとって、竜種は、宗教を持たぬ彼らのある種の精神的な信仰の対象である。それを食べることは、彼らにとって特別な意味を持つ。

竜の力を体内に取り入れる――――それは、ある種の聖餐《せいさん》だ。

竜種の肉がそう簡単に手に入るようなものではないので、尚更《なおさら》、その特別度は増すのだろう。

「ええ。婚姻の祝宴にも相応《ふさわ》しいですし、何よりもの祝いとなるでしょう」

ただ、世間一般では特別であったとしても、ディアドラスでは、イルベリードラゴンの肉はわりとポピュラーな素材だ。元々、食料庫にも在庫があったし、一頭でも討伐すればおそろしいほどの量の肉がでる。

討伐状況によって食用にできる肉の量が左右されるのだが、竜種は概《おおむ》ねかなりの巨体である。先日入荷したのは尻尾《しっぽ》だけだったが、それだけでも、当分は足りるだろう量だった。

在庫をほぼ切らすことなく肉の供給ができそうだということもあって、先日から、イルベリードラゴンのテールステーキは、定番メニューの一つになっている。

世界広しと言えど、メニューにドラゴン肉のステーキが載っているのはここだけだと複雑そうな表情で竜人種のお客様に言われたものだ。

「そうですね」

「そうなれば、きっとプレゼントした彼女の気持ちが無駄にならないと思うんですよ……私の自己満足かもしれませんが」

(たぶん……)

森村は穏やかな表情で笑う。

その表情に、栞はそのドラゴン肉をプレゼントした女性は森村の妻ではないかと予測した。だからこそ、ドゥアットは森村にそれを寄越したに違いない。

「どうかしましたか？　前島さん」

「……いえ、何でもないです」

静かに首を横に振った。

「ところで、そのプレゼントのドラゴン肉って祝宴の参加者の分がまかなえるくらいあるんですか？　足りなければ、うちの在庫から出しましょうか？」

不自然にならないように話を変える。

「それは大丈夫です。何しろイルベリードラゴンですからね。分け前は狩った人数で頭割りだったそうですが、中程度の個体のしっぽの部分が丸ごと全部あります。普通にステーキにしても千人分くらいは余裕だと思いますよ」

「え？　そのドラゴン肉って自分で狩った肉なの？」

「ええ、そうですよ。もちろん、一人じゃなかったそうですけど」

「一人でイルベリードラゴンの退治したなんつったら、史上最強レベルだから！　どこの大魔王だよ」

プリン殿下くらいしかそんなことしねえだろ、とディナンがぼやいた。どうやら、ディナンの中では、マクシミリアンは大魔王とほぼイコールで結ばれているらしい。

「ええ？　それってすごいけど……とってもすごいけど……。でも、それがナナーリアの日のプレゼントっていうのはやっぱ違うと思うんですけど!!」

リアはリアでひきつった表情を見せる。

「そうなんですけどね。……でも、私としては、ナナーリアの日のたびに、肉が好きな彼の為《ため》に最上級と言われるドラゴン肉を頑張って狩った彼女の気持ちを汲《く》んであげればよかったのにと思ってしまうんですよ」

「……あー、俺も竜肉はナナーリアのプレゼントにはちょっと違うとは思うんだけど、でも、そういう裏の事情っていうか、頑張ったとか聞いちゃうとちょっとよろめくかも」

(ディナン、それよろめいちゃダメなところだから)

頑張りどころが違うだろうと突っ込みたいのを栞はぐっと呑み込む。

「私はナナーリアの日がよくわかってないところがあるので、大喜びしてしまいますよ。ちなみに自分で狩ったほうが気持ちが伝わると思ったそうなんです。そう考えると、けっこう可愛《かわい》いところもありますよね」

森村の笑顔に、ディナンが困ったような表情を浮かべている。コメントに困るのだろう。その気持ちは栞にはとてもよくわかる。

「……何でだろう、何か違う気がするのに、モリムラさんに説得されそうになってる俺がいるんだけど」

「ディー、それは間違いだから。気持ちはわかるけど、絶対に間違いだから。いい、恋人同士のロマンティックないちゃいちゃイベントの時に生肉プレゼントするっていう前提から違うんだから！ドラゴン狩ろうなんて考える時点でもっと違うから‼　可愛いところもあるっていうのは認めてもいいけど、お願いだからそんなドラゴンに勝っちゃう女性を連れてこないでね！！！」

「……お、おう。大丈夫。……たぶん」

リアの力説に、ディナンはやや心もとなげにうなづく。

かなりズレたところはあるのだが、それなりに健気《けなげ》な気持ちはあったのだと森村が言えば、ディナンは何か感じるところがあったらしい。

（そういえば、この子達、浮いた噂《うわさ》どころか、好きな子の話とかも聞いたことないなぁ）

ディナンはともかく、憧《あこが》れはいろいろあるらしいリアもまったくその気配がない。

仕事の範囲ならば普通に接しているが、それを越えたところで同年代や対象となりそうな年代の異性と話しているところを見たことがない。

フロア担当の仲の良い女の子達と誰《だれ》がかっこいいとかそうじゃないとかというミーハーな話はしているのを聞いたことがあるが、デートをしたいとか二人きりになりたいとか付き合いたいとかそういう言葉も聞いたことがないような気がする。

（これって、もしかして私のせいなのかしら）

栞自身は、しばらくそういった方面はいいや、という気があるのだが、もしかして自分のせいで二人を縁遠くしているのかもしれないということに思いあたる。

何しろ、ここの仕事は激務とまでは言わないがかなり厳しい。仕事が終わった後にデートなんてまず無理だ……しかも彼らには、ディナーの後も、片付けや翌日以降の下拵《したごしら》えだってある。つまり、物理的に難しい。

心理面……あるいは、精神面で言うならば、栞は自分がそういう気がまったくないので、そういう方面に配慮したことがない。休みの日に、二人がデートなどに出かけているのを見たことがない。

（いやいやいや、それ以前に二人とも、まだちょっと人間不信なところあるから……）

ここで栞の弟子として暮らすうちにかなり薄れてはきたものの、やはり心の底には何度も裏切られてきた記憶が根を張っているようだ。どれほど良いことがあっても、その記憶の痛みはなかなか消えないものらしい。

栞を見る眼差《まなざ》しにも時折影がさすし、栞の言動にはすごく注意している節がある。嫌われないように、そして、追い出されないように、と気をつけている様子がわかるのだ。

(恋愛とか以前の問題な気がする)

栞もそうだが、負った痛みが癒え、心に受け容《い》れる余裕ができないとそういう方向にはなかなか行かないものだ。

最近、栞はやっと周囲に目を向けることが出来るようになってきたが、でもまだ、誰かを心の中の特別にする余裕はない。

たぶん、二人も同じだろう。

「……まあ、そんなに急がなくてもいいよね」

栞はともかく、二人はまだ若い。

(いやいや、私だって別に手遅れとかじゃないし!)

「それが、けっこう急がないとダメなんです」

「はい?」

栞の呟きを勘違いした森村が言う。

「大変申し訳ないのですが……実は、祝宴が来週でして……」

困ったような……でも、期待たっぷりの眼差しと笑みに、栞は思わずひきつった笑みを返した。

◆◆◆◆◆◆◆

「どうしてそこで引き受けちゃうのかな？　シリィ」

「森村さんにはお世話になっていますし、事情も何となく察してしまったのでこれは作ってあげないと、と思ってしまったんですよ」

「甘すぎる」

「そうですか？」

「そうだ。これは断っていいケースだ。同郷だからなのかもしれないけれど、君はソウに甘いよ。だいたい、ドゥアットの婚礼なんてどうでもいいし……」

不機嫌というほどではないが、マクシミリアンの口調には、どこか気に入らないというようなニュアンスが入り混じっている。

森村をソウと呼ぶことからわかるように、マクシミリアンと森村は近しい。

森村の妻は、マクシミリアンの叔母《おば》にあたる。なので、身内だという以上に仲がよく、森村ならば大概のことが許されるのでこんな風に文句を言うことはあまりない。

（それに、結構珍しいよね）

その上、マクシミリアンが自分の感情をストレートに表しているのは稀《まれ》なことだ。誓約者の絆《きずな》というかつながりのようなものがあるので、栞はポーカーフェイスのうまいマクシミリアンの隠している本心を何気なく感じ取ってしまうことが多いが、今回は隠すつもりもないらしい。

「ええ。私もドゥアットさんはどうでもいいです」

「ソウの頼みだから？」

「それが大きいですけど、一番は、これが森村さんの奥様への愛情からの贈り物だっていうところですね」

「ドゥアットの婚礼の贈り物だろう？」

「それこそ甘いですよ、殿下。確かに建前としてはドゥアットさんの為です。祝宴の贈り物にしたいという気持ちは本心からのものでしょう。竜人種にとってドラゴン肉は特別ですから、それを祝宴の料理で出せばドゥアットさんの奥様の親族関係には好印象だと思います。でも、森村さんは何も言いませんけど、これは、森村さんのささやかな復讐《ふくしゅう》も込みだと思っているんです」

「え？　そうなのか？」

「ええ」

栞はその通りというように大きくうなづいた。

「これは、逃した魚は大きいんだぞっていう、密《ひそ》かでささやかな復讐なんですよ。まあ、実は森村さんはそんなものよりもっと大きな復讐を果たしてるわけですけど！」

「……私には、話のスジがまったくわからないよ、シリィ」

マクシミリアンが、首を傾《かし》げて問う。これは、祝宴の料理の話じゃなかったのかい？　と小さく呟《つぶや》いている様子に、なんだかごく自然に栞の口元は笑みを形作る。こんな風に素直な表情を見せられることが嬉《うれ》しく、とても気心が知れている感じがするのだ。

「えーと、どこまでお話ししたんでしたっけ？」

「ソウの依頼で、ドゥアットの婚礼の祝宴に贈り物としてイルベリードラゴンの尻尾肉で何かつくって差し入れること。それが、一週間後のナナーリアの日だってところまで」

「ああ。……そのイルベリードラゴンの尻尾の肉がいろいろといわくがあるんですよ」

「いわく？」

「はい」

少し珍しい、栞のにやりという表情にマクシミリアンは注目するように目を軽く見開いた。

「それは、十五年前のナナーリアの日にドゥアットさんが当時つきあっていた女性からもらったもので、生肉をもらったドゥアットさんはそれがプレゼントに相応《ふさわ》しくないから怒って、それが原因で彼らは別れたそうです」

「……エミィ叔母上か」

マクシミリアンが、思い当たったというような表情でその名を口にする。

「ああ、やっぱりそうなんですね」

栞が思ったように、どうやらあの生肉をプレゼントにしたという女性は現在は森村の妻となっているエルミリーア王女らしい。

「……有名なんだよね。その生肉プレゼント事件」

生温《なまぬる》い、何とも言いがたい表情でマクシミリアンは軽く肩をすくめた。

「でしょうね」

その概要を聞いただけでも結構インパクトがある話だと栞ですら思うのだ。きっと当事者に近い人たちにはもっと衝撃的だっただろう。

（いや、衝撃って言うかアホらしすぎて逆に笑えないというか……）

そのバカバカしさゆえに栞は忘れないだろう。ただ、その話に対する自分の感想はきっと他の人々とは違うのだろうな、と栞は思っている。

リアやディナンは生肉のプレゼントというところで衝撃を受けていたが、栞はむしろ、そんなことが別れの原因になったことに衝撃を受けた。

栞としては、ハズしたプレゼントというのはそこまで深刻なものなのかということを改めて思い知った気持ちだったりする。

「身内の間でだけどね。……だいたい、あの肉を狩る為《ため》に、私は叔母上に半ば拉致《らち》同然で大迷宮に連行されたんだ。三日貫徹後にやっととれた睡眠だったのに、叩《たた》き起《お》こされて……」

思い出したマクシミリアンは半眼のどこか凶悪にも見える顔つきで小さな溜息《ためいき》をつく。

「お疲れ様でした。…………もしや、殿下がドゥアットさんに厳しくあたるのはそのせいですか？」

「理由の一因であることは否定しない。だって、私がどれだけ危険な目に遭ってそれを狩ったんだと思う？　なのに、あのバカは受け取ったくせに恋人同士のプレゼントには相応しくないとかぐちゃぐちゃ文句をつけやがったんだ。気に入らないなら最初から受け取らなければいいんだよ、ド阿《あ》呆《ほう》が」

その言葉の端々から冷ややかな何かが滲《にじ》みでてくる。

十五年前のことだというのに、思い出すとそれほどまでに容易《たやす》く感情がよみがえるほどのことだったのだろう。

「別れたことはどうでもいいけど、あれは腹が立ったよ」

「ええ、わかります」

マクシミリアンは、背後におどろおどろしい何かが蠢《うごめ》いていそうな雰囲気すら漂わせている。

「ナナーリアの日のプレゼントに相応しくないというあれの言い分もわからないわけではないが、

そもそも、ナナーリアの日にプレゼントを！　なんていうのが、どこぞの商人が広めたただのこじつけにすぎないのだから、何だっていいと思うんだよ、私は」

「まあ、ドゥアットさんにはよくなかったわけで……最初から合わなかったのでしょう。それが早めにわかってよかったんじゃないですか？　そういう感じ方の違いってバカにできませんし……そういうのが合わないと後で問題になりますから」

「まあね」

「何よりも、エルミリーア様は今は幸せな結婚をなさっているんですから」

「まあ、そうだけどね……。ああ、でも、ソウと叔母上の結婚もなかなか大変だったんだよ」

おどろおどろしい雰囲気が霧散し、マクシミリアンは苦笑を浮かべる。

フィルダニアの王族は自由恋愛で好きな相手と結婚することを認められているが、それでも、異世界人というのは問題になったのかもしれない。

「何だか、想像がつきます」

（私の予想通りなら、間違いなく大騒ぎだったと思うし）

「叔母上は、ソウの元に押しかけて実力行使で嫁になったんだよね」

「……実力行使？」

ひどく不似合いな言葉を聞いた気がして、栞はマクシミリアンに視線で問いかける。

マクシミリアンの眼差《まなざ》しが揺らいだ。

「二人の名誉のために話さないでおくよ。叔母上に口止めされているんだ」

「んー、そんな風に言われると気になります」

別に確かめなくてもいいか、と思っていたのだが、つい口に出してしまう。

「……あのですね、『ナナーリアの日に「贈り物は、私」って言って、押しかけ結婚したお姫様』というのがエルミリーア様じゃないかと私は思っているのですが……」

「え、なんで知ってるの？」

「やっぱり」

「ソウから聞いたのか？」

「いえ。エルミリーア様のことってわかっていたわけではなく、そういう話があるってリアたちに聞いたんですね。で、その後、ドゥアットさんのことを聞いて、それであれって思ったんですよ」

「何を？」

「ナナーリアの日に求婚することが流行《はや》り始めたのがそれほど昔でないこと。それが押しかけ嫁なお姫様の実例があったから流行したこと……この二点と、実際にお会いしたエルミリーア様の印象やら何やらを重ね合わせると大変しっくりきたので……」

「シリィは鋭いな」

「そうですか？　そんなこと言われたの初めてですよ」

「そうなのか？」

「ええ。どちらかというと、鈍い方に分類されることが多いかと」

「それは不思議なことだな」

（それは、たぶん、関心がないことにはあまり気が回らないからです）

ああ、そうか、と栞は気づいた。

裏を返せば、それは関心を寄せているということだった。

（私、たぶん、もっと知りたいと思っているんだ）

森村やエルミリーアのことだけではない。

リアやディナンのことも気にかけているし、マクシミリアンのことは特に気にしている。

人付き合いがそれほど得意ではなく、受動的で自分から積極的には人と関わろうとしない栞にしては珍しいことだった。

仕事において、最も注意しなければならないのは人間関係だ。

これまで、栞はいつだって当たり障りない付き合いを心がけ、個人的な事情には深入りしないようにしてきた。

そのスタンスはこちらであってもあちらであっても変わらないはずだったのに、気がつけばこちらではどっぷりといろいろな事情に漬かりきっている。

なのに、更に深く知りたいと思っているのだから始末に負えない。

（この世界でだったら、私は新しい私になれるのかもしれない……）

ぼんやりとそんな風に思う。

「……シリィ？」

「すいません。ちょっと考え事をしていました。……ところで、殿下、そのシチューのお味はいかがですか？」

「もちろん、最高だ。夜食にはちょっと重いが……ああ、もしかして、これが祝宴の料理になるのかな？」

マクシミリアンは木匙《きさじ》でシチューを口に運びながら、口の中でとろけるドラゴンの肉を堪能する。野菜と肉の旨味《うまみ》がたっぷりのシチューと一緒に口に運ぶと、至福の心地《ここち》がした。

「はい。まだ試作品ですけど。私が祝宴に行くわけにはいきませんし、温めるぐらいなら森村さんが自分でできるとおっしゃったので、ここで作ったものを森村さんご自身で持ち込んでいただこうと思っています」

「……まあ、そういうことであれば、許してもいい」

マクシミリアンは仕方がないな、という表情で言った。

「ありがとうございます」

栞は深く頭を下げる。

「いや、礼には及ばない。結局は私の身内の名誉というか、矜持《きょうじ》というか……大切なモノを守るためだから」

マクシミリアンの言葉に、栞は小さく笑った。

「気づかれました？」

「ああ。……シリィの狙《ねら》い通り、きっとこのシチューはたいそうな話題になるだろう。花嫁の身内は竜人種なのだから尚更《なおさら》だ。話題になればなるほど、その肉の出所が明らかになったとき、胸がスッとする」

「森村さんはもしかしたら明らかにはしないかもしれませんが……でもまあ、ドゥアットさんくらいにはきっとお話しになると思いますよ」

森村宗一郎は気遣いの行き届いた人であるが、ただ優しいだけの人ではない。

「ソウが何も話さずとも、気づく人間は気づくよ。竜種の肉というのはそれほど一般的ではない素材なのだから」

「そうなのですか？」

「そうだ。我が王家の人間は自らで狩るのでさほどに思ってはおらぬが、世間で出回っているものは同じ重さの黄金などと比較できぬほど高価だ。ましてや、シリィの料理となればその付加価値ははかりしれぬものになっているからね」

「大げさですよ」

「事実だ」

そして、マクシミリアンはいつもと変わらない淡々とした様子で、シチューの最後の一匙を口に運んで言った。

「……シリィ、おかわりをもらえるかな」

だが、栞の返答はいつもと違った。

「……すいません。シチューのおかわりはなくて……代わりに、私の故郷の味はいかがですか？」

「シリィの故郷の味？」

「はい。あちらの……家庭料理です」

「家庭料理……」

「家族で食べる定番メニューです」

厨房《ちゅうぼう》には試作したシチューがまだたっぷりとある。マクシミリアンがおかわりを望むだろうことがわかっていたのに、栞はそれを持ってこなかった。

シチューではなく味噌汁《みそしる》を……自分の懐かしい故郷の味をマクシミリアンに食べさせたかったからだ。

そう思った気持ちがどういうものなのか栞にはよくわからない。

自分の故郷を知ってもらいたいという気持ちはもちろんある。でも、それだけではない。

(自分のことなのに、うまくまとめられないっていうか、はっきりわからないっていうか、言語化できないのがもどかしい……)

強いて言うならば、味噌汁が栞にとって最たる家庭料理だからなのかもしれない。

(我が家の味を食べさせたいっていうか……いや、別に殿下に家族を感じてるってわけじゃないんだけど……)

我が事ながらもやもやするのだが、それは決して嫌な感覚ではなかった。

「ぜひ、いただこうか」

栞の内心の葛藤《かっとう》などまったく気づかない様子でマクシミリアンが和らいだ表情を向けてくる。

(……こういうの反則だよね)

実の家族にすら見せないそんな表情を向けられる自分であることが嬉《うれ》しくて、栞は何だか照れ臭かった。

真夜中の執務室にふわりと麦味噌の香りが満ちる。

何があったわけではない。いつもの夜の光景だった。

なのに、マクシミリアンの目に、執務室はいつもとは違う場所のように映っている。

「シリィがいるからか……」

ぼそりと口の中で呟《つぶや》いた。

「……何か言いました？」

「いや、何でもない」

いつもと同じなのに違う……それは、マクシミリアンにとって、不思議と温かい記憶の一つになった。

それは、もしかしたら、栞と栞の故郷の味だというギーソスープのその香りのせいかもしれなかった。

カッサマのギーソスープ　ディアドラス風　END

あとがき

ネットの片隅で物語を綴《つづ》っている汐邑《しおむら》 雛《ひな》と申します。

二冊目の『メニューをどうぞ』の本をお手に取っていただきありがとうございます。

この本は私にとってトータル十一冊目の本となりました。


本を送り出す時はいつも、少しだけ怖くて、それよりもほんの少しだけワクワクが上回っていて、心の中は嵐が吹き荒れています。

自信なんてまったくなくて、いつもぎりぎりまで直して、それでも気持ち的にはいつも全然足りていません。

それでも……前の巻を買ってくれた人がいるということ、読んで感想をくれた人がいるということ、それからネット上で感想を呟《つぶや》いてくれた人がいるということ……それが、私が書くための糧となり、二冊目を送り出すための勇気になりました。

どんな方が、どんな風にこの本を手にしてくれているのだろう？　年齢は？　性別は？　学生さんだろうか？　社会人だろうか？　主婦の方だったりするかもしれない……いろいろと考えますが、いつもうまく想像ができません。

発売日の後に出かける用事があるときは、だいたい自分の本を置いてくれている本屋さんに立ち寄るのですが、残念ながら身内以外で私の本を買っている人をまだ見たことがありません。

なので、私の脳内では私の本を読んでくださっている方は、靴屋さんの小人とか幸運をもたらしてくれる座敷童《わらし》的な感じで処理されています。本当にありがとうございます。

かつての私がそうであったように、文字を追い、物語の世界に心を飛ばして楽しんでくれていたら——私が綴ったものが、そういう物語になっていたら嬉《うれ》しいです。


この本の刊行にあたり、お世話になった担当様方、それから校正様、本当にありがとうございます。

どういうわけか、気づいたら新規書下ろし部分が半分以上になってしまい、大変ご迷惑をおかけいたしました。

素敵なイラストを描いて下さった六原《りくはら》先生、新キャラが増えただけでなく、いろいろ面倒なことをお願いしてすいません。いつもしっかりと応えてくださるので安心しています。ありがとうございます。


そして、ここまで読んでくださった皆様、ありがとうございました。

皆さんのおかげでこの本を出すことができただけでなく、なんと、新たにコミカライズ展開をしていただけることになりました。

コミカライズを担当していただくのは黒野《くろの》ユウ先生で、B's-LOG COMICでの連載になります。

こちらもぜひ楽しんでください。

そして、また、美味《おい》しい物語をお届けできますように。

汐邑　雛

お便りはこちらまで

〒102－8078
カドカワBOOKS編集部　気付
汐邑雛（様）宛
六原ミツヂ（様）宛

カドカワBOOKS

メニューをどうぞ 2
～迷宮大海老《フランドルシュ》のビスク　フィルダニア風《ふう》～

2019年６月10日　初版発行

著者／汐邑《しおむら》 雛《ひな》

発行者／三坂泰二

発行／株式会社KADOKAWA

〒102-8177
東京都千代田区富士見2-13-3
電話／0570-002-301（ナビダイヤル）

編集／カドカワBOOKS編集部

印刷所／旭印刷

製本所／本間製本

●お問い合わせ
https://www.kadokawa.co.jp/（「お問い合わせ」へお進みください）
※内容によっては、お答えできない場合があります。
※サポートは日本国内のみとさせていただきます。
※Japanese text only

ISBN 978-4-04-073190-2 C0093

新文芸宣言

かつて「知」と「美」は特権階級の所有物でした。

15世紀、グーテンベルクが発明した活版印刷技術は、特権階級から「知」と「美」を解放し、ルネサンスや宗教改革を導きました。市民革命や産業革命も、大衆に「知」と「美」が広まらなければ起こりえませんでした。人間は、本を読むことにより、自由と平等を獲得していったのです。

21世紀、インターネット技術により、第二の「知」と「美」の解放が起こりました。一部の選ばれた才能を持つ者だけが文章や絵、映像を発表できる時代は終わり、誰もがネット上で自己表現を出来る時代がやってきました。

UGC（ユーザージェネレイテッドコンテンツ）の波は、今世界を席巻しています。UGCから生まれた小説は、一般大衆からの批評を取り込みながら内容を充実させて行きます。受け手と送り手の情報の交換によって、UGCは量的な評価を獲得し、爆発的にその数を増やしているのです。

こうしたUGCから生まれた小説群を、私たちは「新文芸」と名付けました。

新文芸は、インターネットによる新しい「知」と「美」の形です。

2015年10月10日
井上伸一郎

お弁当売りは聖女様!
～異世界娘のあったかレシピ～

紫水ゆきこ　イラスト／平井ゆづき

異世界で弁当売りをしている元ＯＬ・福寄《ふくよせ》真昼《まひる》。「究極のものぐさ天才魔術師」を珍しい弁当で餌付けした結果、真昼は意図的に召喚されたらしいと知る。犯人を探るうち、彼女は自分に驚異的な魔力があると気づき……？

カドカワBOOKS

転生幼妻(中身は33歳)が
偏食夫を餌付け!?
王太子の胃袋掴みます!

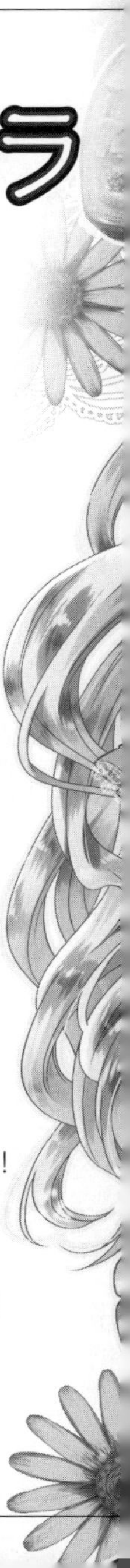

ツンデレ悪役令嬢
リーゼロッテと
実況の遠藤くんと
解説の小林さん
恵ノ島すず　イラスト　えいひ
隠したい本心がダダ洩れ!?
今最もカワイイ悪役令嬢!
B's-LOG COMIC &
FLOS COMICにて
コミカライズ
決定!!!!
作画：逆木ルミヲ
カドカワBOOKS

STORY

乙女ゲームの王子キャラ・ジークは突然聞こえた神の声に戸惑う。曰く婚約者は“ツンデレ”らしい。彼女の本心を解説する神の正体が、現実世界のゲーム実況とは知る由もないジークに、神は彼女の破滅を予言して——？

!?
「言葉はきついが表情はまんざらでもなさそうだ!!」
「リゼたんはツンデレですからね！」